华东理工大学优秀教材出版基金资助图书

MODERN DESIGN
现代设计美学

杨明刚 / 编著

华东理工大学出版社
EAST CHINA UNIVERSITY OF SCIENCE AND TECHNOLOGY PRESS

图书在版编目(CIP)数据

现代设计美学(含光盘)/杨明刚编著. —上海:华东理工大学出版社,2011.9
ISBN 978-7-5628-3088-7

Ⅰ.①现… Ⅱ.①杨… Ⅲ.①设计-艺术美学 Ⅳ.①J06

中国版本图书馆 CIP 数据核字(2011)第 149665 号

现代设计美学(含光盘)

....

编 著/杨明刚
责任编辑/严国珍
责任校对/陈孟昀
封面设计/戚亮轩
出版发行/华东理工大学出版社有限公司
　　　　社　　址:上海市梅陇路 130 号,200237
　　　　电　　话:(021)64250306(营销部)
　　　　传　　真:(021)64252707
　　　　网　　址:press. ecust. edu. cn
印　　刷/常熟华顺印刷有限公司
开　　本/787mm×1092mm　1/16
印　　张/13.5
字　　数/328 千字
版　　次/2011 年 9 月第 1 版
印　　次/2011 年 9 月第 1 次
书　　号/ISBN 978-7-5628-3088-7/J•1
定　　价/38.00 元(含光盘)

前　言

　　美无处不在,人们无时无刻不在感受设计之美。从日常生活中的衣、食、住、行到航天飞机、城市规划等无不存在着大量的设计审美问题。

　　"设计"一词在如今是很时尚的词语,是英文"design"的意译。"design"在设计审美中,被赋予了更为广泛的内涵。"design"已被视为一种实践和文化的形态,并使这个术语在人民生活、工业生产、科学技术、环境建设、文化艺术、美学研究等领域,以及在视觉传达设计、产品设计、空间设计、虚拟艺术设计等中得到广泛传播及应用。"design"已经成为国际上通用的技术、艺术与生活相结合的美学核心概念和主要研究对象,成为设计艺术门类重要的文化创造行为。许多国家把"design"的发展作为经济腾飞的必要因素之一,甚至将其提升为综合国力提高的关键因素之一。

　　设计源于生活,又服务于生活。思考设计、从事设计,必须从观察生活、体验生活、思考如何创造性地改变生活开始,生活在继续,设计无终结。设计的本质在于:发现生活、改良生活、完善生活、优化生活,解决生活实际问题并使之审美化。在社会信息化时代的过程中,设计已渗入生活的各个领域。从茶杯、手提袋、居室、社区到整个城市都是设计的物化形式,设计的独特表现形式使美学这个主题更加广泛、更加深入地介入了人们的生活。设计既是物质的也是精神的活动,是人们生活构成中不可或缺的一部分。

　　设计以人为本,也就是人们常说的人性化的设计。设计的服务对象是人,设计的基本特征是技术与人性的浑然一体、人与物的高度融合,展现人类的智慧、情感和文化。人性化的设计是科学与艺术、技术与人性的结合,科学技术给设计以坚实的结构和良好的功能,而艺术和人性使设计富有美感、充满情趣和活力。人性化的设计必须以人的物质需要、审美需要、情感和文化精神需要为本。设计对象的满足,实质上是对观念的满足。例如,交通工具是时间和空间的观念,娱乐工具是消费和心理放松的观念。"设计"观点本身就已包含了"审美"的观念。设计审美体现和塑造材料美、技术美与形式美。时代在发展,人们的审美意识也在不断改变,设计应该顺应审美意识的变化趋势。

　　创造力是设计的生命线。一方面,设计是一种创造性审美活动。成功的设计作品一般都很艺术化,但艺术只是设计的手段,而并非设计的目的。设计的目的是要实现设计者的意图,设计者的意图就是要表现美、创造美。设计的目的是为了创造更合理的生存方式,准确地说是设计人自身,在这个过程中使功能美和形式美达到统一。设计师作为创造者在愉快的创作过程中获得审美的感受,而消费者通过使用设计产品参与审美,在得到物质满足的同时得到精神上的愉悦。另一方面,设计又是一个创造美的过程。创造有两种主要形式:一种是"无"中生"有"的独创;另一种是"有"中生"无"的再创造。其标准:一是新颖——设计要求新异、有美感,做到与众不同,否则设计将

不能称之为设计。二是合理——设计是为了解决问题并使之达到审美要求,它不可能独立于社会和市场而存在,符合价值规律及使用目的是现代设计存在的直接原因。如果设计不能为企业带来更多的效益,或者不能给消费者提供更完善、更方便的产品,那么设计也就失去了存在的意义。三是人性——归根到底,现代设计是为人而展开的,服务于人们的生活需要是设计的最终目的。由此可见,设计创造力的全部意义就在于:它是美的化身,是人类智慧的结晶。

从审美的角度研究和探讨人类的行为、日用器物以及生产生活环境,寻找美的规律,是现代设计美学所要研究的问题。现代设计的美学价值不仅是为了一般意义上的设计得以实现,更是为了提高人的精神境界、促进与实现人的全面发展,促进人与世界(自然和社会)的和谐发展,让人们的生活变得更加美好。

或许有长期的教学与研究及其多年策划设计实践的缘故,笔者以为,对设计美学课程的开设并不太难。然而,当逐渐深入其间时,我发现了诸多问题及困难。例如,如何阐释已经大众化、生活化的设计艺术中的美学现象、美学问题,以实现审美教育;如何通过对大量设计现象的总结,提炼审美价值,丰富美学理论,深化美学研究;如何通过理论与实践的总结,把设计美学理论运用于实践,实现新的审美创造,创造新的美学;等等。因此,出版一部培养审美的眼睛和善于感知美的心灵——现代设计美学的书籍就显得很有必要,这也是拙作创作的主要动因。

本书主要由两大部分组成,第一部分对设计美学的理论基础、视点和方法进行了整体研究和概要性阐述,比较系统地论述了设计美学的学科定位、发展历程,设计美的本质、特性和标准,设计美的构成要素、法则和表现。第二部分从本人历年的策划和设计成果中选出若干实例,着力探析城市与区域规划设计、企业与品牌形象设计、环境艺术设计等个案之美以及相关问题。只有最合适的设计,而没有最完美的设计。设计审美的标准既是相对的又是绝对的,是相对和绝对的统一。因而,书中不完善之处在所难免,真诚恳请专家学者、同仁与读者给予批评指正。同时,希望能够借本书出版的机会同设计美学界同行进行交流,共同研究出一套能够真正指导艺术设计专业的设计美学的理论书籍。

本书在撰写和出版过程中,首先得到了学校、学院的关心与支持,本书得到了华东理工大学优秀教材出版基金资助;对于参阅或引用的作品,有的已在书中直接标明,有的则作为参考文献,在此向原作者致以诚挚的谢意;对参与了部分资料收集与其他工作的钱冬梅、杨洋、潘云、张赟、陈敏磊、熊婉枫、冯晓文、刘鹏等人员的帮助,在此一并深表谢忱。

书被催成墨未浓。本人自知在设计美学领域还是个小兵,所谓从事设计美学理论研究及其教学,也只是力图在借鉴前辈学者和诸多时贤有益经验的基础上的初步尝试。诚恳希望得到更多的指导与批评,以便将工作尽可能做得更好些。

杨明刚

2011年8月于上海

目 录

学 理 篇

第一章 让生活更美好——设计美学概论 ……………………………………… 3

第一节 美学追索:设计美学学科定位的思考 ……………………………… 3

一、设计美学的研究对象 ………………………………………………… 3

二、设计美学的研究方法 ………………………………………………… 9

第二节 审美视野:设计美学发展历程的探析 …………………………… 10

一、设计美学产生的背景和原因 ……………………………………… 11

二、设计美学的发展过程 ……………………………………………… 12

三、设计美学的发展与趋势 …………………………………………… 28

第二章 心驰神往——设计美的本质论 …………………………………… 32

第一节 按照美的规律去创造:设计美的本质 ………………………… 32

一、美的本质:劳动创造了美 ………………………………………… 32

二、设计美的本质:按照美的规律去创造 …………………………… 35

第二节 技术美、艺术美和生活美的融合:设计美的特性 …………… 36

一、技术美及其特点 …………………………………………………… 36

二、艺术美及其特点 …………………………………………………… 38

三、生活美及其特点 …………………………………………………… 46

第三节 真善美的和谐统一:设计美的标准 …………………………… 52

一、审美标准的定义与内容 …………………………………………… 52

二、设计审美价值的评判标准 ………………………………………… 53

第三章 韵味悠扬——设计美的构成论 …………………………………… 56

第一节 在生活中发现美:设计美的构成要素 ………………………… 56

一、功能美:最本质的审美要素 ……………………………………… 56

二、材料美:最基础的审美要素 ……………………………………… 65

三、形态美:最直观的审美要素 ……………………………………… 67

第二节 在体验中遵循美:设计美的构成法则 ………………………… 71

一、对比与调和 ………………………………………………………… 71

二、对称与均衡 ………………………………………………………… 73

三、比例与尺度 ………………………………………………………… 75

四、节奏与韵律 ……………………………………………………… 76
　第三节　在实践中创造美：设计美的构成表现 …………………… 78
　　一、抽象与具象 ………………………………………………… 78
　　二、量感与张力 ………………………………………………… 80
　　三、和谐与有序 ………………………………………………… 82

应　用　篇

第四章　诗意栖居——城市与区域规划设计 …………………… 87
　第一节　玉佛文化城规划设计 …………………………………… 87
　　一、玉佛文化城的基本情况 …………………………………… 88
　　二、玉佛文化城的现状分析 …………………………………… 89
　　三、玉佛文化城的功能定位 …………………………………… 92
　　四、玉佛文化城的项目设计 …………………………………… 95
　　五、结束语 ……………………………………………………… 100
　第二节　长风生态商务区规划设计 ……………………………… 101
　　一、规划设计的背景 …………………………………………… 101
　　二、规划设计的目标 …………………………………………… 103
　　三、文化品牌特色设计 ………………………………………… 105
　　四、策略与启迪 ………………………………………………… 112
　　五、结束语 ……………………………………………………… 116
　第三节　长寿路地区楼宇经济开发与品牌商圈规划设计 ……… 117
　　一、立项背景和概况 …………………………………………… 117
　　二、总体规划 …………………………………………………… 119
　　三、开发内容 …………………………………………………… 132
　　四、结束语 ……………………………………………………… 138
第五章　视觉畅想——企业与品牌形象设计 ………………… 140
　第一节　"关心人类的健康与未来"CI设计 …………………… 140
　　一、项目背景 …………………………………………………… 140
　　二、调查分析 …………………………………………………… 140
　　三、主要内容 …………………………………………………… 141
　　四、MI设计 ……………………………………………………… 144
　　五、BI设计 ……………………………………………………… 147
　　六、VI设计 ……………………………………………………… 148
　　七、结束语 ……………………………………………………… 149
　第二节　"乐活长寿，大梦飞翔"形象设计 ……………………… 150
　　一、主题 ………………………………………………………… 150
　　二、创意构想 …………………………………………………… 151
　　三、广告文字 …………………………………………………… 154

四、画面 ·· 154

五、广告背景语 ································ 154

六、广告语 ······································ 154

七、表现手法 ···································· 154

八、传播推广 ···································· 155

九、结束语 ······································ 161

第三节 "正式场合穿海螺"广告语设计 ········ 162

一、海螺品牌概述 ······························ 162

二、广告语征集 ································ 163

三、广告语设计美及创意解析 ·················· 164

四、广告语的设计美学运筹 ···················· 165

五、结束语 ······································ 168

第六章 博览空间——环境艺术设计 ········ 170

第一节 商标火花收藏馆布展设计 ············ 170

一、功能定位 ···································· 170

二、馆藏分类 ···································· 171

三、布展内容 ···································· 172

四、展示形式 ···································· 172

五、布展设计 ···································· 174

六、结束语 ······································ 188

第二节 成龙电影艺术馆展示设计 ············ 189

一、项目背景 ···································· 189

二、展示设计理念与定位 ······················ 190

三、展示设计内容与板块 ······················ 190

四、展示设计原则与特点 ······················ 196

五、展示灯光设计 ······························ 196

六、展示空间与动线分析 ······················ 197

七、结束语 ······································ 198

附 录 ·· 200

一、网站资源 ···································· 200

二、参阅书目 ···································· 203

作者简介 ·· 205

学　理　篇

第一章
让生活更美好
——设计美学概论

现代设计作为时代的产物,它与社会的发展和人们对生活的审美需求息息相关。美学是现代设计的思想和灵魂。当"以人为本"和"为生活而设计"成为现代社会的主题时,现代设计的理念与设计作品的美学价值就大大地超越了一般意义上对生活必需品的要求。因而,研究设计美学,对理解、发现和解决设计中的美学问题,提高审美鉴赏能力和美学修养,培养优秀的设计人才大有裨益。

第一节
美学追索:设计美学学科定位的思考

设计美学该如何定位? 这一问题的实质,是要通过对学科定位的理解,准确认识设计美学的学科特性和学科形态。这里的关键,就在于我们如何合理地把握设计美学与设计学、美学、艺术学等学科的联系和区别。

一、设计美学的研究对象

了解什么是设计,什么是美学,是准确把握设计美学研究对象的基础理论。

(一)设计释义

设计在当代人类的生活中越来越显示出重要的意义。小到一枚钥匙,一辆汽车,大到一个城市、一个国家,无不需要设计。何为"设计"? 设计一词源于"designers"(拉丁语),其本义是"徽章、记号",即事物或人物得以被认识的依据或媒介。在中国,设计最初是分开使用的,"设"指预想、策划,"计"指特定的方法策略等。其词语演变过程是:"designara"(拉丁语)→"disegno"(意大利语)→"design"(英语)。

《大不列颠百科全书》(1974年,第15版)对"设计"一词的解释是:

"design"是进行某种创造时,计划、方案的展开过程,即头脑中的构思。一般指能用图样、模型表现的实体,但最终完成的实体并非design,只指计划和方案。

《辞海》《现代汉语词典》对"设计"一词的解释是:

设计在正式做某项工作之前,根据一定的目的要求,预先制订方案、图样等。

2006年国际工业设计学会联合会(International Council of Societies of Industrial Design,ICSID)继1980年的定义外又赋予了"工业设计"新的含义:除了强调物品、过程和服务,也强调设计可持续发展、环境保护、社会道德、多元文化等内容。

> 总而言之,设计是一种创造性的活动,其目的是为物品、过程、服务以及它们在整个生命周期中构成的系统建立起多方面的品质。因此,设计既是创新技术人性化的重要因素,也是经济文化交流的关键因素。

今天,"design"在设计美学范畴内使用时,被赋予了更为广泛的内涵。"design"已被视为一种实践和文化的形态,并使这个术语在人民生活、工业生产、科学技术、环境建设、文化艺术、美学研究等领域,以及在视觉传达设计、产品设计、空间设计、虚拟艺术设计等设计种类中得到了广泛传播及应用。"design"已经成为国际上通用的技术、艺术与生活相结合的美学核心概念和主要研究对象,成为设计艺术门类的重要的文化创造行为。

1. 设计的起点:生活

设计源于生活,应用于生活,思考设计、从事设计,必须从观察生活、体验生活、思考如何创造性地改变生活开始,生活在继续,设计无终结,设计的本质在于:发现生活、改良生活、完善生活、优化生活,解决生活实际问题并使之审美化。艺术家凭借造型能力、技术知识、经验及视觉感受而赋予材料、结构、形态、色彩、表面加工以及装饰以新的品质和资格。设计师对包装、宣传、展示、市场开发等问题付出自己的知识和经验以及视觉评价能力。设计是为生活服务的,是为生活穿上"美丽的外衣"的一门技艺。

> 上海世博会确立了"城市,让生活更美好"的主题,道出了构筑理想生活是现代人类发展的核心。生活,是设计永恒的起跑线。设计,在于从寻常的生活中以批判的精神发现新问题,在平凡中发现各种新的可能性,启发人们追求新的、完美的生活;设计,在于给生活加点佐料,点亮生活,提供给人们新的思考方式和生活方式,体会新的生活品质;设计,在于创造令人感动的形式,通过创造与交流,让大众重新认识我们生活的世界。

2. 设计的核心:以人为本

设计以人为本,必须以人的物质需要为本,实现功能、适用性上的完善。设计以人为本,必须以人的审美需要为本,体现和塑造材料美、技术美与形式美。时代在发展,人们的审美情趣也在不断改变,设计应该顺应审美意识的变化趋势。设计以人为本,必须以人的情感、文化精神需要为本,满足人类情感表达的需要。设计对象的满足,实质上是对观念的满足。例如,交通工具是时间和空间的观念,娱乐工具是消费和心理放松的观念。"设计"观点本身就已包含了"审美"的观念。

福特汽车首席设计师刘家宝(Chelsia Lau)女士说:"设计是情感的交流,一个好的设计需要有情感的连接,能打动顾客的心,引起共鸣,才是好的设计。"

意大利传奇品牌 ALESSI 公司第三代掌门人阿尔贝托·阿莱西(Alberto Alessi)在《梦工厂:自 1921 年开始的 Alessi》(The Dream Factory:Alessi Since 1921)一书中提出了"真正的设计是要打动人的,它能传递感情、勾起回忆、给人惊喜,好的设计就是一首关于人生的诗,它会把人们带入深层次的思考境地"。

3. 设计的生命线:创造力

一方面,设计是一种创造性审美活动。设计的目的是要形成和调整空间环境,在这个过程中使产品功能和审美达到统一。设计师作为创造者在愉快的创作过程中获得审美的感受,而消费者通过使用设计产品参与审美,在得到物质满足的同时得到精神上的愉悦。另一方面,设计是无处不在的审美形式。设计是以实物形式呈现在人们面前的,它利用各种技术手段,按照功用规律和审美规律进行创造,在社会信息化过程中,已渗入了生活的各个领域。从茶杯、汽车、手提袋、居室、社区到整个城市都是设计的物化形式,设计的独特表现形式使美学这个主题更加广泛、更加深入地介入了人们的生活。设计是包含了物质文化、精神文化和艺术文化等诸多文化层面的综合审美形式。

设计具有多种含义和多种形态。设计是人们在日常生活、生产中的特殊形式的审美活动,是属于现代美学体系的一个范畴。设计既是物质的活动也是精神的活动,是人们生活构成中不可或缺的一部分。只有把设计中的审美因素扩展到所有的人造环境中,人们才有希望生活在一个优雅宜人的现代世界里。

(二)美学释义

何为"美"?"美"在汉语中是会意字。从金文字形来看,"美"字从羊、从大,古人以羊为主要副食品,肥壮的羊吃起来味很美。故美的本义是味美。人们从对汉字"美"的字源学分析中,提出了"羊大为美"、"羊人为美"、"羊女为美"和"女色为美"等观点。

"羊大为美"是由宋人徐铉提出的观点。他在《校定说文解字》"美"字条下说"羊大则美"。"羊人为美"是由淮阴师范学院萧兵教授提出的观点。他在《从"羊人为美"到"羊大则美"》一文中认为,"'美'的最古解释是'羊人为美'"(《北方论丛》1980 年第 2 期)。马叙伦在《说文解字六书疏证》中提出"羊女为美"。他认为,"美"主要与"大"有关,这个"大"是"人",而且是"女人"。古风在马氏"羊女为美"的观点上,推导出"以女色为美"的原初审美观念(《中国美学研究》第一辑 2006-05),见图 1-1-1。

图 1-1-1 美

美学一词来源于希腊语"aesthetikos"。最初的意义是"对感观的感受"。1750 年鲍姆嘉通(A. G. Baumgarten 1714—1762)所著的《美学》(Aesthetic)一书的出版标志了美学作为一门独立学科的产生。他关于美学的主要观点集中在两个方面:一是把美学规定为研究人感性认识的学科,二是美学对象就是感性认识的完善。美学在传统古典艺术的概念中通常被定义为研

究"美"的学说。现代哲学将美学定义为认识艺术,是科学、设计和哲学中认知感觉的理论。《辞海》对美学的解释是:美学是研究自然界、社会和艺术领域中美的一般规律与原则的科学。

> 鲍姆嘉通(Baumgarten,1714—1762),是德国18世纪的启蒙思想家、哲学家和美学家。他对于美学的命名意味着美学作为一门独立科学的开始,因而有"美学之父"的美誉。他把美学限定为感性认识,并将美学和逻辑学对立起来,不仅对近代的美学,而且对整个近代哲学的发展都有深远的影响。

鲍姆嘉通在历史上第一次明确了美学的研究对象,但他的意见并没有在学术界获得一致响应。鲍姆嘉通之后,"美学究竟研究什么"一直是一个引起热烈争议的问题。迄今为止基本形成了三种倾向性的意见:一是美学的研究对象就是美本身,认为美学要讨论的问题不是具体的美的事物,而是所有美的事物共同具有的那个美本身,那个使一切美的事物之所以美的根本原因;二是美学的研究对象是艺术,美学就是艺术的哲学;三是美学的研究对象是审美经验和审美心理。

美学研究对象可以分为:①美,如美的产生、发展;美的本质、特征、功能;自然美、社会美、艺术美等美的形态;内容美、形式美等美的组成因素及其规律;②审美,如审美心理,审美意识,美感的发生、发展、性质、特征及其规律;③美的创造,如现实美、艺术美的创造规律、发展规律、鉴赏规律等;④美学范畴,如丑、崇高、悲剧性、喜剧性等范畴的审美特性、发展规律及其同美的关系等;⑤美育;⑥美学自身;等等。

美是什么?这是美学的基本理论问题。西方美学史上关于美的本质,从主观精神方面探讨的学者有柏拉图、休谟、康德等,例如柏拉图认为美是理念,休谟认为美是主体的感觉。从物质方面探讨美的本质的学者有亚里士多德、荷加斯、博克等,例如亚里士多德认为美是客观事物的感性形式。从精神和物质统一方面探讨美的本质的学者有狄德罗、车尔尼雪夫斯基等,例如车尔尼雪夫斯基认为美是生活。

> 古希腊哲学家对美的问题非常感兴趣,他们提出了各种各样的美的定义。比如,毕达哥拉斯学派主张美在于数的和谐关系,最美的图形是球形和圆形。赫拉克利特主张美在于对立统一的和谐。苏格拉底主张美在于有用,如果粪筐适用而金盾不适用,那么粪筐是美的,金盾是丑的。柏拉图认为美的理念是先于美的事物而存在的本体。全部的对话以这样一句古希腊谚语结束:"美是难的。"

美是人的社会实践的产物,是人的本质的对象化,是真与善的统一,能引起人的愉悦心情。一般来说,美具有客观性与社会性的统一、形象性与理智性的统一、真实性与功利性的统一、内容美与形式美的统一等特征。

美学是从人对现实的审美关系出发,以艺术作为主要对象,研究美、丑、崇高等审美范畴和人的审美意识、美感经验,以及美的创造、发展及其规律的科学。美学的研究任务除了它作为一门学科,应揭示和阐明审美现象,帮助人们了解美、美的欣赏和美的创造的一般特征和规律,并提高人的审美欣赏能力外,针对当今社会,它尤其还要提高人的精神,促使人生审美化,亦即海德格尔所说的"诗意地栖居"。

（三）设计美学

目前,国内外对设计美学还没有形成统一的定义和系统的理论。设计美学大致可以分为广义和狭义之说。广义的设计美学是从审美的角度认识设计、理解设计。其研究对象包括设计艺术的所有领域,从产品到设计计划、构思到设计方法、技术、制造;从物的实用功能到设计的文化品位、表现风格等;从造物的形态到造物的思想与理想;从审美时尚到市场消费等多种价值尤其是审美价值的研究。(章利国:《现代设计美学》,河南美术出版社 2005 年版)。狭义的设计美学仅指如何根据审美规律进行设计,从而创造出相应于产品使用价值的审美价值。(刘燕、宋方昊:《设计美学》,湖北美术出版社 2009 年版)

我们认为,设计美学是把美学原理运用到设计领域之中,探索设计美的来源、本质、规律和审美形态、体验、标准、活动、形式以及设计中的一些具体技艺美等问题。它与传统的美学学科不同,研究内容主要是物质领域的事物,是一种服务于市场经济的新兴的应用美学,是美学在物质信息转播领域里的一种应用,是设计文化的实践化,同时又是设计观念在美学上的哲学概括。设计美学表现出高度的综合性,它不仅涉及哲学、社会学、心理学、艺术学问题,而且涉及文化学、符号学以及各种技术科学知识,它是融自然科学与社会科学、科技与艺术、物质文化与精神文化于一体的边缘性、交叉性、综合性的一门学科。简单地说,设计美学,就是探讨设计美的本质和发展规律及其原理和方法的学科。对此理解,我们主要基于以下几方面的认识:

1. 从学科特性上说,设计美学是设计学与美学交叉发展而来的一门新兴学科

它们各自的研究对象、范围有交叉的地方,也有明显不同之处。"设计美学"一词,是偏正结构的名词,"设计"修饰、限定"美学",中心词是"美学",由此我们可以认为设计美学既是设计学的一门基础理论学科,又是美学的一个分支。美学研究的最高境界乃是哲学,美学并不等同于艺术,艺术只是人情感的产物。美学关注的是人内在的精神世界,并不仅仅瞩目于人情感的外在显露。设计美学与传统的美学学科不同,它主要研究物质领域的事物,是一种服务于市场经济的新兴的应用美学,是美学在物质信息传播领域里的一种应用,是设计文化的美的研究。从本质上讲,设计就是一个沟通"思"与"行"、理论与实践的重要哲学范畴。它不仅涉及广泛的知识领域,而且具有深刻的哲学含义。例如,我们提出的"生态设计"、"绿色设计"和"环境意识设计"等,反映了社会发展过程中人与自然深层次的相互协调和共同发展的哲学思想。设计归根结底源自哲学观念的变革,哲学的变革又将展现出设计和文化新的发展趋势。设计美学是从审美的角度认识设计、理解设计的一个窗口。对设计美学的研究应当遵从设计学的基本规律,设计学是关于"设计"这一人类创造性行为的理论研究,而"设计是人类为实现某种特定目的而进行的创造性活动"。因此,设计美学要符合设计中所要求的"合目的性"和"创造性"的双重属性。但是,作为设计学的一个分支,设计美学并不是研究一般的设计原理和具体的设计方法,而只对设计艺术活动中的审美现象、审美规律进行研究。

2. 从形成和发展来看,设计美学的产生、发展有两个基础,一是现实基础,二是理论基础

现实基础是人类生产方式的改变。机器大生产的到来、技术水平的发展引起了社会生产方式的变化,导致现代工业化生产方式代替传统的手工生产,人类进入了工业文明时期。从理论基础上讲,设计美学的产生、发展是美学和艺术理论走向大众的必然。一方面,以技术为核心的工业文明直接导致了现代设计的诞生,现代设计则直接影响了设计美学的产生,促成了它的基本理论的形成;另一方面,设计美学的研究立足于审美和艺术理论,针对现代设计在审美和艺术上如何与技术结合的问题,提出合理的方式和途径。应该指出的是,设计中所谓美感与

使用功能,不只是由设计师来感受与判断,还要由生产者、消费者来判断。设计美学的研究还要在对科学技术研究的基础上,综合社会的、人类的、经济的、技术的、文化的、心理的、艺术的各个方面的研究作为依据。设计美学追求的是艺术与技术的统一。"为人而设计"是我们设计一直所追求的目的,明确的研究方向和强烈的现实感是设计美学在时代背景下发展与前进的不竭动力。因此设计美学的研究应该从技术水平和人们的审美心理出发,引导人们建立合理的生活环境和现代生活方式,使设计美学的研究具有现实意义。

现代设计的美学价值在于极大地满足了艺术与科学、功能和形式的高度协调的要求,体现造型美、材质美、装饰美和时代美,直接反映人们的生活和审美情趣,是人们物质生活与精神审美的载体。设计是按照一定的社会审美理想来改变社会生活的有力工具。设计作为人对客观存在的一种审美认识,人们又通过设计理解产品,在审美的意义上掌握产品。因此,在现代生活中,设计是人对产品的审美关系的最高表现形式。在人们对生活质量越来越高的要求驱使下,设计的目的是使其设计的产品与审美达到和谐的统一。现代设计行业与现代设计师们所面临的课题是把现代高科技、工艺与艺术完美相结合,向社会提供价格合理、美观实用的批量产品,传播现代设计的审美信息。信息时代对设计者的具体要求是:其一,一个设计工作者必须有丰富的想象能力;其二,新时代的设计者,还应该具有情感表现能力;其三,作为一个设计艺术家必须表现出独创性,其作品要有不同一般的个性,才会有更大的市场。以上三种能力是当今的设计艺术家必须具备的。而这些能力的培养,虽不能说全靠审美教育来承担,但审美教育却是最佳途径。

3. 从研究问题上来看,设计美学研究的中心问题,重点是要处理好三对关系

一是人与物的关系。人与物的关系不只是美学问题,但设计美学必须将它作为自己立论的基础。设计美学非常重视人的主体地位,在产品设计中强调人性化的设计,以"宜人化"作为设计的基本原则。设计美学虽然重视人的主体地位,但不把这种主体性绝对化,设计美学所追求的最高境界是人与自然的和谐、人与物的和谐。

二是功能与形式的关系。功能是指与产品相关的基本功用、技术、理念等物质性因素。产品的功能是实现功利的前提,艺术设计之不同于艺术创作,根本的原因是设计要讲功利,设计的产品必须是具有某种功能的用品,而不是只供欣赏的艺术品。功能是重要的,但设计也要重视造型、色彩、装饰等审美性因素,这是人们对现代产品以及与产品有关需求的精神性要求。现实功利性和审美形式同样重要,忽视了功能,设计的物质内涵会受到极大影响。同样,忽视了形式,等于无视人们对设计的精神需求。

三是主观与客观的关系。纯艺术的创作是自由的,属于主观性活动,是艺术家个体的情感表现行为。设计虽然也需要创作自由,需要主观表现,但这种自由和表现是有限度的,必须符合客观要求。设计的高明就在于将客观约束转化为主观的自由,设计必须把广大消费者和社会大众的接受看作首要标准,设计更多的是一种设计师和社会大众相结合的客观活动。

从研究对象上来说,设计美学的主要研究对象是设计的美感来源和本质,以及对设计中各种审美经验和美感标准等问题的解释等。

叶朗先生说:"从审美的角度研究和探讨人类行为、日用器物以及生产生活环境,寻找规律性的东西,就是审美设计学的课题。"(叶朗:《现代美学体系》,北京大学出版社2004年版)设计美学研究范围主要包括以下几方面的内容。

(1)设计美学概论,主要包括设计美学的概念、研究对象、研究方法,设计美学的产生原

因、发展过程和发展趋势。

（2）设计美的性质，包括设计美的本质、规律、特征、标准等。

（3）设计美的构成，包括设计美的构成要素、构成法则、构成表现等。

（4）设计美的类型，揭示设计美学的类型的审美特征、审美创造等，主要包括：第一，按设计门类，有广告设计美学、环境艺术设计美学、包装设计美学、建筑设计美学等；第二，根据设计的实施效果，有平面设计美学、三维设计美学等；第三，根据设计目的，有环境艺术设计美学、产品设计美学、视觉传达设计美学等。

目前国内外学者对设计美学的探讨，既有美学界的人士，也有设计界的人士。从现有研究成果看，设计美学的若干问题已有论及，但仍留下很多可进一步探索的空间。这主要表现在：一是美学界的人士多从哲学角度研究设计中的美学问题，理论性较强，而对实际的设计美缺乏相应的分析；二是设计界人士的研究又大多囿于具体技法或细节的范围，讨论的主要是"形式美"、"技术美"（"形式美"、"技术美"当然是设计美学的组成部分，但不是全部，设计的审美应进行多角度、多方面的考察）；三是设计美学自身发展亟须加强与学科建设的研究也亟须提高。本书希望通过对设计理论、美学思想以及设计实践的综合分析，对设计美学这一主题做进一步的探讨。其意义在于：一方面阐释已经大众化、生活化的设计艺术中的美学现象、美学问题，实现审美教育；另一方面通过对大量设计现象的总结，提炼其审美价值，丰富美学理论，深化美学研究；此外，通过理论与实践的总结，把设计美学理论运用于实践，实现新的审美创造，创造新的美学。

二、设计美学的研究方法

从学科性质上看，设计美学是设计学与美学交叉的新兴学科，它具有应用性、技术性、审美性、创新性、时代性等特点。因此，设计美学研究的方法应该是多元的、开放的。具体来说，我们把设计美学的主要研究方法总结为以下几种。

（一）哲学的研究方法

哲学是抽象的理论思维学科。哲学是美学的基础理论，而设计美学则是美学的一个重要分支，在设计美学的研究中采用哲学的方法是理所当然的。所谓哲学的方法就是全面地、综合地把握事物本质的辩证方法。只有借助哲学的方法，我们才能对设计美学进行整体把握，而不是仅仅局限在设计领域的某个局部看问题；才能把设计当作人与世界建立起来的某种关系，从而解决设计美学中的诸多问题。

唯物辩证法对于设计美学研究就具有方法论上的指导意义。之所以如此认为，其理由是：第一，具有方法论上的指导意义。唯物史观科学地解决了人类活动的本质问题，从而也解决了人类设计活动的本质问题。设计的产生和发展决定于人类的实践活动。设计本身就是人类的一种实践活动，设计活动的发展本身就体现了人类实践的进步，而设计美学正是对设计这一实践活动中人与设计的审美关系的研究和概括。第二，强调客观，尊重现实。唯物辩证法的一个基本特点就是唯物论与辩证法的统一，强调对于客观存在、客观规律的尊重。运用唯物辩证法来研究设计美学，就必须要坚持实事求是的原则，从客观存在的人类审美现象出发，来研究设计审美活动的规律。根据这一基本观点，我们研究设计美学时，必须坚持从设计实践出发，理论联系实际地尊重设计活动本身，在设计实践去总结和挖掘理论原则。第三，具有鲜明的历史

性。人类历史的发展、人类意识形态的发展都渗透着历史辩证法，人类的设计审美活动也不例外。设计美学研究不能割断历史，只有运用唯物辩证法的历史观点认真研究设计美学思想史和设计美学理论史，才能科学地揭示设计美学发展的轨迹。

（二）学科汇通的研究方法

设计美学是设计学和美学的交叉学科，因而必然要吸取设计学和美学的研究方法。设计学作为一门综合性学科，跨越了文、理诸多学科，所以它采用的方法也是交叉的，其中的许多方法，都可以被设计美学所用。如哲学抽象方法、心理学描述方法、艺术创造方法、历史发展方法等，都适用于设计美学的研究。同时也需要贯彻理论与实践相结合的方法，这也是设计学对设计美学研究提出的要求，因为设计美学的研究是不能脱离设计本身来进行的，必须与设计实践相结合，所谓"不通一技莫谈艺，实践实感是真凭"就是这个道理。特别要重视的是美学的研究方法对设计美学的影响，设计美学作为美学的一个分支学科，除了要吸取设计学的方法外，也要吸取美学的方法。从美学学科的高度对设计美学中的美是什么和什么样的设计是美的，或是设计中的美是如何可能的，以及又是如何按照美的规律得以实现等基本问题，这些都涉及对设计的美、美感的本质的认识、探讨、把握，以美的思维去掌握世界。设计美学要坚持美学的研究态度，对人与现实之间的审美关系进行深入研究。

（三）理论与实践相结合的研究方法

设计美学提倡问题研究法和实践研究法的组合研究方式，在研究设计美学的过程中，倡导带着问题去学习、研究。其内涵有三：一是要在阅读设计美学书籍的前提下，思考有关设计美学的基本概念和理论；必须掌握设计美学的构成元素、基本原理和法则。二是对典型的设计案例要有深刻的认识和理解，有言之有物、言之有理的分析。三是抓住学习、研究中遇到的问题，并及时记下来，带着问题反复阅读相关章节和参考资料，接受有关指导，思辨置疑，并且把这些理论思考、设计典型案例和个人审美修养结合起来，训练学习、研究本课程必需的思维能力。

实践研究法对于本学科的学习、研究有着不可代替的重要意义。一是指审美实践，要养成欣赏古今中外各种具体优秀设计艺术作品、欣赏自然的习惯，培养设计艺术敏感和鉴赏力，这是构成本学科的审美修养的前提；二是在生活和学习中注意参与实际的设计实践，在领会设计美学与设计审美理论的同时积累设计之美经验，这是本学科的实践性和操作性特色所要求的；三是指学习、研究过程中的思考与练习等作业实践，不能只看不做、只想不练，作业的过程也就是思考、温习、整合、转化的过程，不要忽视。四是研究性实践，对于学有余力或对本学科有更多兴趣的读者，可以就某个专题拟订研究题目，进行深入研究。问题研究法和实践研究法综合运用的研究方法，有利于培养读者及本专业学生运用设计美学原理从事设计实践的创新能力。

总之，设计美学作为一门新兴的交叉学科，它是一个开放的体系，可以借鉴相关学科的研究方法，使自身不断得到丰富和发展。

第二节
审美视野:设计美学发展历程的探析

了解设计美学的产生原因、发展过程和发展趋势，对研究设计美学有着重要的意义。

一、设计美学产生的背景和原因

现代设计美学的产生是在工业革命以后，其原因主要有几个方面。

（一）工业革命兴起、市场经济的建立和发展

18世纪工业革命是人类从农业和手工业经济转变到以工业和机械制造业为主的经济的一次重要意义的转变和革命。从设计的角度来看，如果没有工业革命，就不会有今天所谓的工业设计和现代意义上的设计美学，正是工业革命完成了由传统手工艺到现代设计的转折，随之而来的工业化、标准化和规范化的批量产品的生产为设计带来了一系列的变化。设计行业开始从传统手工制作中分离出来，机器代替手工劳动工具，改变了劳动的性质和社会、经济的关系。设计的内部和外部的环境发生了变化。

图1-2-1　1765年，瓦特发明了蒸汽机

当标准化、批量化成为生产目的时，设计的评判标准就不再是"为艺术而艺术"，而是"为工业而工业"的生产的标准。对于设计外部环境的变化，市场的概念应运而生，消费者的需求、经济利益的追逐、成本的降低、竞争力的提高使产品的生产数量和速度都突飞猛进，设计的受众、要求和目的发生了变化，自给自足的自然经济逐渐消亡。新兴的市民阶层需要价廉物美的产品，市场需求设计的民主意识，不再仅仅是贵族的专利（见图1-2-1）。

如何为新生的机器产品寻找一种合适而美观的形式，成为这个时代需要尽快解决的问题。设计开始独立。设计必须在制造开始前完成，产品的功能在设计阶段就必须被完全确立。在这种情况下，如果在设计上不把功能设计与美的设计结合起来，机器化生产的前景将是黯淡的，用艺术形式与手段去充分发挥和体现产品的功能是市场发展、社会进步的需要。既要用先进的、使用方便的、经济合理的科学技术，同时要运用美学法则，通过立体造型和色彩等去表现产品的艺术性和精神功能，实现产品美的形象，这是设计美学诞生的直接原因。

（二）社会文明的提高、设计大众化

随着人类文明的发展，现代设计不再主要为社会权贵服务，而是成为为大众服务的活动。设计的民主思想已被新兴资产阶级提出，设计的内容也越来越复杂。除了原来简单的功能性考虑以外，装饰性、象征性、社会性也随即产生。功能本身也因为技术发达、社会发展而变得更加细化，市场化则使设计成为商业范畴的活动。作为一个独立的活动，设计已不再为制作简单的工具服务了，而是上升为整个社会服务了。

设计美学立足点的基础是人与物的关系，设计美学所追求的最高境界是人与自然的和谐共生、人与物的和谐发展。随着科学技术的不断发展、人们生活水平的不断提高，人们审美意识也日益增强了，设计美学进入物质生产领域，进入百姓的日常生活之中。物质生产与精神生产、物质文明与精神文明，在设计中是相互联系、相互作用的，设计美学观体现出一个时代的科学技术的发展水平，又体现出一个民族、一个时代的审美能力和审美需求。设计美学的发展，本身就是人类物质文明和精神文明发展的一个必然结果。

（三）设计形式和功能适应机器化生产

工业革命以后，如何克服产品生产及消费中所存在的新旧弊端是工业革命前后一段时期社会生产所面临的当务之急，即克服机器产品粗糙。机器生产虽然缺乏个性，但完全可以通过一定的方式加以解决，即让设计在机械化、批量化的时代发挥作用，在传统的宫廷消费文化逐渐没落、新的符合时代潮流的消费文化尚未建立之时，迫切需要用一种全新的设计形式来指导产品生产及其消费。非艺术品的本质特征就是功能，功能具有实用性，最大地保证产品的经济效益，功能是重要的，但形式也不能忽视，忽视了产品的形式，产品的附加值会受到极大的损失，直接影响产品的经济效益。因此忽视了形式，等于忽视了人们对产品的经济效益，也等于忽视了人们对产品精神上的需求，其实质是对人的片面否定。

对生活质量的重视包括很多方面，但核心的东西可以说是美，生活水平的提高本属于功能性的消费，但越来越多地渗进了审美性的内涵，有些产品的功能性需求甚至降到次要地位，而审美性需求上升到首要地位。产品美已成为商品迅速实现其价值及其增值的重要外因，国际著名设计家雷蒙·洛维提出："丑的商品是卖不出去的"，美是商品成功的金钥匙。设计美的形式与功能的结合促进了新的产品文化和消费文化建立，呼唤着设计美学的诞生。

（四）无数美学先辈对之不倦研究

无数美学家对设计美学的研究，推动着设计审美不断向前发展，为设计美学的产生提供了理论积淀。

西方古代设计思想的流变可以粗略地分为三个阶段：古风时期→古典主义时期→巴洛克时期。审美设计思想理论的发展，可以以蒸汽机的出现为界，划分为两个时代：手工业时代和机器化时代。

手工业时代的西方审美设计，也如同一时代的美术和建筑一样，经历了古风的→古典的→巴洛克的三个不同风格样式的阶段。在古风时期，物质需要是实用重于审美，这不仅反映在古朴稚拙的手工艺产品、建筑中，也反映在苏格拉底的思想中。苏格拉底认为经久耐用的就是美的，这和中国的墨子、韩非子的思想很类似。这种以实用为美的风气是由当时社会生产力发展水平决定的；到了古典时期，由于社会生产力的发展，人们有可能更多地考虑精神需要，考虑如何从审美的角度来规划城市、设计建筑和工艺产品，于是出现了追求纯粹的装饰效果的倾向。由于封建贵族阶级的提倡，这种倾向得到了畸形的发展：轻视实用，重视装饰，盲目追求时尚。这种风气经 17 世纪的"巴洛克"风格，在 18 世纪的"罗可可"风格中达到了登峰造极的地步。盔甲和弩弓上刻着极其复杂的花纹；建筑师设计建筑物最热衷的是那些祭廊、过梁、门像柱、拱形曲线、柱座或线脚之类的东西。这种贵族遗风一直延续到新时代到来之际，19 世纪还出现过以科林斯柱装饰起来的蒸汽机，饰以繁缛的铁制常春藤支架的锯木机，以阿拉伯式的图案装饰的压榨机等。从大城市博物馆的翅托到巴黎的埃菲尔铁塔的基础部分都被饰以繁杂的花哨装饰。无休止的浪费、无边际的讲排场，这种陈规陋俗把审美与实用对立起来，断送了手工业时代审美设计的前程。在这种情况下，美学家们将实用与审美统一起来，构建了一种美学与技术相和谐的理论，并在此基础上不断的发展和提升。

二、设计美学的发展过程

根据生产力发展过程中生产方式的不同，以及设计过程中技术与艺术的关系，我们把设计美学的产生和发展过程大致划分为以下几个历史时期。各个历史阶段的设计审美倾向如下：

（一）萌芽时期的设计美学思想

设计美学的萌芽时期主要是指从人类直立行走到新石器时期的这段时间。这是一个漫长的历史过程，从三四百万年前南非古猿算起至新石器晚期。在这个阶段人们在创造劳动工具的同时，对设计的形式也逐渐开始有了认识。这一时期技术与艺术是融为一体的，"技"就是"艺"，"艺"也就是"技"。在这个时期，劳动是造物活动的前提，也是设计美学起源的动因。"实用性"是设计的主导倾向，经过长期的劳动实践才逐渐掌握了许多形式美的法则，如对称、均衡、反复、交替等，开始为人们所认识，并应用于造物设计活动中，从而产生了一些实用与审美和谐与统一的设计艺术品。这一时期的设计活动是人们在改造自然的劳动中不自觉的行为，其审美取向表现为不自觉性。

> 远古时期，我们的祖先已经开始了漫长的设计之路，根据考古发现，我们可以知道当时的人类已经逐渐感知和把握了一些美的基本规律，如对石器造型和外观的认识。
>
> 山西省芮城县西侯度村发现了距今 180 万年前的旧石器时代的石器，已能看出石器的原料是经过精心选择的石英岩，质地十分坚硬，有着闪亮的光泽，可以看出此时人类对材料的选择以实用和美观作为标准，反映出人类对产品材料的选取和使用已有了一定的规定和目的。人们从产品中感知的形式美，是随着技艺的发展而不断发展的。已经能够看出当时的人类是按预先设想好的一定的造型要求去制作的，主要器型有刮削器、砍砸器、三棱大尖状器等 3 种。

（二）手工艺时期的设计美学思想

从新石器时代到 18 世纪中期以瓦特发明蒸汽机为代表的机器生产时代来临之前的这段时间我们称之为手工艺设计时期。

这个时期人们对美的认识逐渐丰富起来，手工艺的精湛技术发展到极致，产生很多的优秀设计和艺术作品，是中西方手工艺的辉煌时期，也是中西方设计美学发展的成熟期。这段时间出现了诸多哲学家和美学家，他们的哲学、美学理论观点一直影响着设计美学的发展，并对设计理念的发展产生了巨大的影响。

中国的孔子、墨子、管子、老子在早期哲学美学和工艺美学中均有较高境界的设计美学思想。

孔子——"兴"、"观"、"群"、"怨"设计美学标准。孔子在《论语·阳货》里提出"兴"、"观"、"群"、"怨"的说法，其后被单独提炼作为一种评审艺术作品的美学准则。"兴"指能引起欣赏者精神的感动与奋发；"观"指可使人了解社会生活、政治风俗的盛衰得失；"群"指可以在社会人群中引起思想交流、相互感染，从而保持社会群体的和谐；"怨"指可以对不良现象的种种表现表示出否定性的情感态度。孔子既高度重视审美对陶冶个体的心理功能，又十分注意审美对协和人群的社会效果。

墨子——"兼相爱，交相利"的设计审美准则。墨子是春秋战国时期著名的思想家、教育家和科学家，他是中国设计史上最为多才多艺的人物之一。他极力强调产品物态生产的实用性，主张"先质而后文"，所谓"衣必常暖，然后求丽；居必常安，然后求乐"。这就是实用第一性。而且，他以实用作为美的评价的基础，"功利于人谓之巧，不利于人谓之拙"。《墨经》对设计行业提出一种评判标准，"兼相爱，交相利"，即，重功能设计而反对无谓的装饰，以追求"器完而不

饰"为评判标准。

管子——"质真而素朴"的设计审美志趣。管子名管仲,曾帮助齐桓公"尊王攘夷",使之成为春秋时期的第一任霸主,他曾从5个方面阐述为君临政需要注意并解决的重大问题,其中之一便是"废弃雕饰"。管子视装饰为忤逆理论的提出是有其特定历史背景的,然而与近现代西方实用主义设计准则不谋而合,其精髓是追求素朴、质真的设计审美原则和崇高的社会、道德理想,所贯穿其中的主题是充满激情的精研沉思和清醒宁静的冥想、静观。

老子——"阴阳五行说"对设计的审美品评。阴阳五行学说体系是老子最为本体的哲学观点,"五行"概念最早出现在《尚书·洪范》中,其本意不过是将物质区分为五类,言其功用及性质而已,及至西周始明确五行不仅仅是五种具体的民生材料,而是产生宇宙万物的本源性物质元素,五行学说至此才有了哲学意义。老子运用五行的原理提出新的哲学命题:"万物负阴而抱阳,冲气以为和",即通常所说的"阴阳"理论,于此"阴阳"学术兴起,成为新的解释自然与社会现象的普遍原理。"阴阳"学说在后来的发展演化中被抽象、纯粹提炼出来,形成"道"派。老子体系不仅第一个系统地提出了宇宙本原"道"之学说,而且还提出了"天下万物生于有,有生于无"、"无为而无不为"等一系列重要的命题,对人与自然的关系结构作出了阐释和规定,而且还阐释了人类感知与行为的一般原则和方法。老子的"阴阳五行说"深刻影响着人们的生活,并形成一种传统文化。从"阴阳五行说"对建筑设计的影响中,我们可以看到各种因素互为表里、相互感应,体现了"阴阳五行说"在建筑中起到的作用。

中国古代美学的发展,能够带给我们丰富的美学思想、多元的传统文化和对工艺、设计、美的规律的进一步认识,并能够提供给我们许多新的启发,这对实际创作思想的激发大有裨益。

古希腊、罗马时期的艺术和设计是设计艺术的源头,现代许多设计观念的形成与那时的美学有着千丝万缕的联系。苏格拉底、柏拉图、亚里士多德等提出了关于美的本质和审美标准、美和善的关系、实用与审美的关系等理论,这是设计美学建构的理论基础。古希腊建筑风格的特点主要是和谐、完美、崇高,神庙建筑则是这些风格特点的集中体现,也是古希腊乃至整个欧洲最伟大、最辉煌、影响最深远的建筑。古罗马的设计继承了古希腊设计的辉煌成就,并进一步向前发展,创造辉煌的设计成就:手工艺产品开始实现了批量化生产,并逐渐成为生产的趋势;进而设计与生产开始逐渐脱离,出现了专门从事设计的设计师。在建筑设计方面,罗马人较之希腊人更喜欢宏大的场面。如巨大的角斗场和万神庙等,使古罗马的建筑更加雄伟壮观。

从14世纪到16世纪,西欧与中欧国家的文艺复兴运动造就了一大批工匠,在人本主义思想的影响下,唤起了人性意识和人们自主的创造精神。由于文艺复兴促进了艺术与工艺的分离,设计与生产也逐渐分离开来,设计师成为一项独立的职业。艺术家也从工匠队伍中分离出来,美术成为不同于手工艺的事物。文艺复兴运动不仅在绘画艺术、雕塑艺术中要求"和谐",在设计上也一样适用,如意大利的家具设计,在比例上比较讲究协调、统一,纹饰也向简洁的方向发展,遵循整体、协调的原则。这一时期关于设计的美学理论开始出现,如意大利建筑设计师莱昂·巴蒂斯塔·阿尔伯蒂的《论建筑》、培根的应用美学等论著。这一时代的建筑、家具、绘画、雕刻等文化艺术领域都进入了一个崭新的阶段,众星灿烂,大师辈出,如建筑大师维尼奥拉和帕拉第奥。文艺复兴盛期三杰是指建筑师米开朗基罗、画家达·芬奇和拉斐尔,在设计上具有伟大成就。

16世纪下半叶,欧洲艺术进入了一个新的历史时期,史称浪漫时期。浪漫时期的设计风格主要以巴洛克风格和洛可可风格为代表。巴洛克风格设计刻意追求反常出奇、标新立异。

它既有宗教的特色，又有享乐主义的色彩，它是一种激情的艺术；它打破理性的宁静和谐，具有浓郁的浪漫主义色彩，强调艺术家的丰富想象力；它极力强调运动与变化，注重作品的空间感和立体感。洛可可风格把巴洛克风格的华丽演绎到极致，但与巴洛克风格相比，洛可可风格更注重华丽和轻巧，这种贵族化的风格由于刻意追求装饰而变得过于华丽。

（三）机器生产时期的设计美学思想

机器生产时期的设计美学是指进入工业时期后，人们发明并运用机器进行机械化生产时期的美学。这个时期设计和生产的分工已经非常明确，设计作为独立的部门分离出来，设计美学也作为独立的学科被确立起来。

现代设计美学问题的提出，就是在工业革命产生以后，针对机器批量生产引发的产品艺术质量问题的下降，唤起人们对机器生产美学问题的考虑。希望以美学的方式影响现代设计，是现代工业生产和科学技术高度发展的产物。这一时期设计美学思想主要表现在工艺美术运动、新艺术运动和装饰艺术运动的变革与发展（见图1-2-2）。

图1-2-2 "水晶宫"内景，1854年

设计：约瑟芬·帕克斯顿爵士

1. 工艺美术运动（The Art and Craft Movement，约1860年代—1880年代）

工艺美术运动是起源于英国19世纪下半叶的一场设计运动。旨在解决产品技术与艺术之间矛盾的美学运动。约翰·拉斯金（John Ruskin）和威廉·莫里斯（William Morris）主张恢复手工艺传统，反对工业化和大批量生产方式，尝试采用中世纪的淳朴风格，学习日本民间装饰手法，吸取自然主义的装饰动机，以期创造出一种新设计风格（见图1-2-3、1-2-4）。拉斯金和莫里斯思想的重要性在于，向世人提出了迫切需要解决的机械生产和审美需要之间的矛盾问题，而这正是现代设计美学研究的要心。

图1-2-3 约翰·拉斯金（1819—1900）

图1-2-4 威廉·莫里斯（1834—1898）

工艺美术运动

起因：19世纪下半叶工业批量生产导致家具、室内用品、建筑的设计水准下降。例如1851年伦敦举行第一个世界博览会"水晶宫"。

主要人物：理论奠基人：威廉·莫里斯；创始人：约翰·拉斯金

风格：追求自然纹样和哥特风格，例如"红屋"。

特点：(1)强调手工艺，反对机械化批量生产；(2)反维多利亚及其他古典、传统的复兴风格；(3)提倡哥特风格；(4)讲究朴实诚恳；(5)装饰上推崇自然主义、东方装饰和东方艺术。

设计原则：设计大众化，团队协作

工艺美术运动的意义影响：创造了新的设计风格。对工业化的反对，和对机械、大批量生产的否定，注定工艺美术运动不能形成领导潮流的主流风格。强调装饰导致成本增加，没能真正为大众服务。但它代表了整整一代欧洲知识分子的感受，因此工艺美术运动的探索为此后的新艺术运动奠定了基础。（见图1-2-5、1-2-6）

图1-2-5 "红屋"
设计：菲里普·韦伯，1859年

图1-2-6 典型的工艺美术运动风格的室内设计

2. 新艺术运动（Art Nouveau，约1880年代—1910年代）

19世纪后期，在英国的艺术与手工艺运动的影响下，引发了一场欧洲大陆的设计运动，这

图1-2-7 Cherry 玻璃水瓶
设计：科罗曼·莫塞尔（Koloman Moser），1901年

场运动是以法国、比利时等国的"新艺术运动"为主要内容和标志的。新艺术运动努力向自然界学习并加以大胆创新，试图以自然主义的风格开创设计新鲜气息的先河。新艺术运动主张艺术与技术相结合，提倡艺术家从事产品设计。他们用流动的形态和蜿蜒交织的线条来象征和隐喻自然生命，发展成为新艺术运动装饰的特征。新艺术风格的变化是很广泛的，在不同国家、不同学派，具有不同的特点；使用不同的技巧和材料也会有不同的表现方式。既有非常朴素的直线或方格网的平面构图，也有极富装饰性的三度空间的优美造型。这一运动带有较多感性和浪漫的色彩，表现出怀旧和憧憬中的世纪末情绪，是传统的审美观

和工业化发展进程中所出现的新的审美观念之间的矛盾产物。新艺术运动是设计从传统走向现代的过渡阶段和转折点(见图1-2-7至1-2-13)。

图1-2-8 装饰图案
设计:查尔斯·沃伊瑟

图1-2-9 为舞蹈家Luie Fuller所画的招贴画
设计:乔尔斯·查尔特,1893年

家具和灯具

家具与室内 设计:麦金托什,1902年

图1-2-10 麦金托什设计

3. 装饰艺术运动

装饰艺术运动是在20世纪20年代到30年代在法、美、英等国形成的一次风格特殊的设计运动,成为一种世界流行的风格,影响了设计的方方面面。虽然它产生的时间与现代主义设计同时,但它并不能成为现代主义设计运动,而只能是一种装饰运动的发展。这是因为在设计的意识形态上,它所服务的对象依然是社会的上层,是少数的资产阶级权贵,这与强调设计民主化,强调设计的社会效应的现代主义立场大相径庭。与工艺美术运动和新艺术运动相比,

图1-2-11　巴特罗公寓的屋顶，
　　　　　建于1904—1906年

设计：安东尼·高迪

图1-2-12　圣家族教堂屋顶细部，
　　　　　建于1882年

设计：安东尼·高迪

图1-2-13　蒂夫尼公司生产的台灯

图1-2-14　典型的装饰艺术
　　　　　风格的雕塑

装饰艺术运动具有更加积极的时代意义，它反对古典主义的、自然（特别是有机形态）的、单纯手工业的趋向，主张机械化的美。他们不再回避机械形式，也不回避新的材料，如钢铁、玻璃等（见图1-2-14）。他们认为，时代不同了，现代化和工业化趋势不可阻挡，与其回避它，还不如去适应它。他们采用大量新的装饰，使机械形式及现代的特征变得更加自然、华贵。装饰艺术运动风格表现出强烈的装饰性。在形式上主要受埃及等古代装饰风格、原始艺术以及具有强烈时代特征的简单几何外形、舞台艺术风格及汽车的影响而成。在色彩上，形成自己特有的色彩计划，特别重视强烈的原色和金属色彩，即红、黄、蓝和古铜、金、银等色彩。在造型上，简单明快的几何外形与复杂的表面装饰融为一体，成为法国装饰艺术风格家具的一大特色。在建筑上，主要表现为装饰动机与新材料的混合采用。（见图1-2-15至1-2-17）

图 1 - 2 - 15　诺克菲尔中心的立面浮雕

图 1 - 2 - 16　壳牌石油招贴画

设计：爱德华·麦克奈特·科夫，1933 年

图 1 - 2 - 17　Cord 812 型车（美国最著名的流线型汽车）

设计：Gordon Buehrig，1936 年

（四）现代主义时期的设计美学思想

这一时期从 1919 年包豪斯学院的成立始到 1972 年止。现代主义是一个十分复杂的概念。在美学和文学领域中有广义和狭义两种理解。广义的理解是指 19 世纪八九十年代兴起的一系列反传统的美学、文学思潮，即所谓的西方现代文学艺术思潮的总和。狭义的现代主义则是指 19 世纪初到第二次世界大战之间取代象征主义而出现的几个特定文学艺术流派，其中包括未来主义、表现主义、构成主义等。现代主义设计的主要特征包括三个方面：一是功能主义是现代主义设计的主要内容；二是现代主义设计的受众是大众群体，这与以往的精英设计截然不同，更注重规范性、系列性、批量化，反对个性；三是在机器充满社会的现状面前，主张寻找新的设计形式，建立新的设计美学。现代主义设计运动，在欧洲基本上是从三个国家的探索开始的，即荷兰的"风格派"运动、俄国的构成主义设计运动和德意志制造联盟和包豪斯学院。

1. 荷兰风格派运动（De Stijil，1917—1928）

风格派是荷兰的一些画家、设计家、建筑师在 20 世纪一二十年代（见图 1 - 2 - 18、1 - 2 - 19）组织起来的一个松散的艺术团体。风格派基本上是一种美学运动，目的是要创造一种普遍的形式语言，追求"普遍真理"。其宗旨是完全拒绝使用任何的具象元素，只用单纯的色彩和几何形象来表现纯粹的精神。荷兰新风格喜欢采用纵横结构来构图，喜欢采用原色和中性色，这使得荷兰风格派的作品具有一种不事雕琢的朴素美和简洁美。

凡·杜斯白格(Theo van doesburg 1883—1931)是出版家和批评家，他是风格派组织的理论家。他通过出版和在欧洲的旅行传播风格派的观点，并与包豪斯学校和俄国的构成主义建立了联系

盖里特·里特维德(Gerrit Thomas Rietveld 1888-1964)受到弗兰克·L·赖特的影响，从1900开始设计了自己的家具。自1918年后，成为风格派的成员之一，20世纪他转向了建筑，1928年，他创办了"国际现代建筑委员会"（CIAM）

彼得·蒙德里安(Piet Mondrian 1872-1944)从后印象主义和立体主义转向抽象艺术。与其他艺术家共同发起了风格派运动，他于1925年与凡·杜斯伯格决裂，但在1929年到1931年间与他重建友谊，成为凡·杜斯伯格的新艺术家组织、抽象创造的成员之一

图1-2-18　荷兰风格派运动(1918—1928)

　　风格派重要代表作品之一红蓝椅子(见图1-2-20)，完全采用简单的几何形态构成，结构简洁，色彩单纯。它所使用的红色、蓝色、黄色，正是蒙德里安的绘画常用的颜色。这种与众不同的造型形式，摆脱了任何一种历史家具的影响，成为独立的、现代主义的形式宣言，是现代主义形式探索上一个重要的里程碑。从20世纪20年代起，风格派就越出荷兰国界，成为欧洲前卫艺术先锋。其美学思想渗入各国的绘画、雕塑、建筑、工艺、设计等诸多领域，尤其对现代建筑和设计产生了深远影响(见图1-2-21)。

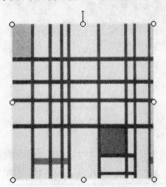 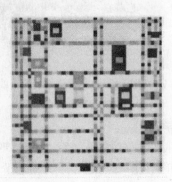 

图1-2-19　《红、黄、蓝》油画，蒙德里安，1928年

图1-2-20　"红蓝"椅
设计:盖里特·里特维德,1917—1923年

图1-2-21　"施罗德"住宅室内
设计:盖里特·里特维德,1924年

2. 俄国构成主义设计运动（Constructivism，1917—1925）

俄国构成主义运动是十月革命前后在俄国产生的前卫艺术运动和设计运动。构成主义者主张理性主义原则，在形式上强调结构。他们认为任何新的形式，特别是构成主义的形成都具有社会含义，是为社会体系服务的。俄国构成主义建筑家、设计家拥护新生的无产阶级政权，提出构成主义应为无产阶级的国家服务。这样旗帜鲜明的政治立场在设计史和艺术史上是少见的。俄国构成主义对于西欧的艺术先驱和前卫设计家都有重要的影响。被设计学界视为构成主义最主要代表人物的塔特林（见图1-2-22），在探索机械精神与设计艺术结合方面颇具独特之处。他创作的《第三国际塔》，被认为是构成主义设计的经典之作。这座塔比埃菲尔铁塔高出一半，里面包括国际会议中心、无线电台、通信中心等，这个现代主义的建筑，其实是一个无产阶级和共产主义的雕塑，它的象征性比实用性更重要。

图1-2-22 第三国际塔
设计：塔特林，1919—1920年

第一次世界大战后，西欧出现了表现主义设计思潮，这种思潮中夹杂不少的伤感主义、虚无主义因素。俄国构成主义的传入对这种颓靡之风是个不小的冲击，构成主义强调设计的社会目的性虽不无偏激，但重视设计与人民生活的联系，有其进步意义。包豪斯的负责人格罗佩斯受其影响，抛弃了无病呻吟的表现主义艺术方式，转向理性主义，提出"不要教堂，只要生产的机器"的口号。因此，俄国构成主义对西方现代设计转向功能主义、理性主义起到了关键性的作用。

德意志制造联盟（Deutscher Werkbund，1907—1914）

工业设计真正在理论上和实践上的突破，来自于1907年成立的德意志制造联盟。20世纪初的德国工业同盟或德意志制造联盟是德国现代主义设计的基石。通过其宣言阐明，美学标准的合理性与我们时代的整个文化精神密切相关，与我们追求和谐、社会公正以及工作与生活的统一领导密切相关，其目的在于提高工业产品和建筑的设计水平。该联盟提出"优质产品"的口号，主张用机器来生产具有良好工艺质量的产品，并积极推广产品的标准化、规格化。联盟的宗旨就是把艺术、工业、手工艺结合起来。正是在这种国家的"一种统一的审美趣味"指导下的运动，使设计进入社会经济的文化领域，由一种体现国家文化的艺术风格再现其经济的价值。德意志制造联盟的成立，标志着现代设计艺术时代的来临（见图1-2-23）。

包豪斯学院

1919年4月1日，公立包豪斯学院成立。包豪斯是德国"国立魏玛建筑学校"的简称。她的成立标志着现代设计的诞生，对世界现代设计的发展产生了深远的影响。包豪斯是世界上第一所完全为发展现代设计教育而建立的学院，被誉为"现代设计的摇篮"（见图1-2-24至1-2-27）。"包豪斯"一词是德语Bauhaus的音译，由德语Hausbau（房屋建筑）一词倒置而成。包豪斯在阐释其设计理念时首次较系统地涉及了设计美学方面的问题。包豪斯的主要思想是要求产品按标准化的形式进行生产，并要求设计是"简洁和线条分明的设计，每一个局部都自然融合到综合的体积的整体中去"。"简洁又实用"是包豪斯时代的标志，放在今天依然适用。

图 1 - 2 - 23　AEG 公司生产的电水壶

设计：彼得·贝伦斯，1909 年

包豪斯的理性与科学的设计美学思想体现在引导现代设计逐步从理想主义走向现实主义上，从而奠定了现代主义设计的观念基础。包豪斯重视现代材料、现代技术、现代结构的应用，并由现代工业直接创造美学价值，其设计美学思想的精髓主要表现在以下三点：一是艺术与技术的新统一；二是设计的目的是人而不是产品；三是设计必须遵守自然和客观的法则（见图 1 - 2 - 28 至 1 - 2 - 31）。但包豪斯的美学思想也并非完美，对设计艺术的影响也产生了一些负面作用，例如，产品的造型中过分迷恋抽象几何形，给人一种冷漠感，缺乏人性的温暖。对包豪斯最为激烈的批评，是其对建筑设计的"国际式"影响，即淡化了艺术多元化和民族性的内涵，走入了模式化的怪圈。因而受到了许多设计理论家和美学家的批判。

图 1 - 2 - 24　德国包豪斯校址，1925—1930 年

图 1 - 2 - 25

包豪斯第一任校长（1919—1928）沃尔特·格罗皮乌斯（Walter Gropius，1883—1969）

图 1 - 2 - 26

包豪斯第二任校长（1928—1930）汉斯·迈耶
（Hanns Meyer，1889—1954）

图 1 - 2 - 27

包豪斯第三任校长（1931—1933）密斯·凡德
罗（Ludwig Mies van der Rohe，1886—1969）

图 1 - 2 - 28　报刊亭

设计：赫伯特·拜耶，1928 年

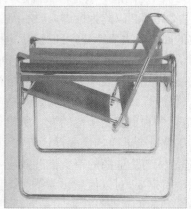

图 1 - 2 - 29　Club B3 钢管椅

设计：马歇尔·布鲁耶，1926 年

图 1-2-30 咖啡具
设计:卡尔·穆勒,1929 年

图 1-2-31 包豪斯金属车间生产的茶壶
设计:玛丽安·布兰德,1928—1930 年

第二次世界大战后,设计的重心从欧洲移到美国和日本。早在"二战"前,美国就悄悄地发展工业设计。美国没有传统文化的束缚,它比欧洲发展工业设计阻力要小得多,可谓轻装上阵。而且美国的哲学精神以实用著称于世,因而初期的设计普遍讲究实用主义,很少考虑外形,形成了功能第一的设计原则。

> 1944 年 12 月,英国创立了第一个有关技术美学的组织。1951 年美国成立了类似的组织。1952 年,作为民间学术组织的日本工业设计师协会(JIDA)成立,同年,日本国立工艺指导所改名为"工业设计院产业工艺试验所"。1953 年在法国巴黎召开了一次国际工业美学会议,会上制定的工业美学宪章中规定"工业美学是工业生产领域的美的科学"。1957 年在瑞士日内瓦成立了国际技术美学协会。1962 年苏联成立了技术美学科学研究所。

(五) 后工业化时期的设计美学思想

20 世纪 60 年代直至今天,有人认为它是后工业化时代。这个时代的设计明显与现代设计(60 年代之前)有所区别。现代设计追求理性与功能,风格简洁、明快;后现代主义设计风格多元化、个性化。它较早体现在建筑设计中,逐渐波及设计的其他领域。

1972 年,美国的一座方盒式高层公寓还没有启用便被炸掉,后现代主义理论家詹克斯说:"现代主义死了。"以此为标志,开始了后工业时代。作为对现代主义的反动,后工业时代以人的地位的回归为主要特征,可以说是一种"新人文主义"。人们不再是技术的狂热信徒,而是理智地承认了技术的局限性,从而在设计中更多地注意保护和弘扬人的主体精神和内心世界,在设计的指导思想上,表现为对物质与精神的并重、对环境与身心的并重、对功能与审美的并重。地域性、民族性、个性得到新的弘扬,枯燥、单调的国际风格为各具风采的多元的、多样的、有机的、感情化的和富有文化性的设计所代替。

后工业社会诞生的众多设计流派,其主要特征是:设计十分突出产品的新意和强烈的文化元素,追求人与工业品的审美情感效应,寻求更丰富的设计语言与视角形象,满足了不同文化群体的消费需要,对以信息化为鲜明特色的后工业社会的设计有重大的影响。

意大利的孟菲斯设计集团是后现代主义设计的重要代表。孟菲斯开创了一种反对一切固定模式的开放性设计,开创了丰富多样的当代意大利设计局面。孟菲斯是从感性的人文角度出发而不是从科学的理性开始设计。

解构主义是后现代时期的设计探索形式之一。解构主义及解构主义者所做的是打破现有的单元化的秩序。解构主义作为一种设计风格的探索兴起于20世纪80年代,重要的代表人物是弗兰克·盖里(F. O. Gehry)、伯纳德·屈米。盖里的建筑更倾向于体块的分割与重构,他设计的毕尔巴鄂—古根海姆博物馆就是由几个粗重的体块相互碰撞、穿插而成,并形成了扭曲而极富力感的空间,令人叹为观止。

后现代主义的设计团体众多,表现形式多种多样,深深地影响着20世纪80年代以来的产品设计方向。后现代主义设计包容万象、开放的设计观,为达到满足、符合人的行为、情感多方面的需要提供了新的视角。现代主义和后现代主义设计美学的转换看似对立,实际上对设计向更宽、更广方面发展拓宽了方向,为实现设计的多元化、提高设计水平、更好地满足人的客观需要提供了有益的方向。后现代主义的设计更是弘扬地方文化与艺术传统,注重对历史的借鉴,将优秀的传统艺术语言与现代表现手法相结合,使设计的艺术与产品达到完美的境界。

在现代设计美学的发展过程中,美国起到了举足轻重的作用。美国的艺术设计深深地扎根于商业文明之中。为艺术设计的发展开辟了一条新的道路,另外从20世纪60年代开始,美国艺术家对于新艺术形式探索的成就远远领先于欧洲。如波普艺术、概念艺术、大地艺术、极少主义以及影像艺术等,从而在艺术思潮和美学上确立了领先地位,欧洲艺术家们反而成为追随者。美国的艺术设计观念在其他国家推广起来,美国开始领跑世界的艺术设计潮流。

波普艺术把人们最熟悉、最平凡的日常生活物品,通过版画这个传统的大众传播手段,来引起人们对于事物本身原有概念的再思考。以安迪·沃霍尔为例,他在绘画中运用商业中的照相丝网制版,能制作大量生产的绘画。如表现玛丽莲·梦露、伊丽莎白·泰勒、肯尼迪、毛泽东等人的作品。从精神消费文化中捕捉流行符号,从实践上诠释了符号学对于传播现象及媒介文化的某些观点和论述。

波普艺术思潮在家具设计中也有大量表现。许多风马牛不相及的元素体现在设计中,运用夸张、重组、变形等多种手法。1969年意大利扎诺塔家具公司推出的袋椅,由装有塑料小球的袋子构成,曾风行一时。

后工业社会以来"构成"的现代设计美学理念,已广泛应用于工业设计、建筑设计、平面设计、时装设计、舞台美术、视觉传递等领域,给我们的设计文化注入了新鲜血液。"构成"在实用设计的运用,给人们带来的视觉享受的例子是举不胜举的。设计美之元素,还常常被运用到家具、生活日用品和工业产品中的电话、家用电器中,我们已经在现实生活中感受到了这种由现代高科技和现代艺术观念带给我们的物质和精神的享受。

概言之,设计美学思想及萌芽古已有之,但设计审美问题的真正提出即现代设计美学,是在工业革命后,随着经济迅速发展,社会物质逐渐丰富,人们对粗陋的机器产品日渐不满意,工业产品的审美问题引起了人们的关注而产生的;同时,无数美学先辈对之不倦研究,为现代设计美学的产生提供了深厚的理论基础。现代设计美学是社会生产方式发展的现实需要,是人们的生活方式发生革命的必然结果。

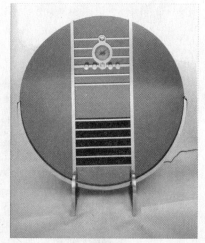

图1-2-32　"Bluebird"收音机

设计:怀特·D. 蒂古,1934—1936年

● 美国现代设计

(见图1-2-32至1-2-36)。

图 1 - 2 - 33　福特不同时期的 T 型车,1912—1925 年

图 1 - 2 - 34　通用汽车公司的 Chevrolet 车,1955 年

图 1 - 2 - 35　"大草坪"椅

设计:斯特姆小组,1966—1970 年

图 1 - 2 - 36　No. 577 舌头椅

设计:皮埃尔·鲍林,1967 年

● 后现代设计

(见图 1 - 2 - 37 至 1 - 2 - 42)。

图 1 - 2 - 37　意大利广场

设计:查尔斯·穆尔,1974—1978 年

图 1 - 2 - 38 美国电报电话公司纽约总部大厦
设计:菲利普·约翰逊和伯奇,1978—1983 年

图 1 - 2 - 39 巴黎蓬皮杜艺术中心
设计:伦佐·皮亚诺和理查德·罗杰斯,1971—1977 年

图 1 - 2 - 40 迪斯尼音乐厅
设计:弗兰克·盖里,2003 年

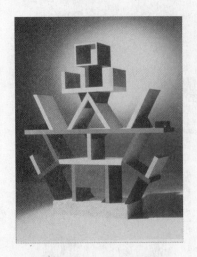

图 1-2-41 卡尔顿书架

设计:埃特·索托萨斯,1981 年

图 1-2-42 卡萨布兰卡屏风

设计:埃特·索托萨斯,1981 年

三、设计美学的发展与趋势

(一) 设计美学在我国的发展现状

我国在较长的一段时间里,设计美学与技术美学是通用的。技术美学是研究物质生产和器物文化中有关美学问题的一门应用美学学科。技术美学包含了工业美学、劳动美学、商品美学、建筑美学等。其内容大致可以概括为两个方面:一方面是生产中的美学问题,也就是生产美学、劳动美学等问题;另一方面是研究劳动生产中与美学问题密切相关的艺术设计,即"迪扎因"(desigr)问题。"迪扎因"是国际上广泛流行的技术美学的重要术语。它是指在现代科学技术最新成果的基础上,全面考虑劳动生产的经济、实用、美观和工艺需要而进行的设计。钱学森、李泽厚、蔡仪等科学家和美学前辈对技术美学非常关注。钱学森曾撰文指出了这一学科的跨学科性质,并强调要与工业设计的实践相结合。他说:科学技术的产品设计和制造中的美术问题。例如各种日用品,要做到既"美观大方",又经济实用,这大概属于工艺美术……它是社会主义物质文明建设和社会主义精神文明建设的大事了(钱学森:《对技术美学和美学的一点认识》,《技术美学》1984 年第 1 期)。李泽厚指出,现在是科学技术高度发展的时代,我们欣赏长江大桥、高速飞机,并不只是对形式美的观赏,而是从中感到社会的目的性,感受到社会劳动成果所具有的飞速前进的内容(《技术美学与工业设计》丛刊 1,第 9 页,南开大学出版社 1986 年版)。这一时期,技术美学的论著有:孔寿山等《技术美学概论》(1992 年),徐恒醇《实用技术美学》(1995 年)、《技术美学原理》(1987 年),陈望衡《科技美学原理》(1992 年)等。

我们以为,技术美可以作为设计美学的主体,是构成设计美学的重要内容和必要条件。但是,设计美学不能等同于技术美学,两者各有其不同的侧重点,设计美学有其独立生存发展的必要性与重要性。在设计美的门类上,除了传统的技术美、自然美、社会美、艺术美外,还出现了科学美、生活美等新门类。设计美在考虑技术和艺术相结合的同时,还需要综合分析社会的、文化的、经济的、心理的、生理的诸因素。更确切地说,技术美学的研究领域偏向于工业设计,技术美首先以观念形态存在于工业设计之中,然后借助于大工业生产得以实现。设计美学则更加适合设计的多元领域的研究,包括工业设计但不只是工业设计,像广告设计、环境设计、建筑设计都完全属于工业设计,但它们又都属于艺术设计。广告设计、环境设计、建筑设计有一些特殊的美学问题,是技术美学不能替代的。比如说,现代工业是以运用及其进行批量化生产为特点的,而广告设计、环境设计、建筑设计就不是这样。通用化、标准化在工业设计中是一个重要问题,而这在广告设计、环境设计、建筑设计中就不是那么重要。尽管如此,工业设计还是艺术设计的主体,此外,与之相关的技术美也应该说是设计美的主体。

随着我国经济社会的发展,人们进一步关注和重视工业设计,以及对"设计"内涵的拓展与变化,更多的人开始关注生态,关注人与自然的和谐相处,因此,"设计"的责任也越来越重。特别是人们提出设计美学的学科建设问题以后,对设计美学的问题的研究变得富有建设性意义了。近几年来,许多高等院校的艺术或与设计相关的专业都增设了设计美学这门课程,编著了一些教科书,如徐恒醇《设计美学》、章利国《设计美学》、陈望衡《艺术设计美学》等教材为我国设计美学学科的完善与发展奠定了坚实的基础。但是,设计美学是国际新生学科"设计科学"的一个分支,也是我国起步较晚的一门新兴学科,还存在着没形成统一的、区别于其他学科的、比较精确的核心概念体系,其研究方法还不够独特而有效,教育体系还不成熟等问题。比如,设计美学的研究对象不够确定、不够统一。到目前为止,"设计美学"的含义还是相当模糊的,没有形成规定而明确的定义。设计美学可以是"设计学"理论研究的一个组成部分,也是应用美学的一个分支。但是,我们惯常的"设计美学"的提法,并没有将这种"交叉性"表述得很清楚。设计美学的主要研究对象,应该是与"非纯艺术"的一切设计现象有关的美学问题。目前,很多设计美学学者都试图阐释设计美学的研究对象,但一些学者关注得最多的内容主要是"中外设计理论史",或者说,"设计理论史"内容最具有较强的通约性和统一性,因此,这几乎让设计美学研究变成了"设计史研究"或"设计理论史研究"。将悠久的设计历史长河中每个时代的设计理论整理起来,就会形成一部内容丰富、同时也是内容相当纷杂的"设计理论史",而且,从中确实也可以整理出很多"设计美学思想"。但问题是,"设计理论"毕竟不是"设计美学思想",从设计理论宝库中提炼出设计美学学科体系的工作,到现在依然没有完成,这当然极大地制约了设计美学学科自身的发展。我们认为,设计是一个系统工程,它涉及的学科领域非常广泛,包括经济学、社会学、法学、哲学、艺术学、美学,等等。艺术设计是就设计具有一定的艺术成分和艺术意义而言的。马克思说:"人也按照美的规律来建造。"人的任何活动均程度不一地具有美的因素。设计作为人的创造性活动,其根本目的是为了满足人的物质生活和精神生活的需要,提高生活的质量和品位。无疑,设计更应按照美的规律来进行。美学,是以一切美的领域为自己的研究对象,具体地说,就是美的存在、美的本质、美的规律、美的认识、美的感受、美的创造等领域。美学是设计的思想和灵魂。这样,就有了具美学意义的设计,设计也就与美学联姻,设计美学这门设计与美学的交叉性学科也就应运而生了。

(二)设计美学的发展趋势

进入 21 世纪,西方的高度工业化,以及中国社会的快速变迁对于设计审美的发展形成有重要影响,主要有以下几个因素:全球化、高科技、现代化、信息化、新媒体、生态化等。这些改变人类生存状态的因素也影响了设计美学观念、设计审美情趣和设计审美标准等,体

现出后现代设计审美的特有姿容，以及设计美学的国际化、民族化、虚拟化、人性化、生态化等发展趋势。

1. 设计审美的国际化

在全球化时代，各种设计文化系统被广泛深入交流，设计文化的异域风情和异质内涵引发广泛的设计文化审美兴趣，过去以功利性标准形成的纵向单线的设计文化进步序列图，被横向平行的设计文化拼合图景替代，设计文化作为人类生存方式的系统化，由生存状态变成设计审美对象。设计审美从微观走向宏观，不再局限于艺术设计审美、自然物设计审美和社会事物及人自身的设计审美，诸如民族文化、地域文化、时代文化、职业文化、性别文化等成为新的宏大设计审美对象，并出现了跨文化的设计审美认知，与后现代主义去中心去本质的趋势合一。

2. 设计审美的民族化

在经济全球化背景下，设计审美的国际化成为不可避免的趋势。但在国际化趋势下，民族化又是不可或缺的重要组成部分。民族化体现了共性中的个性、一般中的特殊、整体中的局部，它的存在是以国际化的大趋势为背景的，是对比中的和谐。因此，任何一种所谓的"国际化"的艺术设计审美及文化形象表达，都不可能脱离其赖以生存的民族文化土壤和根基。"民族性"是艺术设计的灵魂，继承的目的是为了超越和创造。没有民族灵魂的艺术设计作品最终是无法矗立于世界艺术设计之林的。例如从"入世"后的追逐国际时尚、包装民族文化，到北京奥运会期间的重构中国元素、重塑中国形象，再到上海世界博览会阶段的海纳百川的文化胸襟，以及广州举办的亚运会上充分彰显出强健自信的中国风貌，中国新世纪文化迅速由被动进入主动、由吸取走向展示，中国文化大国的地位逐步凸显。

3. 设计审美的虚拟化

虚拟设计是20世纪90年代发展起来的一个新的研究领域，是计算机图形学、人工智能、计算机网络、信息处理、机械设计与制造等技术综合发展的产物。在机械行业、产品设计和包装设计领域均有着广泛的应用前景，虚拟设计对传统设计方法的影响已逐渐显现出来。由于虚拟设计基本上不消耗可见资源和能量，也不生产实际产品，而是产品的研发、设计、包装和加工。其过程与制造相比较，具有高度集成、快速成型、分布合作、修改快捷等特征。未来的设计将从有形的设计向无形的设计转变，从物的设计向非物质的设计转变，从产品的设计向服务设计转变，从实物产品的设计向虚拟产品的设计转变。

4. 设计审美的人性化

人性化设计的角度是未来设计的主要出发点。目前，设计无论在功能或者形式上都出现了多元化的态势，新产品给人们的生活带来了很多的方便，美丽的外观也让人们在使用产品的同时感受到了美，满足了现代人追求高品质精神生活的需要。目前，"人性化"设计主要表现在以下几个方面：第一，回归自然的人性化设计情怀，在生活中尽量选择自然的材质作为设计素材；第二，体现人体工程学原理，以人体的生理结构出发的空间设计；第三，以人的精神享受为主旨的环境保护、以人文资源保护与文化继承为目标的设计等。"人性化"在未来设计中深层次的体现就显得意义重大，不能以短暂的、静止的目光去理解，而要放眼于全人类的发展。

5. 设计审美的生态化

自觉维护自然生态平衡、社会生态平衡、精神生态平衡和文化生态平衡，成为当代设计人的人文素养的重要标尺。强调用生态学的基本原理指导未来设计,真正达到绿色设计倡导的设计目的,是未来设计的走向。生态设计,是利用生态学原理和思想,在产品开发阶段综合考虑与产品相关的生态问题,设计出环境友好型且能满足人的需求的新产品。与传统的绿色设计相比,设计转向既考虑人的需求,又考虑生态系统安全,在产品开发阶段就引进生态变量和参数权重,并与传统的设计因素综合考量,将产品的生态环境特性视为提高产品市场竞争的一个主要因素。设计审美的生态化,不仅仅是一句时髦的口号,更是切实关系到每一个人的切身利益的事,它成为现代设计美学的指导思想和重要课题,同时也成为一种美的生活方式(参见图 1-2-43 至 1-2-45)。

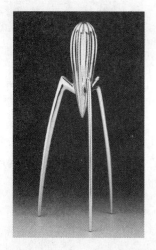

图 1-2-43　多元化时代的设计

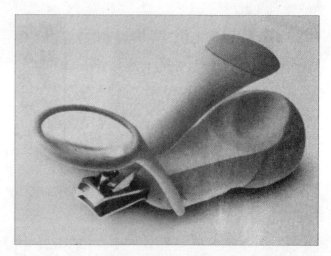

图 1-2-44　带有放大镜的婴儿指甲钳,2003 年

● 人性化设计

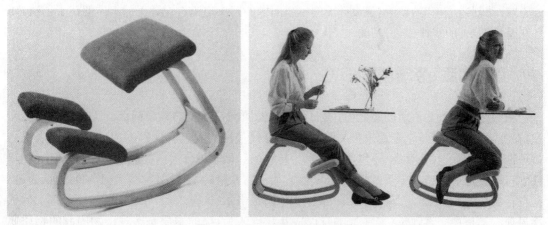

图 1-2-45　**Balans Variable** 椅

设计:Peter Opsvik,1979 年

第二章
心驰神往
——设计美的本质论

本章通过"劳动创造了美"理论的分析,研究人在进行设计时如何"按照美的规律去创造",探索设计如何以技术美、艺术美和生活美的融合不断满足人的物质需求和精神需求,阐述设计的审美标准的既具有绝对性和相对性,又具有客观性和普遍性。

第一节
按照美的规律去创造:设计美的本质

"劳动创造了美"的理论,是设计美的本质问题的解决之道。设计美的本质就在于创造,而且它是"按照美的规律去创造"的。

一、美的本质:劳动创造了美

在探讨设计美的本质问题之前,我们有必要先回顾一下美的本质问题。关于美的本质问题,在美学史上一直是个悬而未决的问题,其中有代表性的观点有:(1)客观论(美在客观说),该理论认为,美是客观存在、不以人的意志为转移的。该学说分为两类:一是精神客观论(美在观念),即决定事物美与不美的根据是观念,它始于古希腊的柏拉图(见图2-1-1),他认为,美是自存自在的"上界事物"理念;而19世纪初德国黑格尔(见图2-1-2)认为,美就是理念的感性显现。二是物质客观论(美在物本身说),其观点认为,美的本质是客观事物固有的物质属性。其代表人物有科瓦奇等,有美在和谐说、美在完善说;而中国美学家蔡仪认为,美是在事物本身。(2)主观论(美在主观说),其观点是:美不在于物而在于心,美是主观的。就是说,事物的美与不美,决定于主体的感觉,感觉到美,事物就美;感觉到不美,事物就不美。其代表人物是休谟、康德、克罗齐等。休谟(见图2-1-3)认为,美只存在于观赏者的心里。(3)主客观结合论(美在关系说)。其观点是:美存在于客体与主体的交融。其代表人物是兰菲尔德、我国的朱光潜等。

马克思(见图2-1-4)在《1844年经济学—哲学手稿》一书中从实践观点出发,探索了美的根源和本质。其重要的美学思想是:人化的自然界、劳动创造了美和美的规律等,这为我们全面和正确理解美的本质指明了方向,提供了钥匙和线索。

图2-1-1 柏拉图　　　图2-1-2 黑格尔　　　图2-1-3 休谟　　　图2-1-4 马克思

(一) 马克思提出了"人化的自然界"思想

马克思认为:人的五官之所以能产生感觉,产生美感,原因在于有经过人的实践改造过的"人化的自然界"(《马克思恩格斯全集》第42卷,第126页)的存在。如果没有认识对象存在,在人的大脑中就不会产生对该对象的印象;如果不存在美的认识客体,也不会产生对该认识客体的美感。在马克思看来,这种认识对象是人的劳动创造的,是人的劳动的对象化,渗透着人的劳动的性质,体现着主体的本质。所谓"人化的自然界",就是这种生产劳动的对象化,就是人在与自然界的关系中,通过主体的活动,把自己的本质力量体现在客体当中,使客体成为人的本质力量的一个确证,成为人的创造物和人的现实性。这个过程,对主体来说就是人的对象化;对客体来说就是自然界的人化。**美的根源,在马克思看来,只能从人的对象化的世界中去寻找。**马克思关于"人化的自然界"(见图2-1-5)的思想是他提出劳动创造美的思想的理论前提。

图2-1-5 西方造园的美学思想:人化自然

（二）马克思提出了"劳动创造了美"思想

马克思从劳动创造了美的观点出发,分析了资本主义社会下的异化劳动和美的关系。马克思认为,劳动的对象化表现为把自然改造为产品,成为劳动者的物质生活资料,使人的本质得以实现。但是,在资本主义私有制条件下,劳动被异化了,劳动的对象化创造出一种离开主体的异己力量,它反过来支配主体。马克思正是从这种异化劳动过程中,揭示了人们通过劳动创造的对象世界,存在着对主体活动的肯定和否定的矛盾二重性,从而揭示出美、丑产生和发展的辩证法。马克思说,"劳动创造了宫殿,但是给工人创造了贫民窟。劳动创造了美,但是使工人变成畸形。劳动用机器代替了手工劳动,但是使一部分工人回到野蛮的劳动,并使另一部分工人变成机器。劳动生产了智慧,但是给工人生产了愚钝和痴呆。"(《马克思恩格斯全集》第42卷,第93页)值得提出的是,马克思并没有否认在"异化劳动"状态下劳动仍然创造了美,他认为即使在"异化劳动"状态下,人类由于不断地劳动和创造,仍然在丰富着自己的审美意识,发展着自己的美感。因为在资本主义私有制下,仍然有物质和文化生活的进步,它们归根结底是由劳动创造的。因此不能把马克思关于"异化劳动"的论述,理解为似乎在资本主义私有制下完全消灭了美和美感,这既不符合马克思的原意,也不符合美和美感发展的历史事实。

（三）马克思提出了"美的规律"思想

马克思从劳动创造了美的观点出发,探讨了"美的规律"问题。在分析人的物种特性和人与自然的统一时,马克思提到了人通过实践对自然界进行加工改造,从而创造出对象世界。马克思说:"通过实践创造对象世界,即改造无机界,证明了人是有意识的类存在物。也就是这样一种存在物,它把类看作自己的本质,或者说把自身看作类存在物。诚然,动物也生产,它也为自己营造巢穴或住所,例如蜜蜂、海狸、蚂蚁等。但是动物只生产它自己或它的幼仔所直接需要的东西;动物的生产是片面的,而人的生产是全面的。动物只是在直接的肉体需要的支配下才生产,而人甚至不受肉体需要也进行生产,并且只有不受这种需要的支配时才进行生产;动物只生产自身而人再生产整个自然界;动物的产品直接同它的肉体相联系,而人则自由地对待自己的产品;动物只是按照它所属的那个种的尺度和需要来建造,而人却懂得按照任何一个种的尺度来进行生产,并且懂得怎样处处都把内在的尺度运用到对象上去;因此,人也按照美的规律来建造。"(《马克思恩格斯全集》第42卷,第96—97页)

马克思还第一次提出了美的规律问题。他说:"人还按照美的规律来建造。"这个论断首先肯定了美有自己的规律。黑格尔和费尔巴哈都认为美就在于人的本质的对象化。但由于黑格尔是唯心主义者,不了解人的实践的物质性;而费尔巴哈是直观的唯物主义者,不了解实践是人区别于动物的本质特点,因此,他们都没有能够真正发现美的规律。马克思抓住了生产实践这个人区别于一切动物的根本特点,从抽象的王国走到了现实世界,看到了人在实践中能够理解和把握构成对象美的那些特性,并根据这些认识来制造美的产品;看到了人能在自己的劳动产品中发现美的心灵和才能,使自己在精神上获得满足和享受。马克思认为,美的规律反映的是具有自觉意识的人的活动的本质特征,是人摆脱直接的肉体需要进行真正的人的生产的规律;是人能动地、创造性地改造自然界的各种规定,使之符合于人的内在尺度的规律。

这里,马克思揭示了美的规律与两个尺度。美的规律就是美的本质规律,是人的本质在人类创造性实践中得以实现的一种特殊规律,它揭示出美的本质与人的本质在创造性实践中实现了统一性。美的规律的两个尺度:"物种的尺度"是指事物本身所具有的本质特征和规律即自然尺度,是人与动物都有的;"内在尺度"是指人的尺度,即马克思所说的人的自由自觉的活动。所谓"自由"是指人与自然的关系而言的,人与动物的根本区别在于:动物是自然的奴隶,而人能通过对自然的改造,使之为自己的目的服务;"自觉"是指人的一切活动都是有意识的、有目的的,一切劳动产品在生产之前,就以观念的形态出现在人的大脑之中。凡是能充分体现人的自由自觉活动的本质的事物,就是美的事物。因此,马克思第一次把美同人的生产活动直接联系起来,第一次在动物与人的生产比较中来揭示美的规律,它在美学史上具有极其重要的意义。

二、设计美的本质:按照美的规律去创造

根据马克思的思想,我们认为,"美在创造说"的理论,是设计美的本质问题的解决之道。设计美的本质就在于创造,而且它是"按照美的规律去创造"。

(一)"人化的自然界"思想

首先,它揭示了设计美是在人们的劳动即生产实践中产生并获得发展的。马克思所说的"实践"是指,以物质生产劳动为中心,包括物质生产、精神生产的人类社会的双向对象化的现实感性活动。一方面,人根据自己的需要、自己的目的去设计自然物;另一方面,这种设计活动又迫使人们不断地认识和服从自然界的客观规律。这样,就使自然与人、真与善、规律与目的、必然与自由的矛盾趋于统一。而真与善、规律与目的的渗透和融合,就是设计美。设计美的本质就是真与善的对立统一。"人化的自然界"是人类第一次创造的美,也是人类第一次审美活动的对象。在没有人和人类的劳动以前,是谈不上设计美和设计美的观念的。

其次,它揭示了设计美的社会性。设计美不是人主观自生的,也不是客观物质的自然属性,而是人的劳动创造的,它是人的本质力量对象化的结果。因此,设计美感具有社会性,是社会的人的感受本性和特征。

其三,它还表明人的设计审美能力是随着"人的对象化"和"人化的自然界"水平的提高而提高的。设计美和设计美感、生产和消费、创造和欣赏是相互制约的。只有高水平的生产对象、艺术对象才能创造出懂得美和具有欣赏能力的主体。

(二)"劳动创造了美"思想

马克思说:"正是在改造对象世界中,人才真正地证明自己是类存在物。这种生产是人的能动的类生活。通过这种生产,自然界才表现为他的作品和他的现实。因此,劳动的对象是人的类生活的对象化:人不仅像在意识中那样理智地复现自己,而且能动地、现实地复现自己,从而在他所创造的世界中直观自身。"(《马克思恩格斯全集》第42卷,第97页)马克思的上述论断说明:人类在漫长的实践劳动中,在不断实现外在自然人化的同时,内在自然人化也不断得到发展,前者产生了美的形式,后者产生了审美的形式感;前者是美的本质,后者是美感的本质。从美学上讲,前者使客观世界成为美的现实,后者使主体心理获得审美情感。人类对于美的创造和追求,体现在"造物"活动的全过程之中,从无目的的选择到有目的的选择、从改造到制造、从使用到超实用、从简单到复杂、从粗到细,其中,整齐、对称、均衡、规整等美的形式以合目的性需要的状态出现并且逐渐沉淀下来,形成一种固有的观念,指导着"物"的创造活动。其中合目的性所体现的功能美(内容),通过装饰艺术风格来传达形式美(形式),以及多种社会因素、经济因素的影响,使设计美成为有别于艺术美、现实美、自然美的相对独立的体系,并以追求物质的使用功能和精神的审美功能的高度统一,"创造了宫殿"、创造了"美",创造出人间一切奇迹。

(三)"美的规律"思想

首先,它揭示了改造自然的物质生产活动是人进行设计美的创造的基础。人通过造物来生存,通过造物来确证人之所以为人。在造物之中,人的设计美感和意识是在以物质生产为中心的人类实践中产生、积累和发展的。设计审美感觉、意识与物质生产一样,也要以自然物为对象并对它进行加工改造,因而也必须遵循与物质生产相一致的原则。这就肯定了设计审美的创造既要依据自然又要改造自然的现实主义原则。其次,从人的生命活动的本质出发来考察设计美的本质和创造问题。设计是人类有目的的一种创造性活动,与动物的生产有着本质的区别。动物是根据本能和直接的生理需要来生产,如蜜蜂建造蜂房、蜘蛛织网等;而人则不同,人能按照任何一个物种的尺度来建造,如既能按蜜蜂的尺度去营造蜂房,也能按蜘蛛的尺度去织网等。因此,人的生产和动物的生产的根本差别在于:人通过设计来创造产品,设计美感和意识是有目的的精神活动,人能把握事物内部的规律,把自己所理解的尺度运用到对象上去。无论是美的形式,还是美的形式感,究其本质都是"内在自然人化"的结果,现代设计作为人类活动的一种形式,它能够按照"美的规律"来造型,并且能够依据"美的规律"来享受这美的造型。这一"美的规律"具体到设计艺术实践之中,即包括对"美的规律"的掌握、运用及操作的规律,这也是设计艺术美学需要研究的核心问题。因此,人就有可能根据美的规律来设计造型。人既要符合自然规律,也要符合美的规律,而运用美的规律来造型,也就是运用美的形式法则通过设计来创造物品。

总之,马克思的人化的自然界、劳动创造了美和美的规律等思想,对我们探讨设计美的本质、美感形式和美的发展等问题,具有重要的意义与启迪。

设计美的本质的尝试性回答:

1. 设计美从哪里来? 设计美是人类生产劳动实践的产物。

2. 设计美怎样产生? 劳动使人获得了社会的、普遍的、自由的本质,又将其物化在客观世界中;创造了美的事物,创造了审美的人及其美感。

3. 设计美是什么? 劳动世界成果对人的自由本质的肯定,或者说"人的本质力量对象化",便体现了设计美的本质。

概而言之,设计美的本质就在于创造,而且它是"按照美的规律去创造"的。

第二节
技术美、艺术美和生活美的融合:设计美的特性

设计美是一个系统,是一种综合的美,它是技术美、艺术美和生活美的融合。

一、技术美及其特点

(一) 技术美及内容

技术美是指技术领域里存在的美。技术美是一种设计美的形态,它同生活美、艺术美等有着密切的关系,但技术美有着自己的审美特性和感知方式。技术美是设计美的本质的直接展

现，它开始体现在手工操作方式的技术活动中，工业革命以后，则主要体现在机器操作方式的技术活动中。在今天，人们一般将现代技术产品所具有的美称为技术美。其内容大致可以概括为两个方面：一方面，生产中的美学问题，也就是生产美学、劳动美学等问题。它研究审美观念、审美理想等主观因素如何积极地作用于劳动者，以提高劳动质量和效率；也研究运用美学原则改善生产环境、生产条件等客观因素如何使劳动者产生审美情感，以提高劳动热情和效率。另一方面，研究劳动生产中与美学问题密切相关的艺术设计，即"迪扎因"（desigr）问题。"迪扎因"是目前国际上广泛流行的技术美学的重要术语。它是指在现代科学技术最新成果的基础上，全面考虑劳动生产的经济、实用、美观和工艺需要而进行的设计。这种设计不仅涉及现代科学技术的最新成果，而且还涉及整个社会生活的美化。

技术美与技术紧密相连。没有技术，就没有技术美，也就没有技术美学。所谓技术，指的是人类在利用和改造自然过程中体现出来的经验、知识、方法、手段和技能、技巧。日本著名美学家竹内敏雄说："一般意义上的技术同人类历史一道自古以来就存在着，古代的手工艺也好，现在的工程技术也好，都包括在内。只是它们之间功能的效率相差悬殊，而只有随着那一种产品都符合各自的目的，并伴随着那种程度的美的效果，那么，在它的技术美的结构上就没有本质的差别。"（竹内敏雄：《论技术美》，见《技术美学与工业设计》，南开大学出版社1986年版）可见，技术美的创造和技术美的观念早在古代就出现了。然而，与工业大生产相联系的技术美的形态，则是由法国美学家保罗·苏里约在1904年发表的《合理美》中提出来的。他针对当时艺术与工业技术互不相容的思潮指出：科学技术已使美的形态有了新的发展，即出现了工业时代必然产生的不同于手工业时代的美的形态——"工业美"。完美的实用品也存在着真正的美，美存在于完善性之中，因为任何事物总是在适合其目的的时候才是完善的。如果一个对象只要其形态明白地表现出它的功能就具有美，美和效用之间应该吻合，物品可以具有一种合理的美，它的形式应该成为它的功用的明显表现。所以，他主张将工业品的使用价值和审美价值融合起来，并肯定这种适应于功能的美。而后，许多美学家、工艺美术家、设计师对这种工业美——技术美的形态及其结构、特性等进行了探讨，并设计和生产了许多体现技术美的产品。在此基础上，于20世纪40年代，逐步形成了一门以研究技术美为核心的新兴科学——技术美学。

（二）技术美的审美特征

在技术美中一般包含五种不同的审美：其一是功能美，它构成了技术美的核心；其二是形式美，它是技术美的一种抽象形态，并随着生产方式的变化而表现出不同的具体特征；其三是舒适美，即要吻合人体工程学的原理；其四是质材美，即合理使用材料，提高质量，显示材料本身固有的美质；其五是具有装饰性的艺术美，这是提高产品审美功能所不可缺少的部分。以下对技术美之功能美、形式美之审美特征作一分析。

1. 技术美之功能美

设计与美术的区别在于：设计是以满足对人的实用功能为目的的；技术只有在满足功能的前提下，才能得以体现，这里的功能不仅包括了物质功能，还包括了对人的精神功能。因而，功能美是技术美的实质，技术美是人造物所表现出来美的形态，它的价值取向与人造物的功能目的紧密相连。人造物的功能美就是指人们在使用的过程中所达到的合目的性和规律性的统一。例如，在纪念性景观设计中，它的第一目的就是要体现它的纪念性，纪念性就是纪念性景观合目的性和规律性的统一。

技术美与功能美有着密不可分的关系，人们对于技术美的探索是在功能的不断更新之下

完成的,当功能的缺陷被发现后才会有技术的推陈出新来解决和完善它,产生的结果除了技术的不断成熟、技术美的丰富表现外,还会因为功能效用的改善使人在生理和心理上获得享受。例如,当人们对手机的需求超越了接打电话而拓展为集时尚、通信、娱乐、导航于一体时,超薄集成设计、超大显示、数字信息的高技术表现便应运而生了;当石材木材很难满足建造大跨度的过海大桥时,钢筋铁索的技术美便取而代之,甚至更成为现代化桥梁设计的代言,带给人宏大、震撼的心理感受。因此,功能决定了技术表现之美,仅仅注重技术本身而忽视功能美,只会使技术美变得空洞,甚至成为一种肤浅的技术炫耀。

2. 技术美之形式美

中国传统艺人有一句行话,叫"艺中有技,艺不同技"。这句话说得很精辟,指出了艺术与技术的区别和联系。技术美不像艺术美的体验那样仅与审美心境紧密相关,其审美体验中充满着技术和艺术等多种知识的综合作用,让人们体悟到它给人类诗意生存和整个自然生态系统的和谐之美,以及通过技术美的展现而达到的人与自然的"亲和性"。技术美的内容——功能因素,既要寄寓于一定的组织结构之中,同时还要凭借恰当的形式传达和表现出来。我国著名的美学家李泽厚指出:"欣赏长江大桥、高速飞机或火车,就并不只是对形式美的观赏,而是从中感受到社会的目的性,感受到社会劳动成果对社会巨大前进的内容。"(李泽厚:《美学四讲》,北京:三联书店1989年版)。从李泽厚的言语中可以清晰地感受到功能和形式的统一性。任何设计都要有形式,宇宙万物没有无形式的内容。形式和功能共同处于一个动力系统中,两者相互依存、缺一不可。

形式美的个性表达给技术美的表现提供了创作的平台和施展的空间,技术美通过设计的形式要素(造型、色彩、材料、装饰、工艺等)得以顺利实现,新的审美形式通过技术美的途径得以传达。甚至在当今的电子时代,造型日渐趋向轻、薄、小、巧,以往形式与功能的紧密联系被突出物理机能的"造型失落"所取代时,技术表现成为体现设计品质的最有效途径。例如,人们在选择功能相同的数码产品的时候,映入眼帘的是统一的盒状造型,决定选择结果的影响因素除了性能价格之外就是产品的技术表现力,包括材质的优越性能、装饰的巧妙精致、工艺的精湛独到等。

随着技术美被越来越多的人所认知,技术美在设计中的地位越来越重要,技术美以各种新颖的形式和途径广泛应用于现代设计当中,对现代设计产生了举足轻重的影响。从二维的平面设计到四维的动画设计,从产品、服装设计到建筑设计,几乎各类设计领域都能发现技术美的身影。技术美为现代设计打开了新的传达媒介,使现代设计拥有了源源不断的创新活力。

二、艺术美及其特点

与技术美、生活美一样,艺术美也是设计美的一种形态。但艺术美有着更为特殊的地位,更加集中体现了人的生活追求、审美观念和价值理想,所以成为设计美的重要内容和本质特征之一。

这里的艺术美是指艺术设计美。"艺术设计"是很容易使人产生误解的,它常与艺术创作相混淆。其实,艺术设计家的艺术设计作品既是强调功能的实用品,又是具有审美意义的艺术品;艺术设计家的劳动既是精神生产劳动,又是物质生产劳动。之所以要冠上"艺术"二字,原因在于它具有艺术的某些性质,准确地说它具有一定的审美性质。

（一）艺术美及其根源

艺术美，是各类艺术作品所表现出来的美。艺术生产就是艺术创造，艺术美就是艺术产品的美，就是创造美。换言之，艺术美的本质就是艺术家、设计师按美的规律进行的精神性创造。

在长期深入地观察、感受和体验生活的基础上，艺术家、设计师按照自身一定的审美理想、观念和趣味，对现实生活中的事物和现象进行集中、概括、提炼，并借助一定的物质材料和熟练的艺术技巧加以新的创造，从而在各种感性的符号形式上物化了人的意志、情感和理想。艺术形象就是这种以感性形式所表现的人的生活存在与意义的物化形态，而艺术美则由此既体现在艺术形象对人的生活本质的物化形态上，也体现在艺术家、设计师创造艺术形象的物化活动过程之中，是对人的本质力量的特殊肯定和确证。

艺术家、设计师的艺术修养是创造艺术美的基础。因此看一件艺术作品首先是审视艺术家的艺术修养如何，包括艺术的审美感知能力、技术与技巧。

艺术家、设计师的品学修养是创造艺术美的关键。艺术有文野、雅俗、优劣之分，艺术家、设计师也有工匠与大师之别。

> 当读者读到裴多菲"生命诚可贵，爱情价更高。若为自由故，二者皆可抛"这火热诗句的时候，心中就可以浮现出一个为自由而献身的崇高形象。再如贝多芬的第九交响曲，表现出压抑、痛苦、忧郁、希望、挣扎、激奋、斗争、挫折，表现出不屈不挠的意志和最后的欢乐，这些思想感情所构成的音乐形象，就是艺术形象。

在人类早期生活中，"艺"和"技"是相统一的。甲骨文的"艺"字就是一个进行种植的象形字，其中渗透着艺术源于劳动技术的信息。在西方，"艺术"一词原本也是指技术。这说明，艺术美作为设计美的一种形态，它是艺术家、设计师创造性劳动的产物。艺术家、设计师的创作活动作为一种精神生产活动，从本质上说，也是人的本质力量的定向化活动。因此，艺术美也就是人的本质力量在艺术设计作品中通过艺术形象的感性显现，它是指存在于一切艺术设计作品中的美，是艺术家、设计师按照一定的审美目标、审美实践要求和审美理想的指引，根据美的规律所创造的一种综合美。

> 说唱俑是东汉具有时代特色的雕塑，汉代雕塑，具有它独特的风格，耐人寻味，富有韵味。它具有古拙、朴质的特点，但古拙而不呆板，朴质而不简陋，使人产生一种动感。这种形式美更带有一种生命感，使得静止的物体有了动态的感受。

艺术美是现实美的升华。艺术美以现实美为基础，是艺术家、设计师根据审美要求精心创造的产物，它必然要追求比现实生活中的美更高的境界和更深的内涵。艺术美是艺术设计创造的人类审美活动的结晶，是现实生活的典型概括，因此现实生活是艺术想象的土壤，是艺术家、设计师创造激情的现实源头，也是艺术设计创造技巧发展的动力，而没有想象和激情，没有高度的艺术设计创造技巧，也就不会有富有生命意趣的艺术形象，不会有艺术美。

> 中国古代艺术家、设计师非常强调"外师造化，中得心源"（张璪：《历代名画记》卷十）。强调对自然和生活世界的深入观察。许多艺术家、设计师之所以能取得杰出的艺术成就，都和他们对生活的深入分不开的。著名画家齐白石为了实现"为万虫写照，为百鸟传神"，亲自

种花、养鱼、饲养家禽，进行细致的观察、揣摩，这样，他的作品才能创造出生动形象的美（见图2-2-1、2-2-2）。徐悲鸿笔下的奔马雄健灵活（见图2-2-3、2-2-4），也源自他"对实物用过极长的功，即以画马论，速写稿不下千幅"（廖静文，《徐悲鸿——生——我的回忆》，北京：中国青年出版社1982年版，第349页）。四川画家罗中立创作的《父亲》，曾感动了许多人。画家与农民朝夕相处，为他们画了大量的速写、素描，在此基础上，画面上的农民"父亲"成了现实中无数农民优秀品质和生活形象的集中表现（见图2-2-5、2-2-6）。

图2-2-1 齐白石

图2-2-2 齐白石:虾

图2-2-3 徐悲鸿

图2-2-4 徐悲鸿作品

图2-2-5　罗中立

图2-2-6　《父亲》

图2-2-7　鲁迅

（二）艺术美的特点

与其他类型的设计美相比较，艺术美有着自己突出的特点。

1. 形象性与情感性

形象性是艺术设计作品最基本的特征。艺术美总是以具体、鲜明、可感的艺术形象，反映现实，表达情感，感染欣赏者。

艺术设计离不开情感，情感体验是艺术魅力的源泉。鲁迅（见图2-2-7）说，"创作总根于爱"。任何艺术设计作品，如果缺少艺术家个体情感的表现和宣泄，只能是毫无生机的图解或罗列。艺术设计家在作品中不只表现情感，还要表现思想。

2. 独创性与典型性

独创意味着艺术作品的独特新颖、不可重复。这是因为艺术设计家在真诚对待其艺术创造时，总是试图运用新鲜的心理体验、新颖的表现手法，创造出新奇的艺术形象。各种体裁的文学作品、音乐作品、绘画和雕塑作品都不是对现实事物的简单模仿，它们往往是对某一类事物特性的综合反映，从中反映此类事物的本质。不过，它们采取的手段各不相同。

同一流派、同一体裁、同一主题下，也会体现出不同的艺术作品面貌。绘画方面，有大卫的严谨典雅、德拉克罗瓦的浪漫活力、梵高的稚拙狂怪；书法方面，有王羲之、颜真卿、苏轼留下的天下三大行书；音乐方面，有贝多芬、勃拉姆斯、门德尔松和柴可夫斯基创作的世界四大小提琴协奏曲；建筑方面，有米兰大教堂、科隆大教堂、巴黎圣母院等哥特式建筑的绝世精品（见图2-2-8至2-2-19）。

图2-2-8　雅克·路易·大卫(法国)：
跨越阿尔卑斯山圣伯纳隘
口的拿破仑

图2-2-9　欧仁·德拉克罗瓦(法)：
自由领导人民

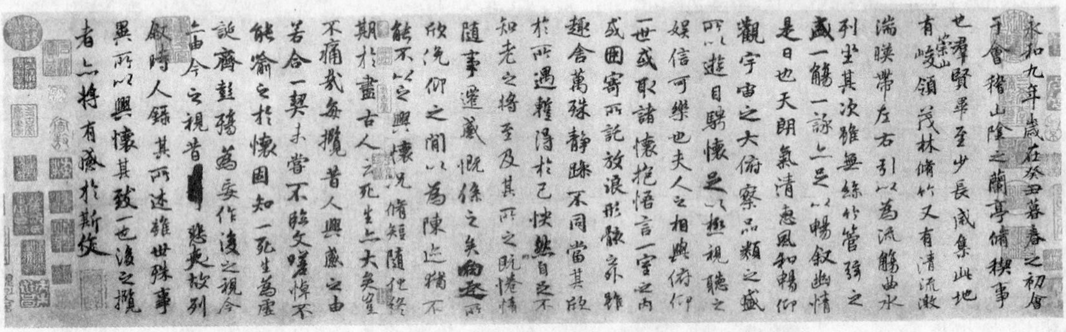

图2-2-10　王羲之：兰亭序

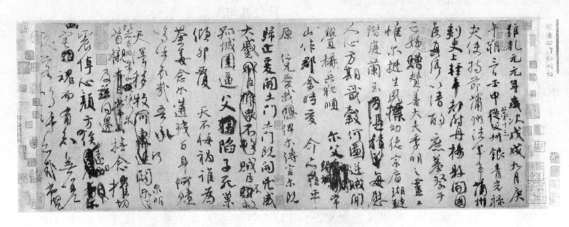

图2-2-11　颜真卿：祭侄文稿

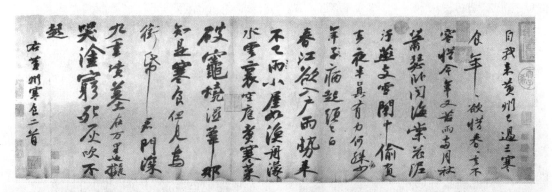

图2-2-12 苏轼:黄州寒食帖

图2-2-13 贝多芬

图2-2-14 勃拉姆斯

图2-2-15 门德尔松

图2-2-16 柴可夫斯基

图 2-2-17　米兰大教堂

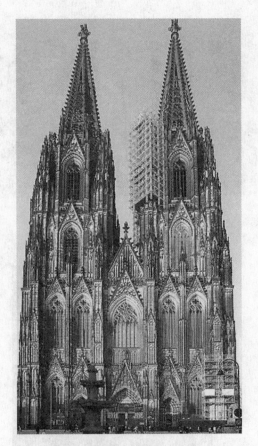

图 2-2-18　科隆大教堂

图 2-2-19　巴黎圣母院

典型化是艺术设计家创造艺术形象的法宝。典型的艺术形象,比之现实美应该更集中、更强烈、更典型、更普通,因而更美。同时它也是个性鲜明与共性高度概括的形象,既有独一无二的个体品质特性,又有类型群体的共同特征。在艺术美的长廊里,凡是成功的艺术形象概莫能外。

对于绘画来说,在艺术家的手中,线条、色彩、构图也融入了艺术家独特的兴趣、爱好、个性以及审美特点。同时,形式美可以使得绘画艺术具有生动的美感,使画面活起来,具有灵动的生气。这才是绘画艺术家想要给人们的艺术形象及心理感受和情感需要。

3. 主观性与客观性

现实生活是艺术美的客观因素,但它不同于自然形态的生活原型,而是集中了生活的精粹;艺术美的主观因素则主要是指艺术家的审美理想和思想情感,及其对于人生的态度和追求。任何艺术形象的创造与创造活动,都具体包含了主客观两方面的因素,而艺术美正是它们的有机统一。也因为如此,主观因素不同,主客观统一的方式和过程不一样,艺术美的表现也会产生不同特点。同一审美对象,在不同的审美主体那里因不同的情感体验而产生不同的审美结果。必须指出,由于艺术美最终还要落实在审美接受活动之中,因而,艺术美中的主客观统一,在这里主要是指作为个体的艺术家的审美理想、情感等主观因素与客观生活现实的统一。

芬兰的设计师阿尔瓦·阿尔托的创作思想是探索民族化和人性化的现代建筑道路。他认为工业化和标准化必须为人的生活服务,适应人的精神要求。阿尔托的创作范围广泛,从区域规划、城市规划到市政中心设计,从民用建筑到工业建筑,从室内装修到家具和灯具以及日用工艺品的设计,无所不包。他所设计的建筑平面灵活,使用方便,结构构件巧妙地化为精致的装饰,建筑造型娴雅,空间处理自由活泼且有动势,使人感到空间不仅是简单地流通,而且在不断延伸、增长和变化。阿尔托热爱自然,他设计的建筑总是尽量地利用自然地形,融合优美景色,风格纯朴(见图2-2-20、2-2-21)。

图2-2-20 阿尔瓦·阿尔托

图2-2-21 阿尔托建筑作品

4. 非物质实用性与永久性

艺术设计作品所创造的形象,对于人的日常生活需要没有实际的物质性用途。即便是具有一定实用性的宗教建筑,比起一般的住宅、会堂等,它的用途也主要体现在精神性上。人类审美发展史告诉我们,只有当人类的创造和创造产品从一般实用形态解脱出来,成为独立、自觉地体现人的生命本质意义的创造和创造产品之际,艺术美才得以真正进入美的存在系统。

光波和声波对人的生理性刺激具有物质性,但它们在艺术作品中主要是作为人从现实世界进入精神世界或心理世界的媒介物而出现,其物理属性在艺术美的表现中可以被当作精神活动来看待的。萨特认为:"艺术品是一种非现实","只有当意识经历着对世界的否定的激变过程,进入想象的境界时",艺术美才会出现,而"实在的东西永远也不是美的"。([法]萨特:《想象心理学》,引自蒋孔阳主编:《20世纪西方美学名著选》(下),上海:复旦大学出版社1988年版,第224页、230页)

美的社会存在、自然美一般总是存在于一时一地,受到时空条件的局限;尤其是自然美对环境的依存性更大。而艺术美有所不同。它通过物质手段把现实生活和人的生命追求、情感、理想等精神性因素统一在艺术设计作品之中，成为具有固定形式的艺术形象，而且不受时间和空间的限制，取得超时空的普遍的审美效果。人们可以从艺术形象上感受、体验到不同时代、不同地域的美。艺术设计本来是在时间中的，它有时代性、历史性，但恰恰艺术本身才把时间凝冻起来，成为一个永久的现在……

> 古希腊雕塑、荷马史诗、米开朗基罗的雕塑等优秀艺术作品，充满了史诗般的壮丽辉煌和宏伟气势，更有着长远的审美价值，具有永久的魅力（见图2-2-22至2-2-25）。

图2-2-22　米开朗基罗

图2-2-23　最后的审判

图2-2-24　掷铁饼者

图2-2-25　断臂维纳斯

三、生活美及其特点

生活美，是指在人的衣、食、住、行等日常生活中产生和存在的美，它无处不在，无时不有。

日常生活的美凝结着时代、民族、阶层的审美特点，经常地、持久地、有意无意地影响着人们的精神境界、审美趣味、审美理想，是生活美学的重要内容，不可忽视。

车尔尼雪夫斯基提出了"美是生活"的定义。他认为，美不是抽象概念的产物，美存在于现实生活之中。"美是生活"包括三个子命题：第一，"美是生活"；第二，"任何事物，凡是我们在那里面看得见、依照我们的理解应当如此的生活，那就是美的"；第三，"任何东西，凡是显示出生活、使我们想起生活，那就是美的"。生活美是最高的美，艺术美来源于生活美。车尔尼雪夫斯基关于"美是生活"的认识是唯物主义的，肯定了生活美的客观现实性，肯定了艺术美是对现实美的反映。

生活美学，在当代欧美被称为"日常生活美学"。与其他学科相比，美学更需要回归于生活世界，这是由美学作为"感性学"的学科本性所决定的。其现实性要求在于：在全球化的境遇里，人们正在经历审美泛化的质变，这包含着双向运动的过程：一方面是"生活的艺术化"，特别是"日常生活审美化"孽生和蔓延；另一方面则是"艺术的生活化"，当代艺术摘掉了头上的光晕并逐渐向日常生活靠近，这便是"审美日常生活化"。现在，占据大众日常文化生活中心的已经不是小说、诗歌、散文、戏剧等经典艺术门类，而是一些新兴的广告、流行歌曲、时装表演、电视剧、环境设计、城市美化、居室装修等与艺术设计文化相关的日常生活门类，可以说，人的衣食住行、吃喝玩乐无所不在。这里，我们只择其主要几种加以分析。

(一) 服饰美

服饰是人体美的重要组成部分。俗话说："三分长相，七分打扮"，"人要衣装，佛要金装"。随着人类文明的发展，服饰成了人对自身外在美的一种设计，是人的气质、个性、情调、风格的亮相，也是人生舞台的道具。黑格尔说："人的一切装饰打扮的动机，就在于对他的自然形态（人体）不愿意听其自然，而要有意地加以改变，并在这种改变上刻下自己内心生活的烙印。"

服饰美是指服饰领域里所呈现出来的美，即人们的穿着、打扮所体现出来的美，它属于现实美和技术美的范畴。说得更具体一点，它属于现实美中的生活美和技术美中的实用用品技术创造和欣赏的美。

服饰美的原则可以概括为"合本适宜，扬长避短"八个字，具体说来，第一，服饰要同人的形体相配，保持和谐统一；第二，服饰要同人的年龄、职业、性格、教养等相称，保持表里统一；第三，服饰要同时间、场合、环境相应，保持协调统一。

服饰美作为一种审美文化。具有如下显著特点：

(1) 服饰是造型艺术。所谓造型，就是服饰总表现为一种几何形状。这种几何形状，今天我们称之为款式。就是根据特定的实用审美需要及其尺寸要求，将面料裁剪为点、线、面（条块），根据颜色、色调、花纹、图案的特点，用特定的缝制加工技术或工艺，拼接而成特定的样式。这种造型，虽千变万化，但并非随心所欲，它是人类特定的文化圈的产物。所以，同样是夏装，因为民族的、地域的文化圈不一样，其样式也是各不相同的。

(2) 服饰是重组艺术。服饰作为一种审美客体，自己并不能成为独立的审美对象，它必须与穿着者重新组配，才能显示其美的光彩。换句话说，服饰与使用它的人体再构，形成新的审美对象，展示其鲜明的与主体整合的、全新的视觉形象，给人以美感。这里的重组有四个必须重视，即色彩重组、服饰之间的重组、服饰与环境的重组和服饰与人体的重组。

(3) 服饰是综合艺术。服饰的面料及其裁剪艺术、缝制技术、款式、色彩、色调、着装方式，兼容诗歌、绘画、雕塑、剪纸、书法、音乐等艺术样式，凝聚哲学、社会学、民俗学、美学诸多信息，

体现信念、情操和志向,就是一个时代、一个民族、一个地区的经济、文化、科技写真。

（4）服饰是再造型动感形象艺术。服饰通过点、线、面的布局,安排色彩,构思整体,实现造型,并随着人体运动,建立起一种动感形象,显示节奏、韵律、流动的形式之美。必须注意的是,这种动感形象凭借多种手段的综合运用,并且只有与人体的重组才能实现,也就是说,它属于形象再造型艺术。如果服饰不能为人接受,无论它多么精美,也只是一堆"闪光"的物质。

（5）服饰是视觉艺术。服饰在人们心目中的形象,主要不是通过韵律或想象和抽象形成的,而是凭视觉直观产生的,虽然它有韵律、抽象和逻辑性。色彩的感觉是一般美感中最大众化的形式。人们在观察各种物体时,包括服饰在内,首先引起反应的是色彩。人们乍看物体,色彩与形体比较,人的眼睛对色彩的注意力占 80% 左右,而对形体的注意力只占 20% 左右。因为服饰色彩留给人们的是深刻难忘的第一印象。

（6）服饰是典型的个性美。服饰及其审美元素的选择、取舍和组配,完全取决于穿着者的意志,且唯其成功,方能显示其出挑的审美效果。鲜明的个性特征,是服饰的天然要求。消费者是半个设计师。

概言之,服饰美是一种综合美,即空间艺术与时间艺术、静态艺术与动态艺术、实用艺术与造型艺术的综合。

（二）居室美

居室是人生活的主要场所,是家庭生活幸福的象征。居室的设计从审美角度看有以下几个特点:

1. 对称与均衡

对称是指以某一点为轴心,求得上下、左右的均衡。现在居室装饰中人们往往在基本对称的基础上进行变化,造成局部不对称或对比,这也是一种审美原则。另有一种方法是打破对称,或缩小对称在室内装饰的应用范围,使之产生一种有变化的对称美。

室内布置的总体格调要统一和谐,以雅洁为重。房屋的质量、规格要同家具的款式、档次以及陈设的风格、特点保持协调一致。比如:中式的家具配上国画的山水花鸟可以显出民族特色;西式家具挂一幅肖像、风景油画,更显华贵。

家具陈设的空间布置、色彩、形式也要力求和谐。对于高层建筑中的客厅,可将窗外的蓝天白云引进室内,即墙面颜色可以用天蓝色为主,适当点缀几朵白云,使室内室外浑然一体。

> 我国古代的士大夫、文人最重居室的雅洁,并把自己的人格、趣味透射于周围的布饰上。
>
> 陶渊明东篱栽菊,陆游处处养梅,苏东坡则最爱竹。苏东坡有一首诗说:
>
> 宁可食无肉,不可居无竹。无肉令人瘦,无竹令人俗。人瘦尚可肥,俗士不可医。
>
> 郑板桥爱的也是"一方天井,修竹数竿",居室内离不开琴棋书画,以其作为怡情养性的伴侣。
>
> 刘禹锡的一方陋室"苔痕上阶绿,草色入帘青,谈笑有鸿儒,往来无白丁",同样令人向往。正所谓"室雅何须大,花香不在多"。

2. 主从与重点

当主角和配角关系很明确时,人的心理就会安定下来。如果两者的关系模糊,便会令人无所适从,所以主从关系是家居布置中需要考虑的基本因素之一。在居室装饰中,视觉中心是极其重要的,人的注意范围一定要有一个中心点,这样才能造成主次分明的层次美感,这个视觉中心就是布置上的重点。

每间房子的风格既要相近又要相异,要有各自独立的主题。古人说:"构造园亭,须自出手眼。"所谓"自出手眼",就是要显出自家特色。对于现代家庭居室来说,客厅、卧室、书房是比较重要的部分,这三种屋子的主题应有所不同。客厅的主题是开放型、艺术型的,布置要宽敞、舒适、漂亮、大方,摆设要灵活精巧、富于动感;应突出沙发、茶几、吊灯,以画幅、花草点缀,配之以落地窗帘等;要有足够的活动空间,以利于交际待客;尤其在窗前明亮区,进门通道区,不宜放置大物,万不得已时,宁可向高处堆积,也要少占平面空间。书房的主题属于内向型、文化型的,需简朴整齐,应突出书柜、书桌和墙上的书画条幅。卧室则是封闭型、家庭型的,要安宁、幽静,应突出床和柜,可铺些地毯、挂些壁毯之类;窗帘要严密,壁灯要雅致,以增添柔和气氛。从空间疏密来看,三者相比,客厅宜宽宜活,家具要少;书房可密,书柜排列紧凑,利于专心致志;卧室则疏密适中,使人心气平和。

重点过多就会变成没有重点。配角的一切行为都是为了突出主角,切勿喧宾夺主。

3. 比例与技巧

圣·奥古斯丁说:美是各部分的适当比例,再加一种悦目的颜色。比例是物与物的相比,表明各种相对物之间的度量关系。在美学中,最经典的比例分配莫过于"黄金分割"了;尺度是物与人(或其他易识别的不变要素)之间相比,不需涉及具体尺寸,完全凭感觉上的印象来把握。

因情置景,装饰品宜少而精。居室的布置很能反映出它的主人的性格、品行,夸张一点说,可谓"室如其人"。《红楼梦》在描写几位女主人公居室的布置时,颇有特色。

秦可卿的闺房里:

向壁上看时,有唐伯虎画的《海棠春睡图》,两边有宋学士秦太虚写的一对联云:

嫩寒锁梦因春冷 芳气袭人是酒香(见图2-2-26)

案上设着武则天当日镜室中设的宝镜,一边摆着赵飞燕立着舞过的金盘,盘内盛着安禄山掷过、伤了太真乳的木瓜,上面设着寿昌公主于含章殿下卧的宝榻,悬的是同昌公主制的联珠帐。西施浣过的纱衾,移了红娘抱过的鸳枕……

图2-2-26 电视剧《红楼梦》中的"海棠春睡图"

秦可卿,谐音"情可轻",在"金陵十二钗"中,她是风流轻佻的代表。所以,曹雪芹对她的卧室,采用夸张手法,写得十分媚俗。

林黛玉住所潇湘馆就极为清雅(见图2-2-27):

来至一个院门前,凤尾森森、龙吟细细,却是潇湘馆。宝玉信步走入,只见湘帘垂地,悄无人声,走至窗前觉得一缕幽香从碧纱窗中暗暗透出……窗下案上,设着笔砚,观书架上,磊着满满的书……刘姥姥笑道:"这哪里像小姐的绣房,竟比那上等的书房还好。"

图 2-2-27　潇湘馆

两相对比,雅俗之别,褒贬分明。

因情置境,根据个人的爱好。或通过对窗户的美化来映照湖光山色、天光云影,收纳自然美景,怡情养性;或通过某种创造性的陈设布置,在室内构筑一幅立体的画、凝固的诗、无声的音乐,显示雅趣高情;或取自自然(如盆景、花卉、竹叶、树干、怪石等),再造一个充满诗情画意的境界。

因情置景,家具什物简洁。古人说:"居室之制,贵精不贵丽,贵新奇大雅,不贵纤巧烂漫。"家具什物以少而精为妙,可用可不用者,宁可不要。家具什物是决定室内雅俗的主体。所以,首先要提高这些实用性物件的审美质量。

因情置景,装饰品画龙点睛。卧室里放上一个可爱的绒毛动物,挂一条绒织挂毯,可增添几分温馨的生活情趣。书房里,挂上一幅格言警句式的字画,既可表现主人的性格追求,还可起到励志自勉的作用。《三国演义》描写诸葛亮的草堂时,就突出了其中一幅"淡泊以明志,宁静以致远"的对联,成为诸葛亮出山前的人格写照。

(三) 饮食美

孔子说"食不厌精,脍不厌细",让我们来了解色、香、味聚全的美感。人们重视菜的视觉形象所带来的优美意境,以满足人们精神上的快感和对现实生活的享受。现代的吃的创意美学观即希望透过有质感、有品位的饮食生活,引来具有实用与欣赏的饮食美。饮食美,是指食物、食器及饮食活动中各种美学因素相辅相成综合呈现出来的美。其中包括食品、食器之美和饮食活动中的技巧、礼仪、环境之美。这一切,当今已构成了一种美食文化,成为人们十分关切的生活内容。

1. 食味美

中国饮食如同绘画、音乐一样有着丰富多样的形式,以及深厚的审美意境和优雅的和谐美。古人认为,好吃就为美。羊作为六畜之一,主要是食用,也是美味的象征。"和"字从"禾"从"口","以和为美"的传统审美观念同样对中国饮食文化有着深远的影响,中国传统烹饪处处力求达到和谐的境地。人们很注重菜肴与食器在色彩上的对比统一的关系。调和食物原料不同的性能和味道,就是调色、调形,其中最重要的还是调味。只有通过调和,才能达到阴阳平衡,既美味可口,又不会对人的身体造成伤害。

2. 食器美

美食还需美器配。中国古代特别讲究食器的质地、造型、图案、色彩,一般多用金银、玉石、象牙、玛瑙为原料,造型精美,色泽优雅华丽,外形装饰图文并茂,做工精细考究。新石器时代的红陶饮食具也许难以唤起观赏者强烈的美感。但是多变的图案与流畅圆润的曲线自然会给人以感官的愉悦,难怪研究史前艺术的人们会对仰韶时期的彩陶和龙山文化的黑陶推崇备至。在较为大众化的食器中,中国的陶瓷制品所显示的美最具代表性。精美的景德镇瓷具、宜兴陶具,已成为当今茶艺中必不可缺的用具。在饮食美中,美器的作用不仅在于衬托美食之美,还起着渲染宴席气氛、展示主人社会地位和文化修养的作用。近来,创意美食风潮之兴起,带来些许对于古典饮食美学的目光,希望秉持对于东方饮食的内涵,融合现代的专属图腾造型,进一步设计出精致之餐饮用具,用以搭配现代美食的视觉美感,将是人们在美味之余的心灵享受(见图 2-2-28、2-2-29、2-2-30、2-2-31)。

图 2 - 2 - 28　象牙雕刻作品

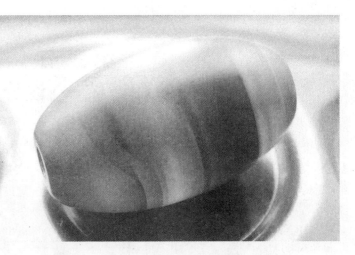

图 2 - 2 - 29　玛瑙工艺品

图 2 - 2 - 30　景德镇瓷器

图 2 - 2 - 31　宜兴紫砂壶

3. 食境美

食境美即饮食环境的美。舒适、整洁、美观、高雅的饮食环境，不但与美食相应，能使人更好地享受饮食之美，而且其格局、格调、档次、装饰能够充分显示出食者的地位、修养，折射出时代和民族特色。当今，高级的餐厅里往往挂有文雅的字画，周围有鲜花簇拥，优美的音乐轻轻传来，着装华丽的服务小姐热情的招待……使人未尝美食就已得到多方的美感享受。

现代创意美食观

法国的高第耶，有一次在最重要的现代艺术中心"卡地亚当代艺术基金会"（Foundation Cartier pour L'art contemporain）举办了一场前所未有的食尚秀。所有展出作品其造型、颜色、材料的轻盈感或紧实度，与真实的材质——皮革、布料、亮片给人的感觉不分轩轻，真是令人难以相信这些都是以刚出炉的香喷喷的面包与糕点制成；尤其为了凸显女体的曲线美，高第耶还特地使用面包篮的柳条，编制出一个又一个玲珑的女体。此次展出，宣告了饮食文化走向时尚与表演的阶段。

第三节
真善美的和谐统一：设计美的标准

设计美的标准，即衡量、评价对象审美价值的相对固定的尺度。它是设计审美意识的组成部分。在审美实践中形成、发展，受一定社会历史条件、文化心理结构和特定对象审美特质制约，既具有绝对性和相对性，又具有客观性和普遍性。

一、审美标准的定义与内容

在探讨设计审美价值的评判标准之前，我们有必要先要了解审美标准的一般问题。

(一) 什么是审美标准

审美标准作为人们审美过程中的理性因素，是由审美经验上升到审美理想而凝聚成的，是社会意识的一个组成部分。它是从人们的社会实践活动中产生，并不断发展的，是人的主观世界对客观世界的能动反映。这就是审美标准的定义。

从历史发展过程来看，人类最早的审美活动是从实用活动中逐渐发展起来的。在原始人的观念里，凡是有用的就是美的。因此劳动工具就成了最早的也是最重要的审美对象。这时的审美标准和实用功利标准是密不可分的。以后随着以物质生产基本活动为内容的社会实践的发展，特别是专门满足审美需要的艺术设计的出现，人类就逐渐由对象的直接实践观念中的审美意识发展成相对独立的、明确的审美观念。在西方美学史上，审美标准问题早在古代就已出现，但把它作为一个专门理论问题来探讨，大体开始于英国经验主义美学。如休谟写的《论趣味的标准》一文，就曾详细地研究了审美标准问题。

一般来说，人类在各个历史阶段所形成的审美标准，具有暂时性、相对性，而且任何审美标准都有它一定的应用范围，应用于一定的审美对象，很难说有一个涵盖一切的模式。但在审美标准的相对性中又包含着绝对性。从审美标准产生的时代以及它所依赖的社会实践来说，它具有绝对性，同时审美标准还有历史的继承性。历史上新旧交替的审美标准为人类认识的长河增添了新的内容。普列汉诺夫说：如果没有绝对的美的标准，如果所有美的标准都是相对的，这也并不等于说我们没有任何客观的可能性来判断某一艺术构思表现的好坏。他又说：描绘与构思越相符合，艺术设计作品的形式与思想越相符合，这种描绘就越成功。这就是客观的标准。在这里，普列汉诺夫既强调了审美标准的客观性，又承认审美标准具有绝对性，即在相对性中蕴含着绝对性。这就坚持了唯物辩证法，基本上否定了审美认识上的相对主义、绝对主义这两种倾向。

(二) 审美标准的具体内容

客观的、科学的审美标准到底包含哪些具体内容？这是一个比较复杂的问题。目前还没有一致的认识，我们可以从以下三方面去把握。

1. 对真实性的要求

所谓"真"，即指客观世界运动、发展、变化中表现出来的客观事物本身的规律性，也指人与客观世界关系的规律性。人们在审美欣赏中对对象的关照是否符合实际、是否符合客观事物内在的规律性，这是审美标准中最基本的内容。如在艺术设计上，成功的现实主义作品，总是暗含着"真"，并以真实性作为首要的标准。

2. 对功利性的要求

由于美的事物本身有社会功利性，即包含着善的本质属性，所以人们对某一事物作出判断时，不但要求对象合乎真，而且要求合乎善，这就是审美关照中合规律性、目的性的统一。所谓合目的性就是审美标准中的功利性要求。

3. 要求内容和形式的和谐统一

任何美的事物都是具有一定形式的内容，它不能单独存在，而必须通过一定的形式表现出来；形式也不能单独存在，它为内容所决定，并体现着一定的内容。总之，美的内容和形式是互为表里、互相依存的。这在艺术设计和欣赏中尤为突出。

二、设计审美价值的评判标准

艺术设计没有也不应有僵死、固定的标准，因为审美的主体及其相关的一切因素都处在无休止的变化之中。然而审美活动中还是有相对稳定的标准的，既绝对变化又相对稳定，于是也就有了审美标准的绝对性与相对性。两种标准既相区别又相联系，你中有我、我中有你，融合审美自律与社会他律。

(一) 真，设计创造的客观标准

艺术设计是美与效用、审美价值与使用价值的统一体，审美价值与使用价值一起构成了产品的综合价值，审美价值是设计造型和色彩所体现并为人所感受的东西。设计作品美的形态与物的结构和功能密切相关，审美价值与使用价值、经济价值也是联系在一起的。

审美价值是客观的，它含有两个基本的方面：

第一，"技术之真"。即形成对象的外部形式、尺度大小，颜色、亮度、表面特征等自然性质。这种性质不仅为我们审美感知客体的纯自然现象所固有，也为具有审美价值的社会现象如艺术设计产品、艺术作品所固有。

第二，"艺术之真"。它是感性现实后面的东西，来自人的认识与感受、人的审美感知、审美想象、审美直觉、审美体验，即审美价值实现的规律与意义，是人与审美对象关系所表达的意义。强调艺术设计真善美的统一，其中，尤以艺术设计的"真"作为判断设计作品审美感知的重要原则。目前，设计对高科技的依赖决定其必须追求"真"。

(二) 善，设计是为大众服务的

设计是以"人"为本、为"大众"服务的设计，这就是说以"人"为本、为"大众"服务是设计的出发点和根本目的。以"人"为本、为大众的设计亦要求设计师具备为人民服务的思想，设计师的设计不是个人的设计，不是个人行为，不是个人艺术表现，而是以人的需要和目标为宗旨的。因此，设计为社会大众服务的目的性决定其必然追求"善"。

设计审美标准的善，主要表现在：

一是创造美好生活的需要。设计要创造人们美好生活功能，提高人们的审美能力，以达到心理上的愉悦和满足。例如，随着信息化的发展、电脑在家庭的普及，越来越多的家庭也已经开始配置打印机。家，更多地是作为生活的场所，而非办公的场所，自然对打印机外观的要求

也有所不同。这就要求打印机不仅具备卓越的打印品质,还需要美丽的外观。如想顺利挺进家用市场,实现市场突破,需在外观设计方面下工夫,做到时尚、小巧,与家的概念进行完美对接。坚持人性化的产品设计理念,开拓创新,满足不同类型用户的审美需求。

二是体现伦理道德的价值。良好的精神品格,有强烈的事业心和高度的社会责任感是设计师的个人行为,也是社会行为,是为社会服务,会产生社会后果。因此,设计师应注重社会伦理道德,对社会有高度的责任感。设计中的人文关怀是设计伦理的一个核心问题,它是设计伦理思想的直接反映,是设计实现道德教化的途径。现代设计人文关怀的内涵在设计的发展过程中日益丰富,从设计师对其理解的转变中,能够清晰地反映出现代设计伦理的变化与发展:从满足生活需要到创造美好生活,从满足个人消费欲求到关注人与社会、人与自然的和谐发展。设计作品要"以人为本",将功能与审美有机结合起来,考虑到人的心理感受和生理舒适,反映出设计与实用、设计与情感、设计与舒适等的多方面的统一。因此,为人而设计的思想是设计师必须具备的高尚道德的一部分。从本质上说,设计是为人服务的,高尚的道德是其本质特征之一。

(三) 美,设计作品的形式创造

艺术设计之所以吸引受众,除其功能性外,还有它的形式之美,观者通过设计作品的形态、色彩、肌理等外观形式,产生不同的审美感受,从而引起共鸣。艺术设计中对形式审美的把握在很大程度上影响到产品造型的审美价值,艺术设计的形式美在某种意义上成了产品设计中艺术造型的核心。主要表现在两个方面:

一是既具有功利性,又具有无功利性。所谓无功利,是说设计审美活动并不以某一有限目的为目的,相反它必须以摆脱直接功利目的为前提。在审美活动中,主体运用自己的审美感官去直接把握对象的审美特性,并进行情感体验。主体所看重的绝不是对象的物质功利性和有限的实际用途,而是对象的精神意义,是令对象精神愉悦的特性。设计者通过视觉感官并借助于相应的审美手段,如线条、色彩等,将审美心理物态化,创造出作品,传达审美经验;而欣赏者或使用者也以视觉的方式去接受作品所传达、表现的美学意味,从而产生审美愉悦。设计师总是借助产品形象去释放传达自己的情感,而使用者对它的选择则是因为其视觉形象所构成的"力的图式"与自己内心情感状态的契合。好的艺术设计有功利追求,同时又能超越功利,给人一种高层次的精神愉悦。

二是形式源于生活,又超越生活。设计师通过才能、技巧和行为,运用一定的物质媒介,创造出一个与众不同的具有实用价值的物质实体,这需要从生活中吸取灵感,只有真实、准确地把握使用者的实际需求和客观情况,才能设计出符合大众需求的产品;同时,艺术设计要超越生活,将审美因素赋予实用产品中,其目的不仅是满足人们对生活的更深层次的物质需求,使生活更加方便,还必须满足人的感官性需求。另外,我们还应该看到,审美标准存在于个人的内心世界,设计者借助于产品形象去释放传达自己的情感,通过形式语言将审美心理物态化,创造出作品,传达审美经验;而使用者或欣赏者对它的选择则是因为其视觉形象所构成的符号与自己内心情感状态的契合,也以视觉的方式来接受作品所传达、表现的美学内涵,从而产生审美愉悦。不同的使用者、欣赏者由于个性不同,因此会有不同的审美标准。

　　索尼公司的创始人盛田昭夫苦于女儿的收录机的声音太大引起的烦躁,促发了"随身听"的构想;美国硅谷两个青年电脑"发烧友"基于"让每个消费者桌上都有一台电脑"的理想,领导了被认为是"20世纪最伟大的技术革命"的 PC 电脑潮流;海湾战争后赋闲的摩托罗拉工程师为了"让普通人在移动中通信",轻松地将军工技术转化为民用,引发了"大哥大"的流行;"令妇孺都能操作摄像机"的目标,使索尼创造了"掌中宝";"在拍摄中即时观看影像"的设想,激发了夏普"彩色液晶显示屏手提摄像机"的独创。这些事实都说明设计来源于生活、超脱于生活。(见图2-3-1、2-3-2)

图2-3-1 索尼随身听

图2-3-2 PC

　　审美标准问题对于设计审美活动具有重要的意义。审美标准的正确与否,归根到底要看它是否能根据审美对象的实际,揭示出审美对象具有的客观属性和审美价值。设计批评应当正确运用审美标准,具体分析艺术设计作品,防止主观性、片面性和简单化的庸俗社会学倾向。

第三章
韵味悠扬
——设计美的构成论

设计美的构成是设计观念转化为审美实体的重要环节。通过对设计美构成要素的分析和构成法则的探索,研究如何运用功能、材料、形态等视觉要素,创造现代科技与艺术造型相结合的物品以及相关的设计文化氛围,以提高生活质量,促进社会的文明发展,不断满足人们日益增长的审美需求。

第一节
在生活中发现美:设计美的构成要素

设计美是内容与形式高度统一的复合体。其中功能美、形态美、材料美是设计最本质的、最直观的和最基础的审美要素,下面分别就各要素在设计中所产生的审美功能进行逐项分析。

一、功能美:最本质的审美要素

"功能美"是现代设计美学的一个核心概念。从设计本身的角度来讲,设计的功能因素分为实用功能、认知功能和审美功能等部分。"功能美"最本质的内容就是实用美。

(一)功能美的内涵和因素

现代设计的功能性有其丰富的内涵,设计对象不同,功能也就不同。一般来说,按照功能的重要程度可以分为基本功能和辅助功能;按照功能的性质可以分为物质功能与精神功能,或者使用功能和品位功能。

著名美学家李泽厚先生(见图3-1-1)提出了"功能美"的概念,他指出不能把"功能美"和"工艺美"混淆起来,要"尽量服从、适应和利用物品本身的功能、结构来进行形式上的审美处理,重视物质材料本身的质料美、结构美,尽量避免作不必要的雕饰、造作"(李泽厚:《美学论集》,上海文艺出版社1980年版)。他在《美学三提议》一文中还写道:就内容而言,美是现实以

图 3-1-1　李泽厚

自由形式对实践的肯定；……所谓"自由的形式"首先是指合目的性与合规律性相统一的活动和过程本身，然后才是现实的成果、产品和痕迹（李泽厚：《美学四讲》，生活·读书·新知三联书店2008年版）。因而，功能美是合目的性和合规律性的统一，它的感性外显即是"自由的形式"，一切产品都是人们为达到一定的目的，按照自己掌握的客观规律对自然物质进行加工改造的结果；当产品实现它的预定功能时，合目的性与合规律性达到统一，人就取得了一种自由，就表现出一种美。其表现实质是对合理的人—机—环境关系的体现。就设计产品而言，产品功能的美体现在合规律性（真）和合目的性（善）的统一中，体现在产品的功能和形式（美）的统一中。凡人工设计和制作的产品，在功能上达到了完备、完善、完美的要求，能适应、满足人和社会的物质需求与精神需求的，就是体现了功能美的产品。"功能美"内涵的丰富性，正是体现了设计艺术能满足人的多层次性的需要——既有物质的需要，又有精神的需要。

建筑因形式美而吸引着人们的目光，但人们往往不会只停留在对形式美的欣赏上，人会自觉不自觉地从感觉外在的形式美到功能等方面的审美认识，即功能美（见图 3-1-2、3-1-3）。

图 3-1-2　巴黎凯旋门

图 3-1-3　悉尼歌剧院

（二）功能美的主要表现

功能美首先表现为实用功能和使用功能等物质功能，其次表现为认知功能（象征功能）和审美功能等精神功能。

1. 实用功能

实用功能是通过设计物和人之间的物质和能量的交换，直接满足人的某种物质需要，也称之为物质功能。实用功能是设计艺术的功能美的基础。它是设计行为的原初目的，是人类制物造器的原动力。实用功能首先给人类的生产和生活带来了广泛的便利，人类凭借各种各样的工具和器物达成了过去所未能达到的各种各样的良好生活方式，使得自己的生活质量得到了极大的提高，从而感受到了极大的快乐和愉悦。这种快乐和愉悦就是实用功能的功能美感。例如，自古以来陶瓷就具有实用功能和精神审美功能，它在人类物质生活和精神生活中一直扮演着重要角色。在人类文明发展的进程中,陶瓷是一种比较特殊的文化形态,具有物质和文化双重特征。陶瓷器首先是为实际生活需要而制造的产品,同时又是按照审美规律寻求美感的艺术创造。只要追溯陶瓷的历史就会发现:人类发明陶器是为了炊煮的生活需要,烧造陶质砖块是为了建筑构造,制作陶瓷质地的陶俑塑像是为了满足礼仪需要,其大多数作冥器用(见图3-1-4、3-1-5)。这些陶瓷都是作为日常生活实用品而烧造制作的。而烧造壶、碗类器物的风格改变是为时尚饮食功能,用瓶子点缀生活环境而不断改变釉彩、装饰、造型等都是为了提高物质生活和精神生活品质。文化审美的追求是在物质生活基础上为了人的心理和精神满足的拓展。数千年来,陶瓷都是以实用功能决定着外观造型样式,实用功能与精神功能的统一始终是贯穿着中国、东方以及西方的陶瓷发展的主线。

图3-1-4　北朝陶俑

图3-1-5　秦兵马俑

　　宋代官窑烧制的青瓷器(见图3-1-6、3-1-7),釉面的冰裂纹路并非从实用考虑,釉面的开片不便于生活日用,裂纹是为了满足消费者的审美需求。但对繁冗的冰裂饰格局回视后发现,它仍然具有时代生活意义。宋代官窑青瓷那些形态,主要还是生活日用器皿,它由实用创造心理渐次向形式审美过渡,始终顽强固守着原始器皿的功能意识,使实用与审美文化高度叠合。

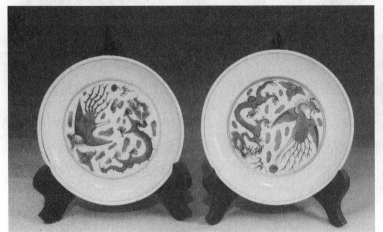

图3-1-6　青花瓷盘

图3-1-7　青花瓷瓶

要有效地发挥设计艺术及其物化产品的功能美,不仅表现在它是有"用的"的(实用功能),而且还要具有良好的使用功能,即"好用"的。使用功能和实用功能的区别在于:实用功能是工具和器物所能达到的目的,而使用功能是人类在操作和利用这种工具的时候所感觉到的方便或舒适与否。使用功能良好的器物,会令人感到方便、舒适,同样也会带给人极大的愉悦。这就是使用功能的功能美感。

图3-1-8　麦金塔电脑广告

美国苹果公司在激烈的市场竞争中,针对IBM公司,设计开发了一种适合个人使用的电脑——麦金塔电脑(见图3-1-8),它的操作和友好"用户界面",使人与电脑能够更好地沟通。

灯光照明设计不仅表现实用功能的要求,即根据不同的空间、不同的场合、不同的对象选择不同的照明方式和灯具,并保证恰当的照度和亮度,而且必须根据使用场所、使用功能、使用对象而定。灯光设计师通过灯光的明暗、隐现、抑扬、强弱等有节奏的控制,充分发挥灯光的光辉和色彩的作用。

2. 认知功能

认知功能是由设计物的外在形式所实现的一种精神功能。它通过视觉、触觉、听觉等感觉器官来接受物的各种的信息刺激,形成整体知觉,从而产生相应的概念和表象。认知功能主要包括两个方面:识别功能和象征功能。

(1)识别功能。认知功能首先体现在物的指示功能方面,特殊的造型、色彩和标志,显示了它的功能特性和使用方式。独特的识别功能是标志设计在视觉传达中最基本的要求和首要功能,是认知识别机能设计的主题原则。一般采取显著、优美、富有想象的形体、色彩、材料、肌理和采光等手段,增强标志的表现力和感染力,提高标志的传播功能和记忆值,给社会大众留下深刻的印象。

可口可乐是世界公认的第一饮料品牌,一百多年来,其形象已深入人心,令人瞬间产生清醇、活泼的味觉与流畅痛快的感觉。可口可乐采用潇洒飘逸的英文字体,设计非常独特,并且在这种飘逸的草体下加了一条颇有韵律感的S形波纹线,仿佛是乘风破浪的帆船,具有鲜明的趣味性,充满强烈的激情和活力,使人富于联想,在消费者脑海中烙下了深刻的印痕(见图3-1-9)。

瑞士的雀巢公司的标志,它以企业理念为出发点,取一只母鸟给雀巢中两只小鸟喂食的情景,给人们描绘出一幅温馨舒适的画面,极富人情味,同时又十分吻合"Nestle"的英文含义,显示出了很强的亲和力和感染力。在英文中,"Nestle"可理解为"依偎"和"舒适安顿下来"的意思,当人们一看到这个标志设计,立刻就会想起嗷嗷待哺的婴儿,慈爱的母亲和营养丰富的雀巢产品。这种感情的亲和力、感染力和震慑力,使其他形象都相形见绌(见图3-1-10)。

图 3-1-9　可口可乐公司 LOGO　　　　　图 3-1-10　雀巢公司 LOGO

（2）象征功能。认知功能的另一个表现为物的象征性方面，象征能传达出物"意味着什么"的信息内涵。象征是一种符号，但不是一般的符号。德国古典哲学家黑格尔说，象征符号"是一种在外表形状上就已可暗示要表达的那种思想内容的符号"（黑格尔：《美学》第 2 卷，商务印书馆 1979 年版）。设计艺术就是通过形状、材质、色彩、表面工艺处理和装饰等要素来表达象征功能，以实现设计目标。

● 形状的象征性。美国广告学者大卫·里斯曼和迪莫西·哈特曼分析美国二十多年的性感广告后，总结出性感广告的四种类型：功能性性感广告；想象性性感广告；象征性性感广告；与商品无关的性感广告。象征性性感广告应尽量避开对"性"的直接宣传而采用与性相关的实物或者情节，传达商品信息或者某种观念的性感广告。利用特定的文化符号表达性别象征，如花象征女性，高山象征阳刚之气等。例如，"杜蕾斯"运用水果抽象出一个男性性器的形状，然后用不同种类的水果体现各款产品特点，虽然就使用者而言，该产品的消费对象并非女性，但这里引入水果形象却有一种颠覆和突破意义，一改男性生殖器坚挺的刻板印象。

> 著名避孕套品牌杜蕾斯（Durex）的广告，用来诉求杜蕾斯推出的多彩果味系列安全套：红色草莓味、绿色薄荷味、黄色香蕉味、橘色香橙味，用圆柱状的雪糕和水果将产品信息传达给受众（见图 3-1-11）。

图 3-1-11　杜蕾斯平面广告

● 材料的象征性。材料是产品的物质基础，又是现代设计艺术的广度和深度的直接表现。许多产品美的基本内容往往表现在质材美上。材料有自然材料和人工材料，不同的材质具有不同的审美特性，带给人的视觉和触觉上的感受也不同，设计师了解材质种类的同时，还要追求材质的审美感受。通常，材料的质感肌理是通过表面特征给人以视觉和触觉感受以及心理联想及象征意义。材质的不同引起的视觉美感也不同。如厚重材质给人稳重之美；轻薄材质给人浪漫之美；粗糙材质给人原始之美；光滑材质给人华贵之美。由于材质本身所具有的特性和自身的语言内涵的差异，造成了不同的视觉效果。如玻璃、钢材可以表达产品的科技气息，木材、竹材可以表达自然、古朴、人情意味等。通过选择合适的造型材料来增加感性、浪漫成分，使产品与人的互动性更强。在选择材料时不仅用材料的强度、耐磨性等物理量来评定，而且考虑材料与人的情感关系远近作为重要评价尺度。材料质感和肌理的性能特征将直接影响到材料用于产品的最终视觉效果。现代质材之美主要体现在：质地精纯、光泽洁亮；纹理清晰、手感舒适，与产品整体配合适宜和谐以及高功用、多效率。表现质材之美的方法有二：一是体现材料本身的质地和纹饰；二是通过表面处理来表现质材美。因此，设计师应当熟悉不同材料的性能特征，对材质、肌理与形态、结构等方面的关系进行深入分析和研究，科学合理地加以选用，以符合现代设计的需要。

● 色彩的象征性。色彩作为产品情感与文化的象征，不仅具备审美性和装饰性，而且还具备符号意义和象征意义。人们对产品的色彩的感觉最强烈、最直接，印象也最深刻。不同的色彩及组合会给人带来不同的感受：蓝色宁静、红色热烈、紫色神秘、黑色凝重、白色单纯、灰色质朴……表达出不同的情绪，成为不同的象征。产品设计中的色彩，包括色相明度、纯度，以及色彩对人的生理、心理的影响。产品设计中的色彩暗示人们的使用方式和提醒人们的注意，色彩设计应依据产品表达的主题，体现其诉求。而对色彩的感受还受到所处时代、社会、文化、地区及生活方式、习俗的影响，反映着追求时代潮流的倾向。

汽车颜色作为品牌文化的组成部分，在品牌的设计开发、生产制造、营销等领域正起着越来越重要的作用，成为品牌文化内涵个性而时尚的表达。看似平常的色彩，在提升"情绪价值"的同时，已经成为汽车品牌的符号特征，成为表达汽车品牌文化内涵的无声语言。正如法拉利红，如今已经固化为当代色卡中的专业术语，为品牌文化增值（见图3-1-12）。

图3-1-12　法拉利红

● 装饰的象征性。建筑装饰是借助于实物、绘画、雕刻、各种材料的对比等形象化的手段传达信息、显示意义的。中国传统建筑的形貌特征大同小异,不论礼制性建筑还是大众化的民居,突出的特点是用一条中轴线使整个建筑群形成整体性的视觉效果,在这条中轴线上,若干建筑空间依次打开,加上细部装饰纹样进一步强化。中国传统建筑装饰的象征性表达主要有两方面:一是表达吉祥的主题,另一是象征礼制等级。吉祥主题是传统建筑装饰象征性表达的一个中心内容。在中国传统建筑中,常在屋顶、屋脊等处饰以各种传说中的神兽,象征吉祥如意,镇凶辟邪,如龙、凤、狮子、天马、兽吻、螭首、宝瓶、华盖、火焰、法轮等。建筑装饰中的礼制等级象征性主要体现在屋顶、斗拱、屋脊的吻兽等方面。庑殿顶是传统建筑中最高级的屋顶式样,一般用于皇宫、庙宇中最主要的大殿;悬山顶是中国建筑中最常见的形式。屋顶的等级象征从高到低次序为:庑殿顶、歇山顶、悬山顶、硬山顶。斗拱最早出现于周代的铜器纹饰,由方形的斗、升和矩形的拱、斜的昂组成,是柱与屋面之间的承重构件。

> 故宫的房顶上,有各种各样奇形怪状的飞禽走兽。排列顺序为:龙、凤、狮子、天马、海马、狻猊、押鱼、獬豸、斗牛、行什。其中天马与海马、狻猊与押鱼之位可置换。这些琉璃釉面小兽,都有具体的象征意义,是建筑匠师们把实用构件与艺术造型巧妙结合起来的典范(见图3-1-13)。

图3-1-13 故宫房顶

● 地位的象征性。对某些使用者具有特殊意义的设计物则称为人为象征的设计物,它是以特定社会的惯例为基础的。地位象征意义,虽然在某一时期可代表少数人的地位,但随着时间的推移、使用人数的剧增,则会失去原有的地位象征,而产生新的地位象征。由此,国外系统性消费行为研究证明:若某设计产品的声誉得到社会认可,这种设计产品的附加价值则具有满足消费者的新的需求的可能性。如世界名车保时捷、奔驰、克莱斯勒、法拉利等(见图3-1-14、3-1-15、3-1-16、3-1-17),之所以能够成为人们争宠的对象,是因为它们的象征意义远远大于其实际的实用价值。

3. 审美功能

审美功能是指事物的内在和外在形式唤起的人们的审美感受,满足人们的审美需求,是设计物与人之间相互关系的高级精神功能因素。物在使用过程中是否能唤起人的美感,是判断其是否具有审美功能的依据。审美功能是功能美的一个组成部分。它是设计艺术在视觉、触觉等方面给人以愉悦及精神上、心理上的满足。

图 3-1-14 保时捷 LOGO

图 3-1-15 奔驰 LOGO

图 3-1-16 克莱斯勒 LOGO

图 3-1-17 法拉利 LOGO

以产品设计为例,产品设计的审美功能和实用功能是有机地联系在一起的,它尤其能诱导人们的注意力。同时,设计的竞争也离不开美学价值,这主要体现在同类、同质的产品设计之中。审美功能包括产品设计的造型、色彩、肌理和装饰等要素给人的心理感受。产品设计不只具有实用功能,它还能通过它的外在形式唤起人们的审美感受,满足人们不同的审美需要,这种审美功能是在物质功能的基础上产生的精神功能,也可称之为心理功能。例如在进行产品设计时,对表层选材强调素材的肌理、木材质地、金属质感等表面装饰,加以精密的工艺加工,以显示出素材的肌理效果或本来面目。这种追求自然的造型和肌理效果,往往会带给人们全新而自然的感受,使人们产生心理上的愉悦。

产品设计的审美功能还体现在设计者与使用者之间的沟通。由人们各自的审美经验而形成的对于产品的感受,这种感受是以满足人们的心理需求为目标的。现代产品设计给人们的审美感受主要由两个因素所决定:一是人们对产品造型、色彩、表面等方面所产生的美的概念;二是不同人的不同心理感受。具体表现在:优秀的产品设计其总体效果——线条、肌理、色彩、明暗、形体组合等组成"有意味的形式",诉诸人的视觉器官、触觉器官等给人以情感上的愉悦和美的享受。

以网络视觉艺术设计为例。在网络境域中的视觉艺术设计是指在网络这种特定的环境下,通过塑造可视的形象来表现社会生活和设计师情感的艺术形式。设计师为了使艺术作品更大程度得到推广,受众更乐意接受,在设计作品的过程中,应先从审美功能特征入手,同时也应对审美体验的主体有一定了解，方可获得最佳的艺术表现效果。其审美功能特征主要是：

一是直观具象性。视觉艺术运用物质媒介创造出的具体的艺术形象，直接诉诸受众的视觉感官。这种直接具体的形象蕴含着丰富的艺术意蕴，把具体可视或可触的形象直接呈现在观众面前，引起受众直观的美感；它也可以把现实生活中某些难以显现的无形事物，转化为以直观的具体视觉形象表达出来。

二是瞬间永恒性。视觉艺术可以捕捉、选择、提炼、固定事物发展过程中最具表现力和富于意蕴的瞬间，"寓动于静"，以"瞬间"表现"永恒"。比如网络设计艺术瞬间的表达，往往抓住即将抵达高潮之前的瞬间，给人的想象留下无穷的延伸空间。

三是空间表现的差异性。如用网络的虚拟透视方法在二维平面上营造虚幻的三维立体空间，加之可听可触等功能，甚至营造出多维的艺术想象空间，使网络视觉艺术插上无尽想象的翅膀。

四是凝聚的形式美。运用形式美法则对物质媒介进行加工，便可以整合出凝聚着形式美的艺术符号。形式美多种多样的法则（如对称、均衡、节奏、韵律、对比、比例、主从、尺度、明暗、虚实、多样统一等）在各门类艺术的具体运用中，又凝聚成美的千姿百态。比如比例的匀称、变化的节奏韵律、明暗对比、多样统一、虚实相生等，都是形式美法则在各种门类艺术中的集中呈现。

中国古典园林的审美特征之一，即创造无穷的空间效果。在中国古典园林的类型中，私家园林面积都不大，而皇家宫苑又是私家园林的集锦。要表现出诗情画意的美学内涵需要某种连续委婉的曲线流动。为达此目的，必须运用曲折、断续、对比、烘托、遮挡、透漏、疏密、虚实等手法，取得山重水复、柳暗花明的无穷效果。如江苏无锡寄畅园借景锡山宝塔；北京颐和园画中游、鱼藻轩借景玉泉山和西山；河北承德避暑山庄锤峰落照借景磬锤峰等，都是这方面最成功的例子（见图3-1-18、3-1-19、3-1-20、3-1-21）。

图3-1-18　北京颐和园

图3-1-19　无锡寄畅园

图 3-1-20 鱼藻轩

图 3-1-21 承德避暑山庄

总之,设计艺术的功能美,是实用功能、认知功能和审美功能的和谐统一,在不同的设计领域中,这几种功能有所侧重,它们的整合与统一,是实现设计艺术的功能美的基础和保障。

二、材料美:最基础的审美要素

材料是设计艺术的物质基础。重视材料自身的审美属性,是设计之美的一个重要特征,也是设计艺术与纯艺术的区别之一。材料和设计作品的关系就像水和木、砖和房的关系,设计要建立在材料的基础上相生相荣,材料是实现设计作品的一个物质条件、技术条件和一种语言形式。材料美感包括纹样美、质感美、肌理美。尽管材料的性能各异,但它们都具有相对统一的审美标准和构成依据。材料美的特性,主要包括符号性、情感性、质感性、肌理性和绿色性这几个方面。

(一)材料的符号性

根据材料的性质特征和用途,材料学上把材料分为结构材料和功能材料两大类。考虑到材料的设计特点,一般把设计材料分为天然材料和复合材料两大类。天然材料也被称为自然材料,具有原始质朴形态,使人充分感受到天然之美;复合材料一般认为起源于20世纪40年代。它是采用物理或化学的方法,使两种或两种以上的材料在形态与性能相互独立下共存于一体之中,以达到提高材料的某些性能,或优势互补或获得新的功能目的而产生的。一定的材料由于有了一定的应用习惯性而形成一种符号。材料作为一种符号被广泛应用,同时也是实用文化与审美文化的完美统一。设计师在产品中融入这种自然材质,使生命的神秘性和多样性能够在产品中得以延续。通过材料的调整和改变以增加自然神秘或温情脉脉的产品情调,使人产生强烈的情感共鸣。

(二) 材料的情感性

石头、木头、树皮等传统材质总会使人联想起一些古典的东西,产生一种朴实、自然、典雅的感觉。将这样的材质运用到产品中,会使产品或多或少地带上情感倾向。玻璃、钢铁、塑料等又强烈地体现出现代气息。材质的情感的个性就像颜料的色彩一样。运用材质进行产品设计与作画很相似,都是为了表达一定的创意,塑造一定的角色形象。材质的相互配合也会产生对比、和谐、运动、统一等意义。一种好的设计有时亦需要好的材质来渲染,诱使人去想象和体味,让人心领神会、怦然心动。设计大师索特萨斯为奥利维蒂公司设计的便携式打字机,外壳为鲜艳的红色塑料,小巧玲珑而有着特有的雕塑感,其人性化的设计风格已令消费者青睐有加(见图3-1-22)。

图 3-1-22　索特萨斯设计的打字机

(三) 材料的质感性

不同材料的物体表面具有不同效果的质感。不同物质其表面的自然特点称天然质感,如空气、水、岩石、竹木等;而经过人工处理的表面感觉则称人工质感,如砖、陶瓷、玻璃、布匹、塑胶等。不同的质感从视觉上给人以透明与浑浊、光滑与粗糙、虚与实、韧与脆等多种感觉。

一是透明度。人们通过视觉可以判断材料质感的通透性,即能否看到被材料遮挡住的物体。透明的程度分为完全透明、半透明、不透明等级别。透明最典型代表材料是玻璃,以绝佳的透光、透色、透形创造内外通透、明亮宽敞的美感。反之是石头,给人庄严沉重、结实坚硬的心理联想。

二是光滑度。材料的光滑与否,通过视觉观察其反光效果可区别。光线照射在材料的表面,产生不同的光感效果,表面质感光滑,反光强,还有耀眼的高光。比如:不锈钢、玻璃是光感较强的代表材料;反之,光感较差的材料是布料、石头、木材。

三是虚实度。虚实属于视觉判断的联想效果,通常是受材料的透明度和可塑性影响的。材料的透明度好,材料本身容易弱化外形,从而产生虚幻的视觉错觉。比如:轻薄的纱绸、玻璃是虚幻感较强的代表材料,给人以柔顺轻盈的美感;而石材、木材则相反。

(四) 材料的肌理性

人们对肌理的感受一般是以触觉为基础的,但由于人们触觉物体的长期生活体验,以至后来不必触摸,便会在视觉上判断出肌理的不同。肌理给人以各种感觉,并能加强材料纹样、质感的作用与感染力,形成对材料全方位的判断和审美。材料不同,其肌理就各不相同。可从以下几方面加以区别:

一是立体感。属于真实的三维肌理,给人以强烈的凹凸感。不同角度的光线会影响凹凸的视觉感受,但只有借助触觉才能获得深刻的亲身体验,强化立体的感知。立体感体现为深度的深浅变化,如天然石材不经修饰的肌理给人天然质朴野趣的美感。

二是软硬感。硬邦邦的材料拒人千里,不易造型,外观多以直线条为主。柔软的材料造型丰富多变,多以柔和圆滑的曲线为主,令人感到亲切舒适。如布料是软材的典型代表。

三是分量感。材料的分量主要是由本身密度等物理属性决定,另外色彩还会影响视觉的判断,色彩深重的显重,色彩亮丽的显轻,视觉对分量的判断容易发生错觉。如钢化玻璃和石材。

四是温凉感。材料的物理属性造成表面温度的不同,从而给人带来不同的感觉效果。如温暖的材料保温性能好,可以表现亲切的作品个性。

(五) 材料的绿色性

绿色材料的美源于人们对现代技术文化所引起的环境及生态破坏的反思,体现了设计师和使用者的道德和社会责任心的回归。在很长一段时间内,工业设计在为人类创造了现代生活方式和生活环境的同时,也加速了资源、能源的消耗,并对地球的生态平衡造成了巨大的破坏。特别是工业设计的过度商业化,使设计成了鼓励人们无节制消费的重要介质,设计师们不得不重新思考工业设计的职责与作用。用新的观念来看待耐用品循环利用问题,真正做到材料的回收利用。绿色材料的美着眼于人与自然的生态平衡关系,在设计过程的每一个决策中都充分考虑环境效益,尽量减少对环境的破坏。对材料设计而言,绿色设计的核心是"3R",即Reduce、Recycle 和 Reuse,不仅要尽量减少物质和能源的消耗、减少有害物质的排放,而且要使产品及零部件能够方便地分类回收并再生循环或重新利用。环保的绿色材料产品是设计者和使用者美丽灵魂的展现。因而绿色的环保材料产生了美,这是现代设计的一大趋势。

综上所述,材料美,主要体现在科技、自然和人文社会因素中。在艺术设计中材料的美感有着重要作用,材料的美感直接影响产品的艺术风格和人对产品的感受。优秀的设计离不开优美的材料。

三、形态美:最直观的审美要素

在自然环境和人为空间里,视线所及的都是"形","形"的大小、方圆、厚薄、轻重等要素的总状态称为"形态"。形态既指设计物外形,也指设计物内在结构,是设计物的内外要素的统一

体,构成形态的基本形式有点、线、面、体等。在立体构成中,当点、线、面、体具有一定的厚度时,就明确呈现出三维空间的特征,这四要素巧妙的组合设计,就可以变化为丰富多彩而难以计数的形态。

(一) 点

点是造型的出发点,是构成立体构成形态最基本的元素。点在这里是具有空间意义的形体,它的形状不受限制,它可以是圆形、三角形,也可以是不规则形。对点的判断完全取决于它所存在的空间,依据立体构成形态关系中所呈现出来的比较小的局部形态,或在整体空间中被认为具有集中性并成为较小的视觉单位时,都可以被理解成是点的造型。例如,工业产品造型中的按钮;室内设计中的灯具或者抽屉上的拉手;环境设计中的一处景观、几把坐椅,都适合于从三维空间点的角度来考虑其合理构成和审美处理问题。点的作用是:两点连成线,三点构成面。在设计中,点具有视觉上的作用力,自由点的构成具有动势的感觉,垂直水平的点具有平衡的感觉。点的大小不同,点与点的间隔富于变化,会有韵律产生(见图3-1-23)。

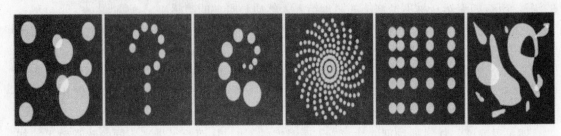

图3-1-23 点

> "依赖于对艺术单个的精神考察,这种元素分析是通向作品内在律动的桥梁。"(见图3-1-24)——瓦西里·康定斯基(Wassily Kandinsky)《点、线、面》

(二) 线

线是点移动产生的轨迹。立体构成中的线是在空间中的形体,以方向性和长度为主要特征,具有弹性和运动感。视觉形象的轮廓、体积、空间、动势等都可以通过线条表达出来,线是表达力非常强、表达内容非常丰富的造型元素。线条的诸多变化可以对视觉心理产生丰富的影响。威廉·贺加斯在《美的分析》一书中这样写道:直线只是长度有所不同,因而最少装饰性。直线与曲线结合,成为复合的线条,比单纯的曲线更多样,因而也更有装饰性。波纹线,由于由两种对立的曲线组成,变化更多,所以更有装饰性,更

图3-1-24 康定斯基《白底上绘画》

为悦目,称之为"美的线条"。蛇形线,由于能同时以不同的方式起伏和迂回,会以令人愉快的方式使人的注意力随着它的连续变化而移动,所以被称为"优雅的线条"。贺加斯还谈道,在用钢笔或铅笔在纸上画曲线时,手的动作都是优美的。线具有情感作用、指示作用和分离空间的作用。

设计可用线的概念创造新的造型。通常我们把线划分为如下两大类别:一是直线,包括平行线、垂直线、斜线、折线、虚线、锯齿线等。直线在《辞海》中释意为:一点在平面上或空间上或

空间中沿一定（含反向）方向运动，所形成的轨迹是直线，通过两点只能引出一条直线。二是曲线，包括弧线、抛物线、双曲线、圆、波纹线、蛇形线等。曲线在《辞海》中释意为：在平面上或空间中因一定条件而变动方向的点的轨迹。

中国画中有"十八描"的种种线形变化，还有"骨法用笔"、"笔断气连"等线形的韵味追求。学习绘画总是从线开始着手的，如速写、勾勒草图，大多用的是线的形式。在造型中，线起到至关重要的作用，它不仅是决定物象的形态的轮廓线，而且还可以刻画和表现物体的内部结构，比如，线可以勾勒花纹肌理，甚至可以说，物象的表情也可以通过线来传达（见图3-1-25）。

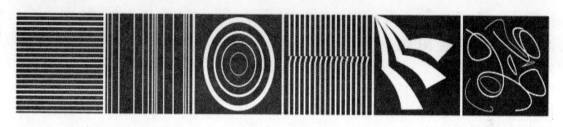

图3-1-25　线

（三）面

扩大的点形成了面，一条封闭的线造成了面。密集的点和线同样也能形成面。在形态学中，面同样具有大小、形状、色彩、肌理等造型元素，同时面又是"形象"的呈现，因此面即是"形"。面通常可划分为下述四大种类：一是几何形，由直线或曲线，或直线与曲线相结合形成的面，如正方形、三角形、梯形、菱形、圆形、五角形等，它们具有简洁、明快、冷静和秩序感，被广泛地运用在建筑、实用器物等造型设计中；二是有机形，具有秩序感和规律性，具有生命的韵律和纯朴的视觉特征；三是偶然形，是指自然或人为偶然形成的形态，其结果无法被控制，如随意泼洒、滴落的墨迹或水迹，树叶上的虫眼等，具有一种不可重复的意外性和生动感；四是不规则形，是指人为创造的自由构成形，可随意地运用各种自由的、徒手的线性构成形态，具有很强的造型特征和鲜明的个性。面的构成即形态的构成，也是平面构成中重点需要学习和掌握的，它涉及基本型、骨骼等概念。面的作用主要表现在可以形成与底的关系；面还具有单位群化作用。由抽象的形到具象的形的转变，使广告画面产生韵律情感（见图3-1-26）。

图3-1-26　面

在《中国银行·翠竹篇》网络广告中，设计者对图形"竹子"形象的处理体现了对这一形态符号本质的把握。在这一画面的色彩选择与构图思考中，设计者紧紧抓住"竹子"这一形态的特征，首先以静态强调"竹子"遇风不动、稳然屹立的品质，然后以翠绿色营造了一个安静至极的境界，就在这一宁静境界中，一个清纯女子亭亭玉立在"竹林"前，她柔美的身体形态与竹子的笔直形成呼应，暗示出"守节、坚贞"的文化含义。这里，竹子的形态、色彩与画面人物的视觉关系都将竹子符号的"高风亮节、超凡脱俗、笔直向上、宁折不屈"的文化品质形象地表现出来，使艺术审美与广告理念的表达浑然一体，不但使受众得到视觉上的享受，也使受众对其创意回味无穷。

（四）体

按几何学的定义，体是面移动的轨迹。块体的基本特征是占据三维空间（见图3-1-27、3-1-28），是具有长度、深度、宽度的三维实体，给人以立体感、空间感和体量感。在立体构成中，体也可以理解为由点、线、面围成的三度空间或面运动旋转所构成的空间。体主要包括几何体和非几何体两大类。几何体有正方体、长方体、球体等规则形态，非几何体一般指一切不规则的形体（见图3-1-29）。

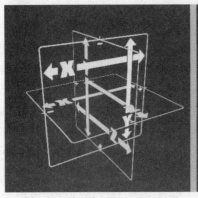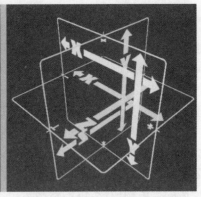

图3-1-27　三维空间

图3-1-28　古埃及金字塔

图3-1-29　太阳神庙的柱林

体根据空间构成方式不同又可分为实体与虚体,由线形成的立体或面围成的部分叫虚体,由面与面拼合或块组合而成的立体称实体。体的虚实是产生视觉上体量感的重要因素,也是丰富立体构成的重要手法之一,体的虚实处理会给造型设计带来强烈的反差对比。立体广泛运用于包装、户外 POP 广告等设计上。

> 古代宫殿庙宇为了表现神或君主的威慑力,常将体量感强化。古埃及金字塔、太阳神庙中柱林,便是典型例子。日本著名时装设计师三宅一生(Lssey Miyake)是以擅长在设计中创造出具有强烈雕塑感的服装造型而闻名于世界时装界的代表人物,他对体在服装中的巧妙应用,形成了个人独特的设计风格(见图 3-1-30)。

图 3-1-30 三宅一生服装设计

线构成的形体因为其充满弹性而有空灵、轻快的感觉,面构成的形态具有表面的广延性和空间的包容性,体块构成的形态具有重量感,显得充实稳定。在具体操作中对于这类由形态结构引起的情态特征,应细心体味,加以巧妙利用,才能赋予立体构成作品丰富的情感和强烈的感染力。

第二节
在体验中遵循美:设计美的构成法则

人们在体验美的过程中,不仅熟悉、掌握设计美的构成要素,而且遵循设计美的法则。设计美的一般法则主要有:对比与调和、对称与均衡、比例与尺度、节奏与韵律等。

一、对比与调和

(一) 对比与调和的含义

对比又称对照。把色彩、明暗、形态或材料的质与量相反的两个要素排列或组织,并强调其差异性,使人感受到鲜明强烈的感触。对比关系主要通过色调的明暗、冷暖、形状、大小、粗细、长短、方圆等;方向的垂直、水平、倾斜;数量的多少;距离的远近、疏密;黑白、轻重;形态的动静等方面因素来达到。处理对比关系时,视觉要素各方面要有一个总的趋势,有一个重点,处处对比则会失去对比的意义。

调和亦称和谐,是对形态构成要素共性的加强或差异性的减弱。它在某种程度上弱化了对比的突兀性,协调了矛盾要素之间的关系,使无秩序化的事物变得合理有序。单独的一色、一根线无所谓调和。只有几种要素具有基本的共通性和融合性才能调和。但是,过分强调要素之间的类似,反而会显得单调。调和有形态、大小、方向、色彩、质感等的调和。

（二）对比与调和的关系

对比与调和是相对而言的,没有调和就没有对比,它们是一对不可分割的矛盾统一体,立体构成从许多方面体现出对比与调和的关系,主要表现为:

1. 形状的对比与调和

不同形状和体量的形态构成使形体呈现出对比与调和的关系。反映这种关系最典型的是简单的几何形体。如正方体、球体、圆柱体、圆锥体,以及大小、多少、轻重、粗细、长短、厚薄、钝锐、水平垂直、集中扩散等。它们之间具有统一感和整体性,使人最容易认识和理解对比与调和。

世界上许多著名建筑因为很好地运用了几何原理而成为建筑艺术史上的丰碑。从古埃及的金字塔到古罗马的万神庙,还有古罗马大角斗场每一个细小的形体都从属于椭圆形状,无不折射出这种简单的对比与调和(见图3-2-1、3-2-2)。

图3-2-1　古罗马万神庙　　　　　图3-2-2　古罗马斗兽场

形状的对比与调和要突出主体,强调其他部位对主体的从属关系,同时通过控制主从关系,尽量从细节的形状来体现对比与调和的效果。如法国巴黎的凯旋门中央门道的尺寸明显大于两边步行门道的尺寸。一方面,在视觉上,高的形体比低的形体更容易吸引人的视线,圆的比直的更令人注目,因此对比手法的运用能起到引导视线的作用;另一方面,人的视线也会因动静对比而产生趣味感。利用形状来协调形体使之形成统一感,这在形体构成中也是非常重要的手段和方法。

2. 色彩的对比与调和

构成形体的天然色彩材料与经过施色的材料会呈现出不同的色彩关系。它们在视觉上给人以紧张感和刺激感,一旦它们形成调和关系,则给人以色彩的秩序感。形体材料表面的色彩在各种光线照射下会构成不同的色相对比、明度对比、纯度对比,且由于这些形体材料表面的形状、大小、位置、肌理不同而构成色彩形象对比,同时人在感觉色彩的过程中伴随着心理活动,导致出现冷暖、轻重、厚薄、扩张与收缩、动与静等对比与调和的关系。

奥登伯格、范布拉根合作创作的《汤匙桥和樱桃》中，汤匙桥极富动感的曲线与樱桃球体构成的方向对比，给人极大的视觉刺激和趣味，特别是蓝色的天空、蓝灰色的汤匙桥及其在水中的倒影，与勺红色的樱桃球体形成强烈的对比，不能不说是色彩的神奇力量。

　　红与绿在色彩上呈补色的对比。"万绿丛"是指大面积的绿色，"一点红"是指一小点红色。这样的绿和红，由于面积上的绝对悬殊，决定了主色调是调和的，却又有对比的元素，其配合恰到好处地说明了对比与调和的辩证统一关系。

3. 空间位置的对比与调和

　　空间位置的对比与调和，如动静、快慢、前后、左右、上下、高低、向心及离心等。英国著名雕塑家亨利·穆尔认为，"形体和空间是不可分割的连续体，它们在一起反映了空间是一个可塑的物质元素"。人们既可从立体的角度去欣赏形体，又可从理性和情感的角度去认识和理解实体与空间的关系。

　　在中国的民居建筑中，空间位置的对比与调和升华到无与伦比的程度。位于安徽黄山脚下的牛村，依山傍水。一幢幢保留完好的古民居以黑白为主色，造型精巧，具有典型的明清建筑风格，成为世界文化遗产之一。从牛村的建筑布局来看，古人非常懂得在人居住的地方预先进行规划，而规划的核心不外乎是建筑实体本身的空间处理和建筑实体与环境的空间关系处理。

二、对称与均衡

(一) 对称

　　对称来源于自然界物体的属性，是保持物体外观量感均衡，以达到形式上的稳定。在自然界中，对称现象随处可见，如人类形体就是优美的左右对称（反射对称）的典型，在动物界，类似的有鸟类、昆虫类等。在植物界，除了对生的叶片外，花瓣给我们提供了回转对称的例子，如梅花、桃花、樱花等即属回转对称的典型。

　　对称的特点是整齐、统一，具有极强的规律性。我国古代的建筑物、家具及室内陈设都遵循这一法则，如历代帝王的宫殿、北京的四合院及民间节日的红灯、花烛等均采用对称形式。对称形式能产生庄重、严肃、大方、安全的感觉，能取得较好的视觉平衡，形成一种美的秩序感，给人以静态美、条理美之感觉，如故宫、凡尔赛宫、白宫等（见图 3-2-3、3-2-4、3-2-5）。

图 3-2-3　北京故宫

图 3-2-4　法国凡尔赛宫　　　　　　　　　　图 3-2-5　美国白宫

在产品造型设计中,对称的形式用得较为广泛,如钟表、机床、汽车等产品的造型即属此类,它使得这些具有动态功能的产品给人以静态美感,同时可使人增加心理上的稳定感。

(二) 均衡

均衡亦为平衡,是指在视觉形式上,不同的色彩、造型和材质等要素在不同的空间位置上将引起不同的重量感受,如能很好地调节到安定的位置,即产生平衡状态。

法国的亚眠大教堂和英国的林肯大教堂,它们平衡的力量来自哥特式塔尖或中心大塔,它们是对平衡中心的有力强调(见图 3-2-6、3-2-7)。

图 3-2-6　法国亚眠大教堂　　　　　　　　图 3-2-7　英国林肯大教堂

利用力学上的杠杆原理使不规则的形体达到平衡。一个距离视觉中心较远、意义次要的小形体可以借助距离视觉中心近而意义较重要的大形体达到平衡,这是不规则形体获得美感的另一个原则。

运用均衡的手法处理造型,将产生丰富、生动、活泼、富于变化的视觉特点。因此,此法是产品造型设计中应用最多的规律之一,按照均衡的原则将长方体、圆柱体、圆锥体、圆球体以及它们相互结合,形成均衡造型的各种形式。均衡是静中趋向于动,表现出一种稳定中的动态美,如《米洛的维纳斯》、《垂死的奴隶》(见图3-2-8)。

图3-2-8
垂死的奴隶

三、比例与尺度

(一)比例

比例是部分与部分或部分与全体之间的数量关系。它是比对称更为缜密的比率概念。当构成要素之间的大小、长短、轻重、面积等部分与部分或部分与全体的质与量达到一定或明确的数的秩序时,将会得到美的平衡感。这时,这个数的秩序就可称为美的比例,比例是构成中一切单位、大小以及单位间编排组合的重要因素。设计中常用的比例关系有如下几种:

(1)黄金比1:0.618 如雅典帕特农神庙即是此比例。古希腊人认为它是神圣和美丽的比。

(2)数列 ① 等差数列 $A, A+R, A+2R, \cdots, A+(N-1)R$

② 等比数列 $1, A, 2A, \cdots, (N-1)A$

③ 费波纳奇数列 $1, 1, 2, 3, 5, 8, 13, \cdots, P, Q, (P+Q)$

④ 调和数列 $1, 1/2, 1/3, \cdots, 1/N$

图3-2-9 柯布西耶

自然界的万物中和人造之物自身存在着比例,不同性别的人体比例不同,不同年龄的人体比例不同,这些都可以从西方绘画大师的作品中找到端倪;比例优雅的工业产品的造型,受大众青睐。

西方优秀的古典建筑的设计都表现出简洁的比例关系,柯布西耶(见图3-2-9)继承了这个传统,在其著名的《模度》一书中,阐述了他的比例观念。

基本比例关系有三种,即固有比例、相对比例、整体比例。固有比例指一个形体内在的各种比例:长、宽、高的比例;相对比例指一个形体和另一个形体之间的比例;整体比例指在整体空间中,组合形体的特征或整体轮廓的比例,应该尽量让每个视角看起来都不是很乏味。从水平和垂直方向观察,要注意这三种比例间的关系,使它们之间达到尽可能和谐的状态。

(二)尺度

比例和尺度关系密切。尺度是单位测量的数值概念,它规定形体在空间中所占的比例。人们感觉到某物大,这是指在规定的空间中它占去了大部分空间。一个物体超过规定的体量,会将其他物体的空间挤压,使各个元素在空间中失衡。立体空间构成在整体体量上的大小和各元素的尺度也需要考虑。构成体的体量与材料的运用是有联系的。在体量的规定下,材料规格上的考虑也有着相当的意义。

不可否认的是,在艺术和设计中形体的尺寸常常被夸张,但人们从心理上还是能接受它。譬如中外艺术家将佛像和人头像雕刻在山石上,这些雕像比真人大几倍甚至几十倍,但人们以

脑海中的标准对其进行衡量时，并不认为它违反常理。

任何一个形态都要有合理的尺度，这是需要设计师认真思考的。因为好的尺度不是不费吹灰之力就可以得到的，而是要在设计的整个环节和过程中经过仔细推敲。造型需要尺度，为了使形体有尺度并体现其特征，在造型时要依据两个原则：一是引入一单位并产生尺度，如将一艘小拖轮与一艘几十万吨巨轮并置在一起。小拖轮就成为一个尺度标准。如果这个单位看起来小，那么形体自然就会大；反之亦然。由此人们有充分的理由导出这样的结论：母题多、细部划分多的形体要比划分少的显得大。例如电子计算机中的巨型机与PC机，人们对其大小的判别是显而易见的，这是最简单的尺度标准。二是以人体功能和人活动的需要考虑造型尺度。人们经过长期的实践积累了大量尺寸判别的经验，往往会从某一物体联想到它的尺寸，直至与人体自身尺寸的关系，人自身就成为一种尺度标志。在立体形态尺度中，对比有着显著的作用。形状和造型相同、体量不同的两个物体会由于对比使大物体的尺寸显得更大。因此在建筑设计表现中，对比可以从整体上获得增加巨大尺度的效果。

形体尺度的把握和选择往往与人对尺度的印象有关。尺度印象分为三种类型，即自然的尺度、超人的尺度、亲切的尺度：(1)自然的尺度是指物体表现它自身的自然尺寸，让观者能度量出它本身正常的存在。(2)超人的尺度就是将形体显得尽可能大，比个人本身更有威力。例如寺庙中的如来佛形象就是以超人的尺度塑造的。但超人的尺度绝不是随意的，它必须要以宜人的尺度来控制。(3)亲切的尺度是指形体造型比它的实际尺寸明显小一些。事实上，一个恰到好处的亲切尺度，并不是简单地把构件尺寸缩小到比通常的尺寸还小。例如建筑设计师在设计纽约中心剧院时，把超尺寸装饰与十分简洁的安排相结合，成功地体现了亲切尺度感。

四、节奏与韵律

节奏与韵律是指同一现象有规律地周期反复或交替。它原本是构成音乐的重要要素，也是音乐产生美感的主要形式。从一定意义上讲，音乐的艺术感染力是由节奏和韵律产生的。这种形式美感在视觉艺术、设计艺术、立体构成中也得到了充分表现。从形式上讲造型艺术与听觉艺术有区别，但从本质上看两者是一致的，节奏与韵律是它们的共性，其差异仅仅是个性。

(一) 节奏

节奏原指音乐中音响节拍轻重缓急的变化和重复，这里借指在视觉上有规律的动感，在形式上的表现特征是反复和渐变。

> 音乐的三要素就是节奏、旋律与和声。音乐的主题性和节奏表现和设计相通，可以从音乐中学习到很多东西。通过音乐可看出一个人对抽象世界的感悟，对设计元素的节奏的理解在某种程度上也是对抽象世界的感性理解。

平面构成中形体的周期性连续、交叉、重叠，由此形成的大小、强弱、明暗、色彩的变化，在视觉上形成有规律的起伏和有秩序的动感，这就是节奏。

节奏是立体构成的一种主要形式感。有节奏才有韵律。"节奏"指在空间中各元素通过秩序安排，各种元素在有规律的变化中产生秩序感。不同的节奏变化产生不同的表现特征，因此人的心理感受也就不同。一般把节奏分为紧张型和舒缓型两种。节奏的急缓是能通过多种方法实现的,可以是形态和色彩的,也可以是黑白和肌理之间的转换,节奏需要在重复中实现,没有重复性就没有节奏的对比。

节奏是生命运动的象征。高山峻岭的起伏跌宕的节奏变化是大自然的生气所在。城市耸立的高楼跌宕起伏,产生的节奏传达出人类的创造力之美。谷歌搜索的标志设计中,字母间的抑扬顿挫,体现出节奏之美(见图3-2-10)。

图3-2-10 Google标志

(二) 韵律

韵律是指图形形式上的优美情调,也是节奏与节奏之间运动所表现的姿态。它是可见的,一定的节奏和韵律结合就形成一种运动形式,因而区别于另一种运动形式。

韵律的表现是表达动态感觉的造型方法之一。韵律的本质是反复。

(1)重复律,指由相同的韵律达到秩序井然的效果。如建筑物由窗户、壁柱、嵌墙和水平线脚等形成重复变化的韵律感。

(2)起伏律,指根据规律性的增加或递减、体量的轻重或视认性的强弱,形成能用数的比例计算出来的层次感。由于层次感里会有共同的形式,因此与比例、对称关系密切。如鳞次栉比的现代都市建筑群以及高矮起伏、虚实变化的室内家具等。

(3)渐变律,指基本单元形的形状、方向、角度、颜色等在重复出现的过程中连续递变。它可以避免简单重复产生的单调感,又不至于产生突兀的印象。中国古塔的建筑形式就是由层高、边搪、斗拱等构成丰富的渐变韵律的。

(4)回旋律,指依据回旋的曲率与曲势呈规律运动的涡状变化,形成富有运动感的律动。不论是吸心力较强的等差涡线,还是双曲线涡线及弹簧线等,其律动性的强弱取决于回旋的速度与力量的均衡。

在自然界中,如植物叶片的排列变化、大海波涛的反复、行星运行的轨迹,这些现象从宏观到微观印证着韵律存在于宇宙万物之中。

在人们的生活中,无论是诗歌还是音乐都讲究音的和谐,表达出有规律的节奏感,这是由诗歌和音乐的特征所决定的。在艺术中,韵律越强烈,其作品越具有艺术冲击力和感染力。

许多建筑形态是以重复形式表现美感的,如哥特式教堂尖拱和垂直线的重复,现代城市广场的重复。体现形体韵律美的重复方式有两种,即形状的重复和尺寸的重复。在建筑中重复的形状是门、窗、墙面等形状元案,通过改变间距保留韵律的特点,通过人们有意识的设计可以体现出形体的韵律美。

设计之美不是某几个形式美法则的固定化模式,而是根据设计的功能、技术、材料,综合经济、文化、心理、精神等的需要,在特定的设计环境中对美的法则的灵活的和合理的运用,以此来达到设计作品最终所要表达的本质内容。

第三节
在实践中创造美:设计美的构成表现

在设计艺术实践中,产生美感的原因是多元的,所涉及的因素错综复杂,即便是相同美感要素的利用,最后的结果也不尽相同。因此现象要比规律丰富得多,既要遵循一般形式美的构成法则,又要在具体操作中去细心体悟和灵活运用。为了把握、解读设计实践中的美感,下面对抽象与具象、量感与张力、和谐与有序等几种代表性的美感表现形式进行分析。

一、抽象与具象

从艺术的角度上来看,设计包含着具象性因素和抽象性因素。具象性和抽象性作为艺术设计的两个基本属性,它们相互包容、相互渗透、相互依存,既对立又统一。

(一) 具象美

具象的形体,给人以真实感、信任感。艺术创作中准确的透视、正常的场景、自然的色彩表现具象的物象,能使画面呈现其稳定的价值。具象艺术总是企图准确地、形象地、深入地表现对象。在世界艺术史上,其占主统地位的历史相当漫长,也是架上绘画的主要风貌。具象的绘画形式,其特点主要保留了客观世界各个具体物象的直观状态,画面形象与人的直观所见近乎一致,人们根据自己习惯的视觉经验可以很容易地识别出具象风格作品所展示的画面物象是什么,然后就可以根据图像的描绘,审析出艺术家所要传达的思想、审美观念等。所以,具象表现的作品在现实生活中更具有直达性、真实性,更容易为人所接受,正如现实主义绘画大师库尔贝所说的:"绘画艺术只能表现对画家来说是可视的和可捉摸的对象。""绘画实质上是一种具体的艺术,而且只能表现既真实而又存在的东西。"(汪流:《艺术特征论》,文化艺术出版社1984年版,第86页)具象艺术历史悠久,而且范围也极其宽广,从传统意义上讲它并不特别说明什么,只是表达一种形式,而且是在抽象艺术尚未兴起的时代作为绘画最主要的特征之一而经久不衰。

书法的线条,只有有血有肉、有筋有骨,才有神采,才有思想感情,才有生命意味,才能将具象的笔墨形式揭示得淋漓尽致。"质"的线条具有一定形式的具象性。同属线性的物体,质感不同,"具象"感知度也各不相同。如:蚕丝轻柔细长,羊毛短曲蓬松。一定形状和质地的线,不仅具有描摹世间万物的具象能力,而且可以唤起欣赏者对某种物象的审美联想,成为审美的出发点、立足点。

一本关于装修的书籍,可以用写实的效果图或室内照片来装饰;服装设计类的书籍,可以用身着时装的模特儿的照片来表达书的内容,这类设计明白而简洁,真实、准确地再现书籍所包含的一切。但是,如果所有的读物都用这类设计,往往给人以太直接和一目了然的感觉。为了使书籍设计更具有魅力，又能准确反映书的内容深度，书籍设计者可以将真实的形和自然的色，在意念指导下重新组织，形成一个深化的视觉空间。这种设计，是经过分析、归纳、定位后形成的书籍艺术语言。

《THE FACE OF HONG KONG》（《香港面谱》）是一本香港人物的摄影集，设计者采用摄影手法，真实地再现了四个性格不同的香港典型人物的面孔局部，编排成一个完整有趣的特别面谱，表达了香港多元化的人物形象。

具象形经设计者巧妙安排，形成了一个非具象的具象形，书籍艺术语言精简到只用四个真实面孔局部，不仅反映了该书丰富的内涵，还阐释了其背景和社会意义，设计中具象的图形留给读者回味的余地。

（二）抽象美

何谓抽象？《辞海》上的解释是指从具体事物中被抽取出来的相对独立的各个方面、属性、关系等。抽象美排除了客观事物的具体形象，仅凭线、点、面、块和色彩等抽象形式组合所体现出的美，与"具象美"相对，是升华的、非具象的形式美。例如工艺美术中的几何图案、建筑艺术、书法、抽象派绘画与雕塑等。

图 3-3-1 半坡陶器

抽象美往往从具象（模拟）形式中发展、演化而来，如我国新石器时代半坡文化中陶器上的鱼纹几何图案等，并与具象美结合着（见图 3-3-1）。在西方美术史上，从"后期印象派"的作品开始，独立的抽象美因素开始萌芽。德国沃林格提出"抽象与移情作用"说，认为原始美术和东方美术是从抽象冲动出发的，其风格特征在于空间效果被压抑，超越对象世界而表现单一形态。画家康定斯基等发起抽象主义绘画，主张艺术创作可以离开可视的客观现实，以抽象的造型语言（点、线、面、色彩等）表现艺术家主观情感和内心世界。

表现抽象美的抽象艺术成为 20 世纪西方重要的艺术潮流。抽象美能激起人们的审美感受，有助于扩展艺术表现领域和表现手段的多样化，它留给人们的印象是广阔、深远、无限、朦胧，更能促使人的联想、体味、补充。抽象美的应用范围在日益扩大，如广告、日用品设计、工业品造型等方面都十分重视抽象美。例如《祭红》整体设计简洁、概括，很好地把握住了内涵，给读者以极佳的启示。若设计者用具象写实的手法把古瓶处理得极其逼真的话，那么《祭红》给人的感觉就不是现在这个反映名贵红釉古瓶的小说，而是陶瓷图谱之类的一些书籍了。

（三）抽象与具象是不可分割的统一体

具象与抽象是两个既对立又统一的表现形式，它们都来自生活。具象能够较真实地再现生活中的人与事，但作为艺术，它又不能复制生活，它只是高于生活的一种反映，具象不是简单地写实，它同样要经过作者的改造、选择与变形，在"似与不似之间"游离。而抽象则通过自身的存在说明：艺术总是在自己的真实道路上不断前进的，它表现的既不是我们眼睛看到的现实表象的再现，也不是我们日常生活的表现，而是真正的现实和真正的生活的表现。具象的形中隐藏着抽象的因素,抽象的形中也有与具象形的巧合。我们常常在生活中发现一些抽象形酷似现实世界的具象形,使我们常加以想象而把它们当作现实的具象形。

菊花石就是因为花纹特别像菊花而得名,某些铁锈迹像人或山等,飘动的云像某些动物,等等。这类巧合的形似充斥着世界的方方面面的事物中(见图3-3-2)。

树根的形本来是自然界中的抽象状态,但人们根据它的形状加以想象,然后加工成自然界的具象形或半具象形。这也说明树根在加工前就已经具备了某些具象的形的特征(见图3-3-3)。

图3-3-2 菊花石雕刻作品

图3-3-3 根雕作品

抽象和具象相互联系是密不可分的,它们是有机结合的,有时它们又是可以转化的。在人类的早期,人们首先发现和注意的就是具象的事物,就是现在不是从事美术专业的人士,对抽象的事物还是不太在意。其实抽象和具象一样,是这个世界本来就有的一种常见的形态。如果将大片的草地连起来看,就会发现它们的形是不规则的、抽象的。再如树皮、沙地、水的漩涡、枯叶上的斑纹、石上的纹理等。如果我们观察一下集市上的人群,我们就会发现人们时聚时散、川流不息,总是符合多少、聚散、深浅等自然变化规律,并总是保持着这种不规则的抽象形态。

大到山峦的起伏,小到显微镜下的物体,无不充满了抽象的形态。甚至可以说抽象无处不在,它和具象一样是自然界的一部分,抽象和具象具有高度和谐的统一性。

抽象状态是世界的常态,21世纪抽象艺术设计的空前发展,是随着人们对世界的认识的加深而产生的必然结果。在以后的艺术设计发展中,包括抽象艺术、具象艺术在内的多元化格局将长期存在,它们反映了时代的需求和不同人的不同的审美需要。

二、量感与张力

(一) 张力

张力是指立体外在形态的速度感和抗击力。这种张力效果主要表现在以下几个方面:一是速度,指物体运动所呈现出来的速度感,给人以激励、兴奋、积极进取的审美效果;二是抗击力,指在力的作用下会发生反作用力,若是这种反作用力有一定的效果,就会给人抗击力的美感;三是气势,指物体的内在联系和相应形式的凝聚力所体现出发展轨迹的运动趋势,给人以气势效果;四是生命力,生命力的产生是由于在自然界中,当生命有机体受到外力的干扰时,本能地要维持着自身的固有组织形态和正常的生长、发育,而对外力的一种抵抗状态,这样就形成一种张力效果。这主要表现在形体的模拟和仿生设计中,这种设计遵从自然物或动物中取其生命现象和规则来造型,吸取自然形态中扩张、伸展、向上、健康的精神状态,并在设计中加以创造性的应用。

康定斯基在《点·线·面》一书中,论述了线条的张力。直线的张力使它以最简洁的形式表现出运动的无限的可能性;水平线的基调是冷与平,表现出运动无限的、冷峻的可能性;垂直线表现出运动无限的、温暖的可能性;对角线表现出运动无限的、冷—暖的可能性;简单的曲线两端施加的压力越大,形成的向外的张力也就越大;曲线的主要张力在于弧,它本身潜藏着韧力;几何学的波状线均匀地使用作用力与反作用力,交替增加和减少张力的水平走向;任意的波状线变化加大,两种力之间激烈竞争……康定斯基把自己的抽象形式理论付诸实践,创作了用抽象线条、形状、色彩构成的艺术画面。

(二) 量感

量感是指立体形态的体积大小和分量轻重等因素给人造成心理上的感觉,它是体积感和重量感在立体构成上的共同表现。量感具有正量感和负量感两种不同的类型:正量感是实体的表现,是以其实体占据空间为特征,所以无论从任何角度都可以通过视觉和触觉来感知它的存在;负量感是虚体的表现,它是以线形成的立体或由透明的面形成的立体为特点。具有负量感的形态对人心理产生的影响是不同的,具有正量感的立体形态给人以健康、强壮、坚实等美的感受。大体量的形态所占据的空间比较大,有一种自发的、不容忽视的扩张气势,人们常常在心理上将大体量的形态与强壮、厚重的事物联系在一起;小体量的形态常常显示出精巧、轻盈、珍贵的形态气质。负量感给人空灵、想象的效果,负量感依附于正量感而存在。正量感和负量感相互映衬、相互依托,负量感和正量感在立体构成中有着同等重要的地位。

英国雕塑家亨利·摩尔所创作的孔洞雕塑,就是将负量感置于雕塑上的实体。他说:"一个洞所蕴含的意义不亚于一块体积所具有的含义——有一种神秘的东西隐含在它的深度和形态之中。""孔洞本身如同实心的体积一样具有形体意义。"亨利·摩尔对于"孔洞"的描述实际上强调了负量感在形态语言中令人思考的价值。

除了负量感和正量感给人以量感的判断之外,色彩也可以对人的量感判断起到一定的作用,色彩的重量感主要取决于明度和纯度,明度和纯度高的显得轻,在立体构成中,常以此来达到平衡和稳定以及表现性格的需要,如轻飘和庄重等。

立体构成的形体是静止的,但需要在静止的状态中表现动感。具有运动状态的形态往往较引人注意,它意味着发展、前进、均衡等美好的精神状态。有时,同一个要素反复出现的时候,会形成运动的感觉,曲线的流动性特征或形的倾斜、旋转、积聚、发射等同样可以制造出强烈的动态效果。雕塑用线按一定的方向旋转排列,形态的倾角和水平面成一定角度的状态,这种清晰的斜线在某种程度上总是充满着潜在的动感力量，如同鸟儿张开的翅膀，强调整体形态的意欲飞腾的动势。

> 上海世博会中国民营企业联合馆（见图3-3-4），与由钢筋、玻璃建造的直线型普通建筑不同，它以"细胞"为设计灵感，大胆采用曲线形设计，将19个巨型圆柱体排列组合，整体外观似"细胞组合体"，以此体现民企馆的世博会主题：创造力的无限活力。"活力矩阵"的8分钟高潮秀——这场成本过亿元的震撼演出，采用三维浮球矩阵的前卫技术，音乐响起，1 020个浮球从天而降，随音乐起伏，变幻结构、画面和运动轨迹。这些自由舞蹈仿佛分子热运动一般的球阵，像精灵一样，颠覆你的视觉，在四季轮回的讲述中，让人看到并理解中国民营企业30年一路穿行而来的不凡经历。

图3-3-4　中国民营企业联合馆

三、和谐与有序

（一）和谐

和谐与有序是形式美法则的高级形式，是艺术设计中普遍的规律。和谐含有协调之意，我们通常把多样统一的结果称为"和谐"，它是一种体现"三生万物"的形式美。它是指设计美中把多种形式因素按照富于变化的而又具有规律的结构组合起来。它体现了生活、自然界中多种因素对立统一的规律，整个宇宙就是一个多样统一的和谐整体。"多样"体现了各个事物个性的千差万别，"统一"体现了各个事物的共性或整体联系。它在现实生活与艺术创造中被广泛运用，尤其在艺术设计美的创造中起着重要作用。要使多种多样美的因素达到"统一"，首先需要确立主从关系，其次要确立发生关系，做到"统而丰富，变而不乱"。

产品形态的变化与统一，是比例与调和、节奏和韵律的体现。以呼应、协调、近似、重复等手法求得统一；以主从、对比、多样、韵律等手法求变化。而在现代设计中，往往多在变化中求统一，这是由于设计所要表达的内容和形象的多样化，决定了外观造型的丰富多样。多种多样才能体现出不同事物个性间的千差万别以及丰富多彩；统一则是多种事物共性的协调或整体。

如果只有多样或繁多,容易产生杂乱无章、涣散无序的感觉;但是如果仅仅有统一,又会觉得单调、死板、乏味。多样与统一或协调统一,总是给人以整体美感。

(二) 秩序

秩序是形成于群体之中的一种韵律,是人们在长期的生活中形成的一种认识,是建立在实践基础上的适应人们从众心理需求的自然表现。在设计者们追求特立独行的过程中,还在寻求群体认同,而导致群体认同的过程必然形成一种个体对于群体的逻辑,而这种逻辑表现在美的追求之上就是秩序。

美存在于秩序之中,而秩序就是规律。规律是自然界的一种客观存在,无论我们探讨现代主义产品设计的几何化的简洁美,还是形成的解构主义产品设计的非对称的和谐,以及后现代主义设计的非和谐的形式,都无非是在寻找秩序或规律,而这种规律或是存在的外在逻辑秩序或是存在的内在的逻辑秩序。

有序是一切美感的根本,是反复、韵律、渐次和谐的基础,也是比例、平衡对比的根源,组织有规律的空间形态产生井然有序的美感,有条、有理、有序是整齐的美。例如,在室内陈设中如大宴会厅的圆桌有规律的排列、剧院中的座位成形排列、大空间的立柱等轴线竖立、天花板的灯饰与出气口的均匀布置都体现了有序的美。

贡布里希说:"有机体在为生存而进行的斗争中发展了一种秩序感,这不仅因它们的环境在总体上是有序的,而且因为知觉活动需要一个框架,以作为从规则中划分偏差的参照。"(E. H. 贡布里希:《秩序感》,范景中、杨思梁、徐一维译,湖南科技出版社 2000 年版)一方面有机体在探察、审视周围环境的过程中始终具有能动性,另一方面有机体这种和谐与有序的秩序感也正是形式美构成的根本法则。

总之,设计美的和谐与有序主要体现在多样统一、调和对比、均衡对称、节奏韵律等。

应　用　篇

第四章
诗意栖居
——城市与区域规划设计

随着社会的进步,"城市与区域规划设计以文化论输赢、以文明比高低"已逐渐成为共识,作为绘制城市与区域未来蓝图的设计师,将城市与区域文化融入城市与区域设计之中,作出有文化特色的城市与区域规划设计方案显得尤为重要。本章以"玉佛文化城规划设计"、"上海长风生态商务区规划设计"、"长寿路地区楼宇经济开发与品牌商圈规划设计"为例,探索了采集城市文化基因并将其融入城市与区域规划设计中的新思路,使城市文化、品牌美学得以完美的融入城市与区域规划设计之中,进而营造富有诗意的城市生活,提升城市文化品位。

第一节
玉佛文化城规划设计

引 言

玉佛文化城是一座集佛教休闲养生、佛教旅游观赏、佛教产业开发、佛教文化传承和佛教活动交流等功能为一体的上海现代化国际大都市高端宗教文化区域。它依托位于上海市普陀区东南部的玉佛寺,以"文化建城,服务社会"为主题,与上海现代化国际大都市文化、生活与经济紧密结合,依据"人无我有,品牌创新"的指导思想进行开发建设,其总目标是"营造亚太级佛教圣地,构建和谐玉佛文化城"。

玉佛文化城内共有"四个区块"和"六类场所"(载体),分别为中心宗教区、艺术文化区、展示交流区和休闲养生区。其中,中心宗教区是指玉佛寺原有仿宋宫殿式寺庙建筑群;艺术文化区包括佛学文化博物院和佛学艺术院,这是玉佛文化城的两个核心区域;展示交流区包括佛学文化工艺品城、佛学文化大讲堂,具体来说有综合展示大厅、宗教旅游工艺品市场、多功能演讲

厅等服务于展示和交流的功能性区域;休闲养生区包括佛学文化养生院和慈善广场以及其他服务于整个玉佛文化城的休闲养生体验设施和场所,如佛文化茶社、斋饭餐厅、禅道场所、慈善广场绿地等(见图4-1-1、4-1-2)。

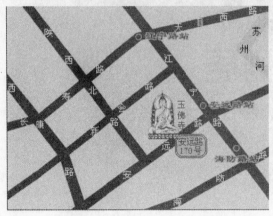
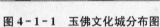

图4-1-1　玉佛文化城分布图

图4-1-2　觉群书画院活动现场

　　除了丰富的人文内涵以及完善的硬件设施以外,玉佛文化城还定期举办佛教文化品牌活动,如相关的论坛和展览会,这是繁荣文化事业、发展文化产业的重要方面。

　　玉佛文化城既是佛教界人士进行交流活动的中心,又是信众、游客旅游观赏、休闲养生的重地,更是宗教文化传承的圣地,是上海文化事业的新地标、新高地和新亮点。

一、玉佛文化城的基本情况

(一) 地理位置

　　玉佛文化城位于上海市普陀区东南部,北接长寿路,南靠静安区,东邻闸北区,靠近苏州河及上海新客站,区域内有多条公交线路,市内交通和区际交通都非常便利。南沿江宁路直通南京西路商圈,北邻长寿路综合服务带,商业设施比较齐全。占地面积达110多亩,其中玉佛寺占地19亩。

(二) 基本构想

　　玉佛文化城以玉佛寺宝贵的宗教文化资源为契机,把"文化建城,服务社会"作为开发与策划的指导思想,繁荣和发展中国传统文化,促进文化事业、文化产业发展,促进社会和谐(见图4-1-3)。

1. 战略目标

　　玉佛文化城以"营造亚太级佛教圣地,构建和谐玉佛文化城"为总目标,以建造"中国佛教文化交流中心"和"中国佛教文化体验中心"为两个子目标,将玉佛文化城打造成为闻名中外的国际文化品牌及佛教圣地新地标。

2. 基本内容

　　玉佛文化城以建造金装玉佛楼、体验授道场所和服务社会为项目建设与策划设计的重点和亮点。分为中心宗教区、艺术文化区、展示交流区和休闲养生区四片布局;开发"佛教都市休

图4-1-3 玉佛寺外观夜景

闲养生静地、佛教旅游观赏胜地、佛教产业开发宝地、佛教文化传承重地、佛教活动交流圣地"等功能;设立"佛学文化博物馆、佛学艺术院、佛学文化工艺品城、佛学文化养生院、佛学文化大讲堂、慈善广场"等场所。

(三) 开发意义

首先,随着善男信女和佛徒信客的增多,玉佛寺的空间显得日渐狭小,难以满足人们的需求,更无法组织和筹办大型佛教文化交流活动,玉佛文化城的建设恰恰弥补了玉佛寺的不足之处。

其次,上海一向以繁荣的经济为人们所称道,文化品牌建设却不容乐观,玉佛文化城就是要建设上海文化事业的标志性区域,并将其推广至全国乃至世界,弥补上海在人们心中的文化遗憾。

再次,根据党的十七大"大力提升文化软实力"的战略目标和上海市"努力形成以服务经济为主体的经济结构"的要求,普陀区将文化创意、休闲旅游等服务产业作为重点培育对象,玉佛文化城代表了不可多得的宗教文化宝贵资源,理应加快形象建设和保护性开发。

二、玉佛文化城的现状分析

(一) 优势分析

1. 难得的宗教文化历史和文物资源

玉佛文化城中的玉佛寺是上海市十大旅游景点之一,它的兴盛见证了上海城市的发展和繁荣。玉佛寺建筑和藏品制作精美,镇寺之宝——玉佛更是引人注目。玉佛寺的历史文化底蕴为玉佛文化城的品牌打造奠定了基础。

2. 位于繁华大都市上海,毗邻长寿综合服务带

玉佛文化城东面和南面紧邻静安区和闸北区,北接长寿综合服务带,靠近上海新客站,周围交通四通八达,人气聚集。同时,玉佛文化城靠近苏州河,有优美的水岸风光,非常适合会务与休闲并重的玉佛文化城的需要。

3. 项目再开发具有较大经济效益和社会效益

根据玉佛寺的珍贵文物在玉佛文化城内进行相关商品开发,玉佛文化城扩大了玉佛寺外事接待和承办会务的能力,将佛教文化与养生健康相结合,引发新一轮消费热潮,增加玉佛寺吸引力,繁荣上海旅游业。

保护并普及佛教文化,并使得相关传统文化得以流传和推广;提升城市的文化品位,增加上海的文化吸引力,树立普陀区文化强区形象;引导健康生活方式和社会风气的形成。

4. 各级领导高度重视

长期以来,上海市相关部门的各级领导都十分重视玉佛寺及其周边地区文化资源的保护、开发和建设,对普陀区开发玉佛文化城的想法及工作给予了高度评价和肯定,并提出综合开发玉佛文化城的一些设想。特别是普陀区委、区政府一直致力于对玉佛寺的宗教文化资源进行保护性开发,但是由于资金、协调等方面的困难,一直处于前期构想阶段。

(二) 弱势分析

1. 文化历史积淀不够

玉佛文化城的构想主要依托于玉佛寺,而玉佛寺仅有百余年历史,在众多千年古刹中无疑是一个年轻寺院。缺少深厚的历史与文化积淀为之铺垫,玉佛文化城想要成为亚太级佛教圣地恐缺少说服力。

2. 周边环境不佳

玉佛文化城所在区域的市政建设比较滞后、停车场所缺乏,交通容易拥堵,该区域旁的民居简易而拥挤,市容环境不佳与寺庙庄严肃穆的氛围以及玉佛文化城的休闲养生环境不相符合。且由于该区域位于普陀、静安两区交界处,管理的难度较大。

3. 地域发展空间有限

相比其他地区的文化园区,玉佛寺文化城面积相对较小。该区域东为"玉佛城"高层居民小区,南为静安区地块,西为九龙花苑高层居民小区,北为长寿路商业圈。周边往外延伸的空间十分有限。因此,空间环境狭小、动迁成本过高和涉及静安区地块等是制约玉佛文化城综合开发建设中的最大障碍与突出问题。

(三) 机遇分析

1. 中国经济和社会进步的发展

改革开放以来,中国经济发展和社会进步进入新的阶段,越来越多的发展机遇涌入上海,作为具有百年历史的玉佛寺也肩负着与时俱进、持续发展的责任和义务,玉佛文化城的建设就是要在这样的宏观经济背景下传承文化、发展文化、繁荣文化。

2. 上海世界博览会的举办

2010年,世界博览会在上海举行。世博会前后越来越多的对外交流和旅游活动将降临申城,玉佛文化城为参观世博会的巨大人流提供服务,并为大都市文化与旅游产业的发展作出积极贡献。

3. 政府对文化产业的大力扶持

近年来,市区两级政府对现代服务业特别是文化产业都给予了大力的支持。普陀区在开展"苏州河文化创意产业论坛"的基础上,提出了要大力发展区域文化创意产业的经济发展思路,并积极制定文化事业发展规划和文化产业的扶持措施,玉佛寺作为重要文化资源的开发利用,被纳入重要议事日程。

4. 长寿地区楼宇经济与商圈经济的联动

"十一五"期间,普陀区着力提升长寿路沿线商业功能和品位,重点打造长寿地区品牌楼宇经济与品牌商圈经济。玉佛寺周边地区作为长寿地区楼宇经济与商圈经济的重要组成部分,是规划中的宗教商务旅游区。而玉佛文化城的建设对催熟长寿路楼宇经济与商圈经济的发展将发生积极作用和良性反馈。

5. 消费升级和禅宗文化热

目前,城市居民家庭人均可支配收入已达 31 000 多元,上海将进入新一轮消费升级阶段。市民收入增加,物质文明生活的不断丰富,精神文明生活的需求也会日益强烈。玉佛文化城所提倡的文化交流、文化活动、文化体验,以及禅宗文化热很有可能成为人们精神文明需求的新的关注点,进而成为新的消费热点。

（四）威胁分析

1. 建设风险

玉佛文化城是具有极强文化内涵的标志性区域。在建筑风格上,它既要与玉佛寺建筑群相协调,又要注意区域内历史建筑的保护,并且与周边地区及长寿路开发规划的编制有机结合起来。在建筑内涵与风格上,玉佛文化城既要体现佛教文化又要以佛教文化为核心,进行辐射和发散,各大功能之间的过渡要注意合理性,切忌拼凑。

2. 市场风险

玉佛文化城以大都市文化与旅游产业的发展为背景,是文化传承和发扬的场所,它的未来有若干不确定性,如其所吸引的市场究竟有多大？受众有哪些层次？如何细分以便其更有效地服务社会？其市场与一般宗教旅游区有何区别？总之,玉佛文化城应该对投放市场后可能出现的情况进行预测,并制订出相应的解决方案。

3. 竞争风险

就全国范围来讲,以佛教文化为资源进行开发建设的园区不在少数,例如山西晋阳佛教文化资源开发、河南白马寺文化园区、江苏南禅寺文化商城等。这些园区各有其优势特点:晋阳佛教文化资源内涵丰富、历史久远、个性鲜明,且靠近佛教名山的五台山,在文化研究和交流上更为引人注目;白马寺是中国第一古刹,距今已有近两千年历史,其附近又有汉魏故城景区,其文化内涵之深厚非玉佛文化城可比;南禅寺文化商城始建于 20 世纪 80 年代,是依托古运河及河畔南禅寺、妙光塔三大景观精心规划建造的超大型文化市场,是一座集会展、收藏、园林、佛教、旅游和美食各种元素之大成的文化城,其标志性建筑南禅寺距今也有近千年的历史。就其发展现状来看,市场十分兴旺,是否会影响到未来玉佛文化城的吸引力尚未可知。

就上海市内来说,静安寺、龙华寺是玉佛文化城一个非常有实力的竞争对手。

4. 项目风险

玉佛文化城需要投入巨大资金,其中绝大部分需要通过招商融资来解决,吸引有实力的国内外著名公司参与项目开发是玉佛文化城建设面临的重大课题,招商引资的进度和质量将直接影响玉佛文化城建设与拓展。

玉佛文化城诸项目开发本身存在诸多不确定因素:其一,项目开发需要投入大量资金,这些资金是否能按期到位;其二,项目完工后能否达到规划设计的预期效果;其三,项目规划设计是否被实施场所接受。玉佛文化城项目的总体开发也存在上述不确定因素。

三、玉佛文化城的功能定位

玉佛文化城以玉佛寺为依托,整合佛教文化资源,确立其目标市场和功能定位。包括三大基本功能定位和开发五项功能。

(一) 三大基本功能定位

1. 亚太级佛教圣地

首先,摆脱传统的佛教圣地开发观念,创造性地把佛教文化与大都市现代文化紧密结合。人们不用跋山涉水,在繁华的大都市中就能体验到佛教文化带给人们的安宁和平静。佛教文化与大都市现代文化的矛盾,在玉佛文化城中将被巧妙化解。繁华都市中的一方净土,这将是玉佛文化城打造"亚太级佛教圣地"的一个璀璨亮点。

其次,创新文化,艺术着手。佛教与艺术的结合也是玉佛文化城打造中的一个新的亮点。将佛教文化通过艺术的方式传达给受众、游客,更能提升佛教文化在人们心目中的地位,有助于功能定位层面的提升;同时,与艺术相联系,更能扩大目标消费人群的范围。

将玉佛文化城定位在亚太级的层面上,结合玉佛文化城自身的特点,形成具有大都市气息的佛教文化艺术。清幽雅致的佛教园林、技术精湛的佛教雕塑、绚丽多彩的佛教壁画,以及多种多样的佛教产品等,都可以作为佛教艺术的载体,在亚太级佛教圣地的打造中发挥重要作用。

再次,开发佛教文化体验新模式。当今社会,体验文化受到越来越多人的青睐。将玉佛文化城的佛教文化形象化、生活化,为人们打造一处佛教文化体验生活的基地,通过吃穿住行等各种活动,让人们亲身体验佛教生活,增强人们的主角意识,传达这样的一种理念:无论你来自哪里,佛教文化的安宁都能给你带来心灵上的慰藉。文化是相通的,体验是不分国界的,亚太级的佛教圣地也将给人们带来高级别的体验享受。

2. 佛教文化交流中心

其定位的内涵和外延是要使玉佛文化城成为佛教文化交流的新窗口,成为上海、中国乃至整个亚太地区佛教文化交流的重地。

亚太地区的佛教文化交流。亚太,全称"亚洲及环太平洋地区",主要包括大洋洲的澳大利亚、新西兰等,东亚的中国、日本、韩国等,北美洲和南美洲太平洋沿岸的美国、加拿大、墨西哥等。在这样一个广阔的区域中,每个地区都有自己特色鲜明的佛教文化。文化,因为差异才需要交流沟通;文化,也因为有其统一性才决定了它是可以沟通的。加强地区间的佛教文化交流,有助于促进佛教文化交流方面的返本和开新。

中国民族的佛教文化交流。佛教在中国已有 2 000 年历史。中国幅员辽阔,历史、政治、地理环境等因素都决定了不同地区有着不同的佛教文化和习俗,多元宗教"相尊共容"的格局将长期存在,只有加强交流才能更好地促进各民族佛教文化的和谐发展。

上海地区的佛教文化交流。上海是国际化大都市,在文化上有着很强的兼容性,玉佛文化城的地理位置决定了它势必要兼容中国各民族乃至整个亚太地区的佛教文化。同时,向世界宣传大都市佛教文化,通过宣传交流,极力打造世界级的大都市佛教文化第一品牌。

3. 佛教文化体验中心

佛生活体验。通过佛教生活、佛教养生、佛学交流等方式,让人们认识佛文化,感受佛文化,体验佛文化,为人们提供别具特色的佛教生活体验型活动,打造具有玉佛文化城特色的佛教文化体验中心。

佛旅游体验。突出玉佛文化城特有的佛教文化人文景点，在坚持特色的同时，吸收经典佛教园林的要素，增建佛教园林景点，以独特的园林布置表现佛教文化思想和体现传道方式，为信众、游客们提供不一样的佛教文化体验。

佛养生体验。在纷乱的大都市生活中，人们向往着心灵上的纯洁和安静。突出玉佛文化城安静清幽的环境，佛教文化的背景氛围，通过建立佛教养生堂等措施，实现佛教养生的目标。

佛活动体验。通过举办丰富的佛教文化活动，比如佛教的斋戒、佛教中传统的节日、素食文化节、佛教产品购物节、佛教文化艺术节等活动，来突出佛文化的氛围，使人们在活动中得到佛文化体验。

（二）开发五项功能

玉佛文化城五项功能开发的可能性、现实性及其主要内容概述如下：

1. 佛教都市休闲养生静地

在上海这一国际性大都市里，人们的生活、工作节奏快，精神压力大，利用余暇时间调节身心成为市民生活需求之一，人们需要一处养生的净土。在众多的养生方式中，佛教养生静地越来越受到人们的关注和欢迎。

玉佛文化城所处的位置是上海中心城区闹市中罕有的宁静之地，这是形成佛教养生静地的先决条件，宁静的地理位置能够为人们提供远离喧嚣的氛围感受；佛教文化本身就带有净化心灵的精髓，与现代化味道十足的养生场所相比，佛教养生场所更能使人们体味到远离纷扰的宁静。

突出玉佛文化城闹市中净土的先天有利条件，为人们提供佛教养生方面的指导和服务，以清幽的环境、浓郁的佛教养生氛围和优质的服务，使玉佛文化城成为"都市休闲养生新静地"（见图4-1-4）。

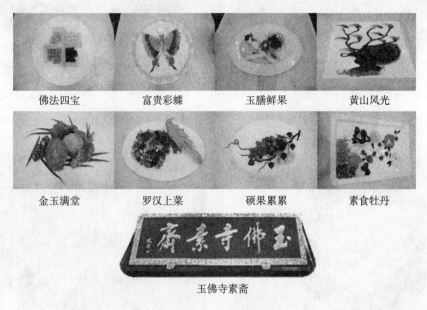

佛法四宝　　富贵彩蝶　　玉膳鲜果　　黄山风光

金玉满堂　　罗汉上菜　　硕果累累　　素食牡丹

玉佛寺素斋

图4-1-4　名品菜色

2. 佛教旅游观赏胜地

佛教文化是有特色的、有吸引力的人文旅游资源，极具旅游价值，是旅游资源的重要组成部分。佛教文化资源的利用和开发,有利于形成有特色的旅游产品,开拓新的旅游市场,吸引游客,对旅游业的发展具有重要的意义。

玉佛文化城完全具备开发佛教旅游资源的条件:首先,玉佛文化城的地理位置优越,交通方便,是人们在假日休闲旅游的好去处;其次,玉佛寺拥有美轮美奂的玉佛,寺院建筑精美,具有很高的观赏性;再次,佛教文化有着广泛的群众基础,无论是佛教信奉者还是佛教爱好者都是玉佛文化城的潜在游客;最后,玉佛文化城拥有很大的开发发展空间、丰富独特的宗教文化、宗教文化旅游景区与项目建设,玉佛文化城的特色发展将成为"佛教文化的观赏新胜地"。

3. 佛教产业开发宝地

很多人相信佛教产品或者可以帮助他们摆脱苦难,或者可以给他们带来好运,或者可以以此来获得神灵的庇佑,佛教信奉者和佛教爱好者来到佛教圣地,都带着获得神灵保佑的心情,而佛教产品就是人们与神灵沟通的最好桥梁。

玉佛文化城应以玉佛寺为依托,寺庙文化的各种产品和活动都可以成为开发对象,如兴办素食,开发佛教用品及佛教书籍商店,经营香火纸烛,举行佛教法事、佛教捐赠等。就玉佛文化城而言,要突出其特色佛教产业,可以突出玉佛禅寺"玉佛"的特色,做大玉佛产业,同时在玉佛特色产品之外开发其他佛教产品,形成以"玉佛"品牌拉动其他佛教产品的开发,使玉佛文化城成为具有影响力的"佛教产业开发新宝地"(见图4-1-5、4-1-6、4-1-7、4-1-8)。

图4-1-5　18毫米海南沉香手珠

图4-1-6　海南黄花梨鬼脸45颗持珠

图4-1-7　琥珀手珠

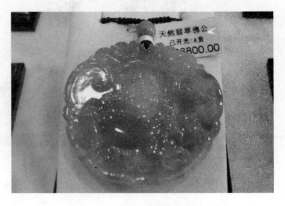

图4-1-8　翡翠弥勒菩萨挂件

4. 佛教文化传承重地

佛教文化有着悠久的历史,其中蕴含着很多的佛理,佛教文化的正确传播对于我国文化的发展有着重要的作用,而玉佛文化城自然就是佛教文化传承的新领地。

就玉佛文化城而言,禅宗文化传播的独特性和养生健身的有效性以及旅游功能的完美发挥,都将有利于佛教文化的传承和传播,同时,适时举办佛教文化论坛,吸引各地的佛学专家和佛学爱好者来到这里,增强玉佛文化城的佛学文化氛围,使其成为"佛教文化传承新重地"(见图4-1-9)。

5. 佛教活动交流圣地

在佛教中有很多活动,如佛诞节,是纪念释迦牟尼诞生的节日;佛圆满节,是纪念释迦牟尼逝世的节日;成道节,是纪念释迦牟尼成道的节日等。此外,还有一些佛学交流的学术活动等,都需要在有佛教文化氛围的场所中举行。

玉佛文化城借助浓厚的佛教文化氛围,同时配以相关的软硬件设施,积极开展各项交流活动,通过佛事活动、物品交流等方式,使玉佛文化城成为"佛教活动交流新圣地"。

图4-1-9　青少年书法大赛现场

上述玉佛文化城的五项功能相互融合、互相交错,共同完成并实现玉佛文化城的三大基本功能定位及其总体目标。

四、玉佛文化城的项目设计

主　　　题:文化建城,服务社会
总 原 则:突出玉佛文化城与大都市紧密结合的独特性
总 目 标:营造亚太级佛教圣地,构建和谐玉佛文化城
子 目 标:中国佛教文化交流中心,中国佛教文化体验中心
指导思想:人无我有,品牌创新
开发战略:个性化战略、文化战略、扩展战略、体验战略。
玉佛文化城整体布局、项目策划、重大活动等设计如下:

(一) 重点布局

1. 玉佛文化城整体布局:一线、两核、三点和四区块(见图4-1-10)

(1)"一条主线",即"营造亚太级佛教圣地,构建和谐玉佛文化城"。"和谐"是玉佛文化城开发的主旨,宏观上是社会、经济、生态环境效益的和谐;中观上是打造满足人们需要的一种精神消费和文化消费的特殊产品群落,构成玉佛城的特色吸引力;微观上是佛教文化系列产品的开发要与大都市、玉佛寺及旅游产品的开发同步互动,达到佛教文化之核心理念与和谐社会目标融合的一个新的水平。

(2)"双核",是指"佛教博物院"和"佛学艺术院"两个核心区域。这两个核心区域是玉佛文化城的核心组成部分,带动整个玉佛文化城的发展。

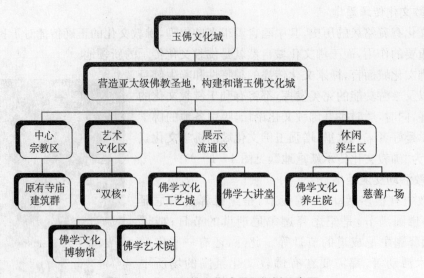

图 4 - 1 - 10 玉佛文化城项目规划示意图

（3）"三点"，是指在玉佛文化城开发建设中，紧紧抓住"佛教传统文化、都市创新艺术、佛寺精神资源"三个基点的优势，紧密围绕"营造亚太级佛教圣地，构建和谐玉佛文化城"目标的主线，重视传统，突出创新，综合开发，逐步完善。

2."四区块"：中心宗教区，艺术文化区，展示流通区，休闲养生区

（1）中心宗教区，主要指玉佛寺原有仿宋宫殿式寺庙建筑群，包括大照壁、天王殿、大雄宝殿、般若丈室、上海市佛教协会、观音殿、上海佛学院、禅堂、五观堂和素斋部、客堂、寺务处、库房、铜佛殿、卧佛殿、法物流通处、上客堂和乐志堂等。

（2）艺术文化区，主要指规划建设中的佛教文化博物馆和佛学艺术院——"双核"。这两个建筑将在新辟土地上建设，围绕中心宗教区，南北各一。其功能主要是展现佛教流传和在中国发展的历史，创新性地创作、发展体现佛教文化的表演艺术和其他艺术样式。未来这两栋建筑也将成为玉佛文化城新地标的主体建筑，并为传统的玉佛寺带来新的创新的城市建筑元素。

（3）展示流通区，主要是指佛学文化工艺城和佛学文化大讲堂两个主要功能区块，具体包括综合展示大厅、宗教旅游工艺品市场、多功能演讲厅、佛学文化大讲堂教室等服务于展示和贸易的功能性区域。

（4）休闲养生区，主要是指佛学文化养生院和慈善广场两个重要功能区块，包括一系列服务于整个玉佛文化城的休闲娱乐设施和场所，如：佛文化茶社、斋饭餐厅、禅道场所、慈善广场绿地等。

开发玉佛文化城，要将佛教文化资源进行整合。除了利用佛教禅宗的宗教文化功能和宗教文化活动来吸引国内外信众、游客游览观光，还可以利用丰富多彩的佛教文化艺术、建筑艺术招揽信众、游客度假休闲，促进经贸活动开展，形成在现代商品经济文化环境中不可估量的文化同化力和文化渗透力。

资源整合的主要元素：禅宗、建筑、艺术、文物、人物、教义、仪礼、故事、美食、体验、活动等文化资源及项目。

（二）项目策划

玉佛文化城项目拟建：

1. 佛学文化博物馆

该项目是玉佛文化城主体建筑之一。拟建玉佛文化城主体建筑将是一座亚太级佛学文化艺术标志性建筑群。除此佛教建筑一般有寺庙建筑群和古代高层建筑的宝塔，展现着民族文化的特征和鲜明的时代色彩之外，还必须与玉佛寺的建筑、布局、装饰等相得益彰，表现佛教艺术的独特审美情趣和艺术追求。

拟建玉佛文化城以宋代园林建筑风格为最，成为大都市和城区的新地标。由"佛学文化博物馆"、"佛学艺术院"主建筑及其他附属建筑物构成。内设大小高低不一、形式风格各异的序厅、文化厅、历史厅、多媒体展示厅、文物展览厅、文献阅览厅、艺术馆、学术交流演讲厅、贵宾接待厅、休息室等。大厅内部以不同的雕塑、绘画等装饰等艺术，展现佛学艺术，并借助电、光、声等不同的现代科技手段，使雕塑、绘画、书法、场景"活"起来，做到生动而又逼真。

佛学文化博物馆的发展方向在于：重点挖掘佛教文化内涵，努力收集佛教文物，展现佛教在中国的流传和历史，突出佛教文化主题，提高佛教圣地品位，打造亚太地区佛学文化第一品牌博物馆。

2. 佛学艺术院

创办高等教育的文化艺术学院，设有舞蹈、音乐、艺术设计三个专业，面向全国招收应届高中毕业生入学，学制三年，并按教育部要求的同类专业课程设置和学时、考试等教学计划要求进行教学。重在对学生基础理论和专业技能的培养，把学习与专业实践紧密结合起来。

佛学艺术院举办的各种表演，将为他们提供向世界各民族优秀表演及传统文化艺术学习的极好机会，也为他们从事教学实践活动提供了最好的舞台。

例如以佛教艺术元素为主线，设计佛教元素的服饰，在玉佛寺中搭建 T 型台，模特身着佛教元素的服饰，展示佛教艺术和佛教文化。

3. 佛学文化工艺城

建筑风格为传统宋代园林式，1～2 层结构。位于玉佛文化城"双核"以西，靠近新会路。

文化工艺城要精心设计制作形式多样的工艺品、纪念品，如杯碟、钟表、项链、衣帽、图册等实物，并创办《玉佛国际文化与艺术画报》杂志，以精美的图片，全面介绍玉佛文化城的各项文艺活动及各国名人、名家、名作等，面向全世界发行。

文化工艺城部分面积用于交易文化艺术品外，主要用于举办各国各民族文化艺术展、文物或艺术珍品拍卖会等。

文化工艺城是一座世界级文化艺术品会展、交易、拍卖的场所，并利用互联网与世界各知名博物馆、艺术馆、拍卖行等组织和机构进行广泛联系和合作，以不断拓展文化艺术品的国际市场，提升"玉佛文化城"的国际知名度、美誉度。

4. 佛学大讲堂

依托"佛学文化博物馆"和"佛学艺术院"的资源，在佛学艺术文化大厅和学术交流演讲厅均可举行大小规模不一的社会文化艺术大课堂，宣扬佛学精髓，促进社会和谐发展。

佛学大讲堂要形成佛学教育、进修、研究、交流中心、修建佛学会议交流中心，提高玉佛寺在全国和亚太地区佛学界的影响和地位。佛学大讲堂还要根据不同层次的文化需求，对佛学文化进行传播。

其对象一般可分为游客、佛学爱好者、佛学研究者三个层次。根据他们的不同需求可定期举行佛学知识普及讲座、佛学论坛、得道高僧讲佛、与佛学有关的艺术作品展,如绘画艺术、电影电视艺术、在线讲堂、佛文化节庆等。

主打品牌项目初步定为一年一度的"亚太佛学高层论坛"。另外,佛学大讲堂也可利用现代大众媒体,在网络、电视上开设"远程网络课堂",将佛学讲堂信息化、现代化。

5. 佛学文化养生院

提供佛学练功场所和禅道场地,并延伸出住宿馆社、素斋食品等服务业。定位依据之一:禅茶文化。在中国的传统文化中,佛教文化与茶文化始终有着密切的联系,从唐朝中期开始,佛教中的"禅"和"茶"密不可分,僧侣们诵经、坐禅、绘画、书法都离不开茶。既然禅茶不分,那么我们何不以茶文化为引子,让更多的市民了解和体验佛文化呢!由此衍生出提供佛学练功场所和禅道场地,并延伸出住宿馆社、素斋食品等服务业,让更多的人从各个不同的侧面知佛、懂佛。

发展方向是:城中净土,都市乐园。地处上海都市高楼大厦中的玉佛寺在繁华闹市之中开辟出了一块格外和谐安静的圣地,其闹中取静的境界正是无数城市人所追求和向往的,因此,玉佛佛学文化养生院发展为城市人品茶、吃斋、养生之乐园是其必然发展趋势。

该建筑位于玉佛寺西南侧,依寺而建,以中国古典建筑和园林风格为主。养生院集中医、气功、禅茶室、斋书房、练功房、购斋超市于一体,在佛学养生之道的指导下,主要开设品斋悟佛、疗养康复、开智开悟、练功预测、传功教学、科研探秘等项目。

玉佛养生院主打品牌:"玉佛牌"养生斋饭、"玉佛牌"益寿禅茶、"玉佛牌"禅茶斋道等。

玉佛养生院体验场所:容纳200多人,有禅堂、武术练功房、讲经堂等,把僧人生活方式、佛教文化和精神内涵都展示出来,让外人到里面去体验。

在玉佛养生院中得到一般休闲会所所得不到的东西:练功修德,如入仙境;疗养康复,胜似桃园;禅茶斋饭,超越五星;领悟佛道,如获新生。

玉佛养生院市场前景:开创大都市佛文化养生先河,打造佛教文化体验新领地和新基地。

6. 慈善广场

专门用于进行祝福祝寿等活动的文化广场,用于广大市民和香客的祈福祝寿祝愿,即佛教之窗、慈善圣地。

定位依据:面对社会节奏加快、社会压力和贫富加剧的现实,玉佛文化城可作为缓解压力、辅导心理、慈善救济的场所,可以促进社会稳定,有利于建设和谐社会。据统计,玉佛禅寺每年进庙的信徒、香客多达一百余万。十多年来,玉佛禅寺先后向社会公益和慈善事业捐赠人民币近千万元。

发展方向:大力开展各项弘法利生的佛教文化活动。设立文化艺术基金,推动上海佛教文化事业的发展,促进佛教文化的对外交流;举办慈善义演活动。加大对慈善公益事业的捐赠力度,大力弘扬佛教奉献社会、慈善救度众生的人间佛教精神,积极发挥佛教优势,为构建和谐社会作出努力。

主要板块:慈善广场祝福祝寿活动可分为八大板块。("八大板块"构思于佛教"七佛八菩萨")

第一板块。在慈善广场组织大型佛教歌舞节目演出,以玉佛寺祈福世界和平颂、佛教歌舞节目为主,邀请国内外知名佛教音乐团体助兴演出。

第二板块。佛教艺术长廊活动。将在慈善广场举办书画碑帖大展、佛教国际摄影大展、禅书画艺术大展、剪纸艺术大展、佛教文物大展、佛教餐饮大展、释迦牟尼生平堆锦艺术大展等。

第三板块。在慈善广场组织盛大的佛教祝福祝寿活动。

第四板块。在慈善广场举行全国知名企业家联谊暨慈善募捐会。活动开幕当天,邀请国内外知名企业老总来玉佛寺联谊,并在广场组织慈善募捐活动,设立文化艺术基金,举行签字仪式,邀请电视台予以宣传。

第五板块。慈善广场焰火晚会。

第六板块。12点撞钟祈福活动。

第七板块。举行盛大竣工典礼及邀请百位高僧参与开光大典。

第八板块。举行海峡两岸佛教慈善祝福交流活动。

主要特点:整合"福"、"寿"文化资源。

玉佛文化城及长寿街道要做活"福"、"寿"文化文章,进行资源整合。可从以下三方面入手:一是工程结合,慈善广场建筑,包括庙、牌、浮雕、铜像、石碑、走廊等开发"福"与"寿"的标志、字体;二是项目联动,玉佛文化城及长寿街道的诸多项目、旅游活动要相互配合,遥相呼应;三是文商互融,长寿路以商助文,活动蓬勃开展,玉佛城以文促商,着力塑造文化特色,市兴场旺,珠联璧合,相得益彰。

(三) 重大活动

拟设计以下特色文化品牌系列活动项目(十大项目活动构思于佛教"合十礼"):

1. 开展佛教文化节庆活动

在佛教和民间节日期间,如元旦、春节、佛诞日、达摩祖师纪念日,组织佛教文化节庆活动,做节事旅游文章。如主题庙会、新年撞钟活动。

2. 开展佛教文化学习活动

组织禅宗文化等佛学研修班,开发针对白领阶层的佛教文化体验、佛教文化休闲、佛教文化养生和佛教研习,以及针对各地僧侣开展佛教特别是禅宗研讨交流会等,包括举办各种类型的佛教学术活动,公开的说法和创办佛教讲习所、研讨班等,传播佛教知识,弘扬佛教文化,借此吸引佛教游客。

3. 开发佛教生活体验型活动

这包括"出家"旅游、"当一回和尚"等项目,让那些对佛教有兴趣的游客到寺庙来"做几天和尚、撞几天钟",亲身体验一番"出家"的滋味。"出家"期间,游客就同正式出家人一样,一起进餐、劳动、诵经等。

4. 开发感官体验型佛教产品

组织受过培训的僧侣或专职人员,在特定的表演场地,团体表演佛教的特色音乐、舞蹈节目等,使独具魅力的佛教音乐、舞蹈成为游客陶冶心灵的良药。

5. 开展佛教养生体验型练习活动

可以组织坐禅养生的体验,包括佛教气功、武功、修身养性法门等练习活动。

6. 开发以佛教特色饮食为主的餐饮产品

玉佛文化城有素菜馆,精制各种素菜百余种,可以在长寿街道推广,形成系列的佛教文化餐饮产品。

7. 开发禅宗探秘考察系列活动

考察禅宗早期传布的自然环境、人物经历,与自然山水考察结合,体验慧可、僧璨、道信、弘忍等禅宗大师伟大的人格力量,自尊自信的磅礴气势和创新精神,具有很强的可参与性,满足信徒游客文化探奇的需要。

8. 开发佛教文化艺术与文物展示活动

建立博物馆、艺术馆,收集佛教文物,集中展示佛教禅宗文化和佛像、佛经等佛教文物、纪念品和工艺品等静态佛教产品。

9. 开发亚太地区佛学高层论坛

经常性地举办各种会议,如论坛大会、研讨会、座谈会和讲座,讨论国内外近期佛学研究、佛学教育和佛学产业等领域的重大问题。亚太地区佛学高层论坛致力于通过在"玉佛文化城"举行的会议,促进佛学交流,推进当代佛学发展。

10. 开发城市与寺庙等展览活动

紧扣上海世博会"城市,让生活更美好"主题,呼应中国国家馆"城市发展中的中华智慧"的理念,创作"城市与寺庙"主题展区的创意方案。展示内容有:世界著名城市寺庙、中国著名城市寺庙、佛学文化思想、寺庙艺术(寺庙文学、书画、雕塑)、寺庙收藏、食宿、城市中的佛教寺庙活动、寺庙对城市发展的影响、寺庙与城市的和谐之美、城市促进佛学文化发展等(见图4-1-11)。

图4-1-11　上海玉佛寺帮助云南贫困学生走出大山实现世博梦想

五、结束语

方案策划设计了"123456"(简称)的总体战略与操作策略。

一个总体目标:营造亚太级佛教圣地,构建和谐玉佛文化城;

两个子目标:建造中国佛教文化体验中心和打造中国佛教文化交流中心;

三大亮点和重点:建造金装玉佛楼、体验授道场所和服务社会;

四片布局:中心宗教区、艺术文化区、展示贸易区和休闲娱乐区;

五项功能:开发佛教都市休闲养生静地、佛教旅游观赏胜地、佛教产业开发宝地、佛教文化传承重地、佛教活动交流圣地;

六类场所：设立佛学文化博物馆、佛学艺术院、佛学文化工艺品城、佛学文化养生院、佛学文化大讲堂和慈善广场；

此外，还有十大重大体验活动：佛教文化的节庆活动、学习活动、生活体验型活动、感官体验型佛教产品、养生体验型练习活动、特色餐饮产品、禅宗探秘考察系列活动、文化艺术与文物展示活动、高层论坛、城市与寺庙展览活动等。其设计方案为玉佛文化城再开发奠定了基础、功能和目标，具有历史文化意义与现实价值。

玉佛文化城的开发是一个文化工程，它不仅是一个创意或方案，更是促进大都市文化保护与服务产业发展的一个新的文化地标。就项目规划本身来看：一要按照建设玉佛文化城的新思路，进一步丰富规划内容，扩大规划范围，拓宽规划视野；此外，还要在编制好玉佛文化城规划的基础上，搞好相关服务产业规划，满足游客餐饮、购物、停车之需；搞好周边房地产业发展规划，防止玉佛文化城外围无序开发。二要把玉佛文化城规划的编制与周边及长寿路开发规划的编制有机结合起来。三要科学确定玉佛文化城建筑风格和布局。

运用美学原理在玉佛文化城设计中融入城市文化。城市文化在一定程度上决定了人类群体的感受、体验生活的方式及其审美能力，做好玉佛文化城设计，首先了解的就是上海国际大都市文化，明白人们需要设计师做什么，城市需要设计师保留什么。运用审美学的原理，了解上海国际大都市审美主体的审美能力，在玉佛文化城设计中融入恰到好处的都市文化，既能完成一个高评价的城市设计项目，更能保证城市文化的可持续性、提升审美主体的审美能力，使其长期发挥效益。

第二节
长风生态商务区规划设计

一、规划设计的背景

（一）国内外背景

20 世纪 60 年代以来，为解决中心城区商务功能过度集中的矛盾，以纽约、巴黎、伦敦、东京等为代表的世界级城市，都经历了从大型中央商务区（Central Business District，CBD）到微型中央商务区（Miniature Central Business District，MCBD）网络建设的过程，体现了现代服务业空间集聚且多极化发展的国际趋势。

2006 年北京提出了重点建设大型中央商务区等六大高端产业功能区，布局了王府井西单商贸、宣南民俗文化旅游、电子城信息通信等 11 个特色专业聚集区，成为推动首都经济发展的主导力量。而后，江苏、浙江、广东等省市都提出了建设微型中央商务区，并在全国大中城市得到了快速发展。

（二）上海背景

20 世纪 80 年代改革开放初期，以外向型经济为特征的虹桥开发区建设是上海现代服务业集聚发展的起源，逐步形成了虹桥商务集聚区，这是上海现代服务业集聚区的雏形初现。

2004年上海率先提出现代服务业集聚区概念,以区为单位,建设一批集商务、住宿、旅游、购物、餐饮、休闲为一体的现代服务业集聚区。

2006年启动首批12个集聚区建设项目,2007年正式公布第二批8个集聚区名单。上海20个现代服务业集聚区项目全面推进,2010年建设已经初具规模,成效逐步显现,产业布局得到统筹协调。中心城区通过功能提升和完善配套,已形成服务业集聚和规模效应;中心城区周边规划建设中的集聚区,通过统一规划和联合开发,显现了中心城区MCBD溢出效应和第二三产业融合互动效应,并通过大力发展生产性服务业,凸显了产业特色和功能定位,形成与中心城区集聚区错位互动发展的格局。

(三) 长风背景

2003年1月,在市委、市政府关于上海经济发展战略的指引下,长风地区的规划和各项前期工作全面展开。至2004年10月,历时20个月,完成了三项总体规划、六项专业规划和四项课题研究。

2005年2月,长风生态商务区列入《上海加速发展现代服务业实施纲要》;2006年1月,在市人大会议上,列入上海市"十一五"规划纲要,成为全市首批重点推进的现代服务业集聚区之一。

地理位置:长风生态商务区位于上海市普陀区南部,内环和中环线之间,东起长风公园和华东师范大学,南临苏州河,北以金沙江路为界,西至真北路中环线。规划开发的土地面积为220.9公顷,合3 313.5亩。地块沿河岸线长约2.7公里。

规划依据:本规划设计依据《上海加速发展现代服务业实施纲要》、《上海市"十一五"规划纲要》、《普陀区经济社会发展第十一个五年规划》、《长风生态商务区规划建设》等重要文件编制。

规划期限:长风生态商务区规划设计可分为:2003—2005年的前期开发阶段;2006—2008年的中期全面建设阶段;2009—2012年后期全面建成阶段。其中2010年世博会前后基本建成。后期全面建成阶段,即2009—2012年,是长风生态商务区深入贯彻落实科学发展观,推动区域经济发展,加快建设现代服务业的重要时期,也是长风生态商务区坚定信念、紧扣目标、聚焦重点、规划落地的关键时期。

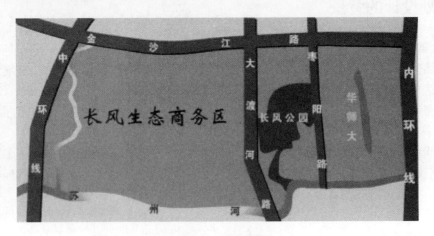

图 4-2-1 规划范围

二、规划设计的目标

规划主题:把长风生态商务区打造成上海国际大都市生态环境优美、文化特色鲜明、服务设施先进的总部型、生态型、文化型的现代服务业集聚区(MCBD)。

设计目标:到2012年,长风生态商务区基本建设成为以优美的生态环境为品牌,以鲜明的文化特色为支撑,以先进的服务设施为主导,环境优美、特色鲜明、服务完善、增长强劲、和谐统一的上海现代服务业新高地、苏州河生态走廊新景观、国际大都市文化旅游新地标为一体的城市新空间。

基本思路:传承和创新相结合,公共绿地建设、老建筑改造相结合,公益性和经营性相结合,与苏州河沿岸其他项目相结合。

(一) 功能定位

长风生态商务区通过建设一大批高级办公楼宇,同时配套建设比较完善的高端服务设施,吸引和引进一批有影响力和竞争力的企业总部、地区性总部,以及投资管理中心、营销结算中心、研发中心等类型企业入驻,成为"服务长三角,辐射国内外"的总部经济集聚区。

(二) 规划布局

长风生态商务区建设规划的开发总量320万平方米;从区域布局上看,由现代服务区、高尚住宅区和公建配套区三大区域构成。

现代服务区。办公楼和商业娱乐设施150万平方米(苏州河滨水地区及沿长风公园、中环线地块)。

高尚住宅区。酒店式公寓和中高档住宅144.6万平方米(云岭东路以北中部地块,指标有所调整)。

公建配套区。中小学、幼儿园、医院、体育馆及社区服务中心等各种公建配套设施24.4万平方米(有所调整)。

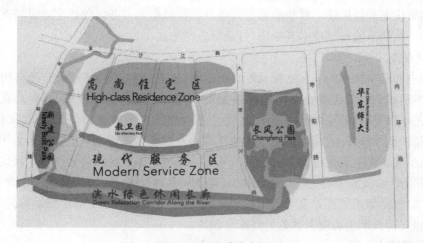

图 4-2-2 功能布局

(三) 主要指标

长风生态商务区规划建设周期。2003—2005年的前期开发阶段;2006—2008年的中期全

面建设阶段;2009—2012年后期全面建成阶段。其中2010年世博会之前基本建成。主要指标:一个目标:打造总部基地,发展总部经济。一个重点:招商引资。具体设计如下:

1. 项目建设

基本建成沿河11幢景观型、独幢式总部办公楼,楼宇销售70%并入驻。米高梅娱乐中心、跨国会展中心、两个五星级酒店、国浩大型商业设施等一批功能性项目和标志性文化设施相继建成和部分开放。

2. 招商引资

大力引进一大批具有影响力和竞争力的企业总部、地区性总部,以及投资管理中心、营销结算中心、研发中心等入驻。

3. 市政道路

随着《上海现代服务业集聚区发展交通导则研究》的出台,通过优化路网,利用连廊、地下通道,连通内部楼宇,实现人车分流等办法,构建科学的立体交通系统的思路,长风生态商务区突破交通瓶颈,建成一个"集得拢、散得开"的全新微型中央商务区。

4. 土地出让

商办地块:出让4C南块、5B和6B地块。土地出让,开工建设,并部分建设。精心策划深度报道"70.06亿! 上海长风地块夺新地王"。

5. 公共绿地

长风生态商务区新建绿地和原有绿地合计达2 000多亩,总体绿化率超过60%,综合容积率仅1.5,这在市中心区中是罕见的。具体是:原有绿地、新建绿地、立体绿化等,成为上海生态商务、居住、商业的最佳选择。

6. 环保节能

长风生态商务区以新的高度为起点,进行建筑节能和绿色建筑示范区建设,充分利用具有一定的优势的太阳能、地热能、风能、水资源等清洁可再生能源,而且可以产生巨大的经济效益。通过推广建筑节能技术、创建绿色园区、合理开发利用地下空间等措施强化生态特色。建设绿色节能型住宅是长风住宅板块的另一大亮点。长风生态商务区的住宅建设将按照国家有关标准采用一系列节能环保技术和措施,打造绿色住宅。

7. 文化设施

重点推进和基本建成的文化旅游及配套项目有:创意新颖,特色鲜明的"米高梅世界娱乐中心"。基本建成1个工业遗址园和10家专题博物(展示)馆。重点建成"商标火花博物馆"、"成龙电影艺术馆"、"海上动漫艺术展示馆"等。重点建设3个游艇码头。到2012年,长风生态商务区将成为上海国际大都市中心城区独特的商务游艇集聚地。与上海电影集团合拍反映上海百年巨变的长篇电视连续剧"苏州河"。基本建成核心景观区和灯光工程、"社区中心",包括社区事务管理和服务中心、文化活动中心、青少年活动中心、社区商业中心。2012年建成"教卫园区"。包括华东师范大学第四附属中学、上海市儿童医院和上海市妇幼保健中心、体育馆等,进一步完善长风生态商务区的公共配套设施。

(四) 开发特点

长风生态商务区作为全市唯一一个以"生态"命名的重点推进的现代服务业集聚区,在规划设计中,通过建设一批配套的功能性、引领性项目和载体,以发展总部经济为核心,大力发展现代服务业。其开发特点主要有:

1. 着力打造优美的水绿生态环境

规划设计公共绿地2 000多亩,为上海中心城区所罕见。与此同时,通过合理开发利用地下空间、推广建筑节能技术、打造信息化智能化平台、创建绿色园区等措施强化生态特色(见图4-2-3、4-2-4)。

图4-2-3 地面空间开发方案

图4-2-4 地下空间开发方案

2. 充分挖掘苏州河的百年工业文明

规划设计苏州河沿岸自然、人文艺术景观,承续苏州河民族工业的历史文脉,体现长风生态商务区规划建设理念,具有海派新文化特色和现代气息的艺术作品,使历史与现代交相辉映。

3. 有效集聚新兴的总部型企业

规划设计重大工程、重要项目建设及招商引资,坚持以"服务长三角、辐射国内外"为宗旨,以集聚新兴的和具有成长性的企业总部、地区性总部及其他投资性公司为主,并致力于扶持、培育和发展,成为长三角乃至境内外新兴企业的总部集聚地。

4. 倾力打造一批高端的文化旅游设施

规划设计一批特色鲜明、构思新颖、高端文化旅游设施。主要有"两个中心、一园、十馆"。"两个中心":一是米高梅世界娱乐中心;二是跨国采购会展中心。建成后既是跨国采购的基地之一,也是大型文化艺术活动的主要场所。"一园":即工业遗址园,工业遗址园分为南北两片,南片为遗址保护区,北片为工业文明博览馆。"十馆":结合公共绿地建设和对保留的老工业建筑进行装修、改建,建设十家左右体现苏州河民族工业文明主题的专题博物馆、展示馆,全面展示苏州河民族工业文化。

5. 综合开发完善的配套服务系统

规划设计一大批高级办公楼宇,同时建设五星级酒店、会展、娱乐、商业、游艇码头等一批配套项目,再加上高档住宅、中小学、幼儿园、医院、体育馆及社区服务中心等公建配套设施,形成结构优化、布局合理、覆盖商务区的综合配套服务网络体系(见图4-2-5)。

三、文化品牌特色设计

鲜明的历史文化是长风生态商务区规划设计的特色之一。长风生态商务区坚持产业发展

图 4 - 2 - 5 长风生态商务区

和文化品牌建设并举,明确长风生态商务区不能简单做成一个房地产开发项目,而是要在发展现代服务业的同时,努力形成文化特色,将长风生态商务区建成一个总部型、生态型、文化型三大功能和谐统一的现代服务业集聚区,并有效提升商务区文化品牌"软实力"和增强区域服务经济发展的综合竞争力。

(一)文化标志设计

丰富的文化资源和深厚的文化底蕴是打造文化品牌"软实力"的财富和基础。长风生态商务区,作为一个在老工业区的旧址上打造的新型现代服务业集聚区,在开发建设中力图实现历史与现代、建筑与文化、功能与品味的交相辉映,以打造鲜明的文化品牌为特色,从而与其他微型中央商务区区别开来。长风生态商务区挖掘、探究的"文化标志"主要有:

图 4 - 2 - 6
保留工业遗迹烟囱雨后掠影

1. 苏州河文化

从广义上说,标志是都市区域中的点状要素,是人们体验外部空间的参照物,有符号、记号、标识和招牌等意义。长风生态商务区的"文化标志"首先是"苏州河文化",即苏州河百年工业文明。苏州河是上海的母亲河,如果说黄浦江外滩一段展示了上海曾经作为远东最繁华城市的横断面,而苏州河及其滨水地带则是上海城市发展的纵剖面,它记录了更长的城市历史和城市平民生活中更多元化的发展脉络。苏州河是中国近现代工业文明的发祥地之一,曾孕育了一大批我国近现代史上知名的实业家和民族工业品牌,并积淀了灿烂的民族工业文化。长风工业区曾经的辉煌历史遗存及深厚的文化底蕴,是苏州河民族工业文化长廊中不可或缺的重要篇章。蜿蜒流淌的苏州河,见证了上海开埠以来近代、现代、当代工业文明发展的不同阶段,记载着各个阶段工业文明的兴衰,讲述着许多可歌可泣的故事,具有厚重的历史感和时代性(见图 4 - 2 - 6、4 - 2 - 7、4 - 2 - 8)。

图4-2-7 保留建筑

图4-2-8 保留建筑

长风生态商务区"苏州河文化"开发和建设总的思路是以"点"连"线"、以"线"串"点"。在开发"苏州河文化"过程中,以苏州河传统民族工业为主线,高品位地建设"苏州河民族工业文化公园",依托保留的老工业厂房、老工业设施,建立一批专题展示馆、博物馆,向人们展示苏州河作为近现代民族工业发祥地的历史变迁;在公园绿地中树立近代上海知名的民族企业家铜像,通过人、物、事的全方位介绍,将苏州河绿色景观长廊打造成"有文化的绿地",让海内外游客、不了解上海的游客,通过这个"窗口"解读上海近代工业文明发展的脉络,认识上海。通过若干年的有序推进,在这里形成一个既有高品质休闲与娱乐互动,又有高品质文化、商业商务、旅游产业融合的区域,成为苏州河上的一颗璀璨的明珠。

长风生态商务区的苏州河文化"线"、"点"还由苏州河河中的水、河边的绿、岸边的建筑、河上的桥等要素构成。长风生态商务区开发与建设特别注重做足水文化、绿文化、建筑文化、路文化和桥文化的文章。比如亲水岸线、游艇码头等,将餐饮、垂钓、沙龙等休闲功能巧妙融合,增加游艇游船的实用性、趣味性。桥,是水的点缀,也是苏州河两岸景致的衔接,其本身又具有可观赏性,苏州河上的桥梁不仅是提供通行的设施,也是苏州河景观的重要组成部分。近年来长风生态商务区突破交通瓶颈,建成连接虹桥、古北地区的古北路桥,园区内的云岭路、泸定路、丹巴路、同普路、中江路等道路已建成,公共绿地和保留建筑改造等项目同步规划建设,并借助绿化和灯光等手段加以完美。

2. 海派新文化

规划设计长风生态商务区的"文化标志",不仅抓住了"苏州河文化"这一主题,而且将新的时代内涵注入了生态商务区,创造出能够体现"海纳百川,兼容并蓄"的海派新文化,塑造出产业与文化相交融的海派新形象,凸显承载人文、历史底蕴的海派新精神,形成苏州河沿岸具备特色的文化旅游、创意休闲的海派新航标。

长风生态商务区的海派新文化,体现在文化建设的方方面面。例如建筑文化,通过中西并存、中外合璧、艺术交融、风格独特的建筑元素,使之以崭新的风貌成为城市永远留存的文化之根。又如水岸文化,旅游娱乐项目是长风生态商务区文化创新的重要特色。在长风生态商务区建设三个游艇码头,可停泊游艇100艘,并将成为上海国际大都市中心城区独特的商务游艇聚集地。长风还将开通水上巴士旅游线路,串联起苏州河沿岸星罗棋布的景点,使游客既能从不同角度观赏城市风光,又能深入探寻上海城市的历史、文化。另外长风生态商务区的海派新文化还体现在商标品牌文化、演艺娱乐文化、动漫文化、影视文化、新媒体文化、雕塑文化、舞台文化、音乐文化、书画文化、饮食文化、民俗文化等。

这是一种既能够体现这一区域文化的历史传统，又能够创新当前的文化样式，并且能够凝炼这一地区市民特有的生活观念和价值取向的思想和精神，这正契合了长风商务区文化品牌"软实力"的内涵诉求。

（二）生态文化设计

1. 生态文化的内涵

概括地说，长风生态商务区的"生态文化"是指商务区中致力于总部经济集聚区的所有成员所共同遵循的价值观念、思维方式和行为准则，以及共同营造与发展总部经济相吻合的工作环境。它是科学发展的生态经济（总部型）、永续利用的生态自然（生态型）与繁荣和谐的生态文化（文化型）共同构成的一种内涵丰富、形态多样、特色鲜明的复合型文化（见图4-2-9）。

长风商务区中的"生态"概念，不仅包括这一区域的自然生态、经济生态，更包括这一区域的文化生态。

首先，在文化与经济、社会发展之间存在着一条生态链。先进文化是经济发展的"助推器"、政治文明的"导航灯"、社会和谐的"黏合剂"，文化工作"润物细无声"地与经济、政治交融在一起。文化既是全面建设现代服务业的重要内容和目标，又是促进现代服务业集聚区发展的重要手段和强大精神动力。

其次，文化自身也存在着生态链。文化既具有横向之间的关联性、依存性和互补性，又具有内部的延续性和求变性。文化事业与文化产业、历史文化与现实文化、城市文化与区域文化等方面的相互促进和共生，构成了文化自身发展的生态链。

2. 生态文化的特质

规划设计长风商务区"生态文化"包括资源型优势文化产业群、休闲娱乐型文化产业群和品牌型强势文化产业群等类型。它们相互联系、相互作用，共同构成长风生态商务区文化的有机系统。其特征主要是（见图4-2-10）：

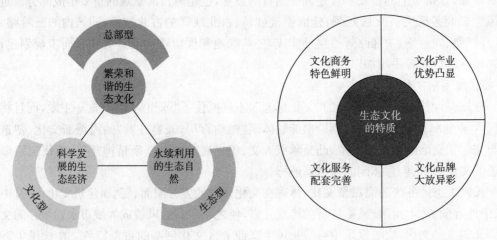

图4-2-9 三大功能和谐统一的现代服务业集聚区　　图4-2-10 长风商务区生态文化的特质

（1）文化商务特色鲜明。米高梅国际娱乐中心、跨国采购会展中心、工业遗址园、成龙电影艺术馆、商标火花博物馆、游艇游船展示馆、海上动漫艺术展示馆等重大文化项目建成、开放，基本形成以长风知名文化品牌为主体的发展格局，初步成为上海国际大都市文化旅游的**新地标**。

（2）文化产业优势凸显。立足功能定位，根据总体规划、资源优势和需求特点，构建影视（米高梅、成龙）、动漫（动漫创意、动漫商务、动漫景观、动漫体验、动漫衍生品）、时尚娱乐、会展、旅游（近现代工业文明游、休闲度假游、水岸文化游）、商标推广等优势产业门类，基本形成具有长风品牌特色的文化产业体系，以及具有领先意义的重点文化产业基地、重大文化产业项目、文化骨干企业和战略投资者，成为上海现代服务业重要文化产业的新高地。

（3）文化服务配套完善。与长风生态商务区定位相适应的重大标志性、功能性文化设施和一批特色鲜明、功能完备的文化项目的建成，基本形成结构优化、布局合理、覆盖商务区的文化设施和文化服务网络体系，并积极推进长风社区公共文化服务设施和重大文化活动管理运行体制机制创新，全面提升区域公共文化服务体系运行水准，成为苏州河生态走廊的新景观。

（4）文化品牌大放异彩。依托长风生态商务区的全面建成，着力丰富和提升"长风"文化品牌，紧密围绕营造总部基地，发展总部经济、楼宇经济的目标和主线，加强对相关文化资源进行保护、挖掘、整理、集聚和合理开发，积极描绘、全面提升长风文化建设，积极构建以人为本（服务设施）、产业企业（总部经济）、自然环境（水绿生态）和谐发展为特色的长风文化（见图4-2-10），以其独特文化品牌吸引国内外的实力企业与人才。

（三）文化设施设计

文化品牌"软实力"建设与发展是一项系统工程，需要投入大量的人力、物力和财力，是社会资源的一次重新整合。规划设计长风生态商务区文化工程的可行路子，已经建成以及在建和筹建的文化设施、旅游项目、教卫园区等，包括以下"四个系列"。

1. 系列文化场馆

"两个中心"：一是米高梅世界娱乐中心。好莱坞知名影视娱乐集团米高梅和开发商合作策划建设，总建筑面积12.7万平方米。总投资约12亿元。该项目创意新颖，以影视互动、风情表演、主题商业餐饮等为内容，集娱乐和商业于一体，是长风主要的功能性项目之一。二是跨国采购会展中心。位于3D地块，是苏州河畔标志性项目之一。总建筑面积13万平方米，包括地上建筑面积约4.5万平方米的一座会展中心和两栋跨国采购总部大楼。总投资约20亿元人民币。会展中心三楼是一个3 000平方米、可容纳近3 000人的无柱大厅。它不仅可以举行国际会议会展，也可以举办大型文化艺术活动。这一项目落地不仅意味着上海跨国采购中心落户长风生态商务区，也为上海中心城区增添了一个新的大型文化艺术活动的场所。

"一园"：即工业遗址园。在中环线和木渎港之间的5A、6A地块，规划为占地近222亩的大型公共绿地。这里原是大型化工企业和科研机构及仓库。这些企业的厂房以及生产设施、管道、设备等保留比较完整，工业特征明显，形态十分丰富。遗址园分为南北两片。将利用老厂房老建筑集中筹建一批博物馆、展示馆，并配建必要的其他公共文化、体育及生活服务设施。包括万人演艺广场、小剧场等（见图4-2-11）。

"十馆"：结合公共绿地建设和对保留的老工业建筑进行装修、改建，规划设计十家左右体现苏州河民族工业文明主题的专题博物馆、展示馆，多方面展示苏州河民族工业文化。

（1）商标火花收藏馆。商标火花收藏馆展示内容以"点亮城市、点燃生活"为主题，分为商标源流、火与人类、火花世界三个部分。展馆中有展示苏州河部分民族实业家群像的"大王墙"，有苏州河畔众多企业历史上参加世博会的珍贵资料和展品，有用最新数码技术制作的动

图 4-2-11　工业遗址园

漫片世界经典童话《卖火柴的小女孩》,等等。丰富的藏品展示和内容编排,不仅可以欣赏到瑰丽的商标火花艺术,了解火与人类的相关科学知识,而且从一个侧面,反映了苏州河百年来民族工业发展变迁和产业更新的轨迹,展示上海从"火柴作坊"到"火箭基地"的沧桑巨变。并以此为依托,逐步建成商标品牌文化的展示和知名企业商标品牌的推广发布中心。商标火花收藏馆已被命名为上海市科普教育基地。

(2)游艇游船展示馆。游艇游船展示馆以"老渡口,新码头"为主题,以2号绿地和游艇码头为依托,包括游艇展区、游艇会所、游艇酒吧、游艇婚礼,形成苏州河上独特的游艇游船商务文化服务区,展馆中循环放映展示苏州河两岸人文风光的宣传短片《魅力苏州河——从长风到外滩》。已被命名为上海市科普教育基地(见图4-2-12)。

图 4-2-12　游艇游船展示馆

(3)成龙电影艺术馆。艺术馆将围绕成龙先生作为"中国符号、功夫巨星、慈善使者"的定位,运用先进的展示技术和手段,全面展示其艺术生涯和他的感人至深的"三个梦想"(把手印留在好莱坞星光大道上、让失学儿童回到学堂、祈求世界和平)。艺术馆成为吸引上海市民乃至境内外游客的上海文化新景点。

(4)长风视觉艺术馆。该艺术馆位于5号绿地丹巴路游艇游船码头。由原上海眼镜二厂的老厂房改建而成,改建后的建筑造型远看像一副眼镜。西侧是大幅雕塑墙,东面绿地是"百年情结"雕塑作品。将定期、不定期展示城市工业雕塑作品及其他视觉艺术作品(见图4-2-13)。

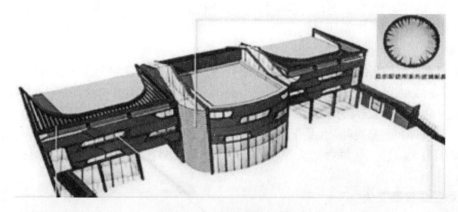

图4-2-13 长风视觉艺术馆

（5）海上书画玉石收藏馆。由4A地块开发商结合项目自行投资建设。该项目总建筑面积11万平方米，由美国盖斯勒公司设计。收藏馆位于下沉广场，建筑面积5 000平方米。收藏展示近现代名家字画1 000多幅、珍贵玉石数百件。

另外，还有一批展馆正在选题和策划设计。

2. 系列旅游休闲服务设施

上述系列场馆，既是文化设施，又是旅游项目。除此之外，还有下列文化、旅游服务设施：

（1）2.7公里苏州河滨水绿色长廊。宽80～130米，碧水一湾，绿荫夹岸，还有亲水平台、各种富有特色的建筑点缀其间。

（2）三个游艇游船码头。已全部建成，共有游艇游船泊位100个，这在国内大城市的市中心是不多见的。游艇产业在中国迅速崛起，会员发展迅速，已产生一批游艇驾驶"本本族"。另外，苏州河水上旅游观光游船已从丹巴路游船码头起航试运行（见图4-2-14、4-2-15）。

图4-2-14 老渡口新码头

图4-2-15 4号地块游艇码头

（3）一条星光大道。在成龙电影艺术馆的绿地广场上，正在筹建大陆唯一的星光大道。成龙先生亲自指导设计，并积极同国内外的影视明星联系接洽。目前已有包括好莱坞、中国内地和港台数十位影视明星欣然允诺，把他们的手印留在上海长风的星光大道上。

（4）两座五星级酒店。分别于2010年建成开业。加上在建的国丰公寓式酒店，共有客房1 200多间。另外，在10号地块总部园区，还保留了一块五星级酒店的规划建设用地。

一批富有特色的由保留老厂房改建的特色酒吧、会所、会议室和餐厅,也已建成开业或正在抓紧规划设计中。

3. 系列节庆活动

硬件是载体,活动是抓手。依托长风生态商务区高品质、高规格的文化娱乐和会展酒店服务设施,筹划协办、承办或举办系列节庆文化活动,打响苏州河商务文化品牌。初步确定的大型会展或文化活动有:与华东师范大学动漫振兴基地每年暑期联合举办国际动漫节,上海国际电影节开闭幕式和颁奖典礼,由商务部和市政府举办的每年一度跨国采购大会及国际论坛,在工业遗址园万人演艺广场举办的大型演唱会,以及国际游艇展、龙舟赛、各类商标品牌发布会等。

4. 教卫园区及交通

一个地区缺少优良的医疗设施,就如同缺少生命的安全保障。民惟邦本,本固邦宁。唯有建立起完善的医疗设施,人们才能在一个地区真正地停下脚步,安居乐业。为了引进优质医疗资源,长风商务区拿出 45 亩原规划中的住宅建设用地,用于建设具有国际一流水平的市儿童医院和市妇女儿童保健中心,并另外拿出 9 亩地,新建区妇婴保健院。

教育是民生之基,是立国之本,在长风生态商务区筹建"华师大四附中"。这不仅将完善长风现代服务业集聚区公建配套服务设施,提升集聚区的整体功能,同时也将进一步提升区域社会事业综合服务水平(见图 4 - 2 - 16)。

图 4 - 2 - 16 园林式教卫园区

与完善的科教文卫配套设施相比,长风规划设计还有一个秘密武器——交通。长风紧邻地铁口(地铁 13 号线横贯金沙江路,地铁 15 号线直达上海南站,与地铁 2 号线延伸段相距不到 1 公里),出行方便;长风段苏州河上三座车人两行桥(古北路桥、真北路桥、泸定路桥、中江路桥等)直接通向河对岸的虹桥古北地区,贯通后直达虹桥机场仅 15 分钟时间。已建设的北翟路高架,更使虹桥交通枢纽和长风生态商务区近在咫尺,"转瞬即至"。由此,长风生态商务区真正做到了四相钩连,八方呼应,水陆交通畅达(见图 4 - 2 - 17)。

四、策略与启迪

(一)提升策略

长风生态商务区文化品牌"软实力"建设与发展是一项系统工程,要进一步确立科学的文化发展观,以传承文化传统为基础,挖掘特色、汲取精华,赋予新的时代内涵,体现新的时代精

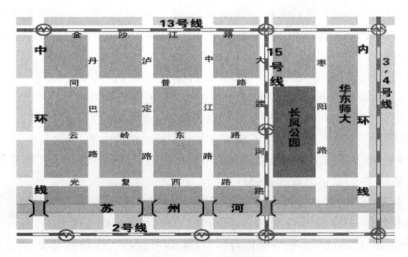

图 4 - 2 - 17　轨道交通

神,使之与当代社会相适应,与现代文明相协调,焕发新的生机与活力。

1. 围绕特色,凸显文化品牌的独特性

长风生态商务区要进一步挖掘服务经济发展的地方特色,对已有的文化内涵与项目工程及文化活动加以充实和提升,赋之以新的形式、新的内容、新的机制,使品牌更加响亮,更具特色。

(1) 做好生态文化品牌。生态至上,这是长风生态商务区文化品牌建设的第一道养分。曾几何时,"雾都"成为现代文明的代名词,成为大工业最为人诟病的副产品。对此,曾任世界公共卫生学会会长的乔恩·劳赫远见卓识地提出,要在城市当中建造"公园式城市之肺"的理念,并断言未来的城市文明将以生态为最重要的衡量标准。根据这一理念,长风生态商务区要坚持打好"生态"牌,把"生态型服务"在内的"自然效用"作为区域发展的重要资本,列入到现代服务业集聚区开发决策与全过程中,并付诸实施。

(2) 做强特色文化品牌。传承文明,这是长风生态商务区文化品牌建设的第二道养分。苏州河文化,是一股秀丽的水,浇灌了中国百年来的近代史;海派新文化,是一股顽强的力,强健地带领着中国商业不断走向光明的未来。长风生态商务区在建造"一园十馆"文化设施建设的基础上,要与现代融合,把自身的历史积淀和当今潮流结合起来,通过灵活运用各项传播工具(如广告、公关、CI、网络等),对文化品牌进行了整合传播,提升了品牌资产及营销。

(3) 做深人本文化品牌。以人为本,这是长风生态商务区文化品牌建设的第三道养分。以人为本是发展和繁荣的灵魂。现代社会,最有价值的是人才,要把人才留住,完善的配套设施是关键。本着这个原则,区域发展转型要在科教文卫等方面大力投入,要兴建一批完善区域的公建配套服务设施,打造了一个安心、宜家和宜商的生活环境。

2. 强化核心,提升文化品牌的思想性

长风生态商务区提升文化品牌"软实力"的新精神、新形象,其抓手在于:

(1) 设计载体抓物化。通过项目工程、文化活动、公益广告、文化雕塑、人物事迹、报纸杂志、网络等有形载体把长风精神进行物化、具体化和形象化,使之通俗易懂,更容易被市民接受,做到既见物质,又见精神。

（2）强化教育抓内化。把长风精神贯穿到"一园十馆"的市民和青少年教育工作的始终，渗透到商务区发展的各个环节和职业具体行为之中，与群众性精神文明建设等工作有机结合，纳入市民教育的全过程，内化为每个个体的具体行为。

（3）围绕目标抓转化。将弘扬长风精神与"目标"、"战略"有机结合起来，与市区政府中心工作和市区发展大局结合起来，把集聚区员工激发出来的斗志和热情转化为推进经济社会又好又快发展的强大动力，推进创新创业，推进现代服务业集聚区建设。

（4）与时俱进抓深化。在实践中不断丰富和充实长风精神内涵，使之与时俱进，成为激励经济社会加快发展的不竭动力，充分发挥其应有的凝聚力、导向力、激励力和规范力作用。

3. 健全机制，夯实文化品牌的基础性

"今日文化是明日之经济"。在提升文化品牌"软实力"过程中，商务区要树立长远发展观念，以机制作保障，统筹安排，务实推进各项基础性工作，增强基础支撑力。

（1）解放思想，提高认识。在商务区转型中，树立"抓经济工作是抓发展、抓文化建设同样是抓发展"的理念，将文化建设纳入区域发展考核体系，把握文化发展规律、培育创新意识、鼓励创新精神，形成有利于激发文化创造活力的生动局面。

（2）完善机制，加大投入。深化管理体制改革，理顺运作体制和经营机制，把文化资源整合成项目，引导社会力量办文化，加大对文化品牌"软实力"打造的资金支持力度，走"文化品牌"发展之路。

（3）培育人才，壮大队伍。大力培养和集聚文化品牌"软实力"项目骨干队伍，加强培训和辅导，提高他们的文化内涵和业务素质，确保文化工作有人管、有人抓。建立激励性的人才使用机制，重视专家、民间艺人的发掘和传承工作，促进人才队伍不断发展和壮大。

4. 激发活力，增强文化品牌的融合性

充分挖掘和释放文化的价值和潜能，围绕商务区转型的定位与主题，找准品牌打造与经济发展的结合点和主载体，以项目化理念推进文化与经济社会的融合发展，增强商务区经济社会发展的综合竞争力。

（1）文化融入区域建设工程。注重文化与城市经济、城市环境、城市景观、城市建筑的有机结合，深入实施文化融入、绿化提升、功能优化等工程，加快 CIS 区域形象识别系统推广应用，切实保护城市历史文脉，构建最佳城市人居环境。

（2）文化融入旅游发展工程。确立旅游开发思路，丰富旅游产品，发展节会经济，建设绿色长廊，加强文化营销，打造特色精品景区，提升长风旅游文化品牌的影响力和竞争力。

（3）文化融入产业发展工程。在做强做大文化产业的同时，以文化提高产业的科技含量和文化内涵，优化产业发展氛围，发展壮大会展、娱乐休闲、信息传媒、电子商务等现代服务业，提升人流、物流、资金流、信息流的集聚和辐射能力，实施文化保护和文化研究工程，努力创作一批文化品牌精品力作，规划建设一批标志性文化设施。

5. 丰富载体，扩大文化品牌的参与性

借题发挥、借力发展，抓好文化载体建设，丰富文化展示平台，营造商务区与企业共同打造文化品牌"软实力"的浓厚氛围。

（1）文化活动载体。精心设计各类展演、比赛、艺术节等文化活动，例如，"长风杯"新上海人歌手大赛、中国雕塑大展等吸引市民积极参与，在充分展示区域品牌文化"软实力"的同时，激发企业参与文化品牌打造的积极性、主动性和创造性。

（2）文明创建载体。以创建示范文明、优秀旅游、绿化模范等联创工作为载体，形成良好的凝聚力和向心力，增强市民文化文明意识，为文化品牌打造提供强大的精神动力。

（3）宣传推介载体。加强文化宣传推介的整体策划，在做好内宣的同时，重视对外文化交流与合作，发挥品牌文化宣传效应，让更多的人了解长风、关注长风，全面提升长风文化品牌的知名度、影响力和感召力。

（二）重要启迪

从理论和实证角度总结长风生态商务区提升文化品牌"软实力"对进一步促进现代服务业集聚区转型，推动发展模式创新，实现科学发展，其启示至少有以下几点：

1. 提升文化品牌"软实力"对现代服务业集聚区建设与发展的意义与标志

提升文化品牌"软实力"是集聚区发展主题中应有之义。集聚区文化品牌"软实力"建设，对调整产业结构，加快经济转型，提升综合竞争实力有着重要的意义。主要表现在：加快现代服务业集聚区文化品牌建设，是转变经济增长方式的重要抓手，是保持可持续发展的主要增长点，是实现跨越式发展的有效途径。因而，在纵深推进现代服务业集聚区总体战略中，我们不仅关注定位、交通、总量和结构等"硬实力"问题，而且要创建集聚区文化品牌，提升文化"软实力"。国内外一系列实践表明，随着经济社会的发展，文化对经济的推动作用日益明显，文化与经济共生演进已成为未来经济增长的典型化趋势。具体地说：一是在人类社会从产品和服务的时代，开始步入文化的阶段时，人民的精神文化需求进入成倍增长时期，受经济空间挤压的文化空间正在逐步回归，文化对社会进步的拉动作用越来越重要。二是经济和文化在当代社会正表现出越来越明显的相互融合趋势，文化在相当程度上已经直接体现为现实的生产力。三是文化不仅已成为综合力的重要标志，而且在综合竞争力中的地位和作用也越来越突出。所以，集聚区发展必须确立"文化立区"的战略思想，在转型的同时，大力发展文化事业，把文化发展摆在集聚区发展战略全局的突出位置上，使之成为集聚区发展的一个重要战略基础、支撑点和动力源。

2. 提升现代服务业集聚区文化品牌"软实力"的特点、功能与趋势

现代服务业集聚区文化品牌是上海品牌战略"五个一批"的一种类型，即区域品牌（消费类品牌、装备类品牌、高新技术类品牌、现代服务业品牌、区域品牌等）。文化品牌"软实力"是集聚区文化建设中形成的具有独特性和广泛影响力的文化现象，是文化的经济价值与精神价值的双重凝聚。与经济品牌相比，文化品牌除具有品牌普遍意义上的共性外，还有其独特的个性，即不同于经济品牌而侧重于文化的内蕴发掘和培育，文化品牌主要通过实现文化创新来推动文化项目的完善与发展；文化品牌不仅具有经济属性，更具有意识形态属性，文化品牌首先要体现一种文化精神；文化品牌源自丰厚的文化底蕴的张扬与发展，而不仅仅是追求利益的最大化；文化品牌是创意与梦想的产物，比经济品牌更加注重个性、情感与想象。文化品牌体现了文化的核心竞争力，对文化产业有着巨大的提升和带动作用。集聚区发展的文化事业要赢得市场，就必须走品牌化建设之路，打造具有强大竞争力的文化品牌，充分发挥品牌的经济竞争力和文化感召力。

现代服务业集聚区文化品牌建设与发展要按照上海品牌战略的"两个结合"：一是品牌战略与城市精神相结合，坚持从上海实际出发，形成富有上海特色和文化内涵的城市品牌，要建立能够体现上海"四个中心"建设的品牌形象，凸显国际大都市功能特征和城市品质，并从产品品牌逐渐向企业品牌、区域品牌延伸，最终形成城市标志性品牌；二是品牌战略要与自主创新

相结合,要以企业为自主创新主体,尽快形成一批以自主创新为支撑、以知名品牌为标志、具有较强竞争力的优势企业和企业集团,拥有若干具有自主知识产权的国际知名品牌。现代服务业集聚区文化品牌推进策略是:第一,以建设现代服务业集聚区为突破口,使集聚区建设与品牌建设同步进行,扩大一批功能集聚、业态集成和品牌集中,代表上海城市形象、具有影响力和辐射力的现代服务业集聚区品牌。第二,把推进工业向园区集中和品牌建设相同步,打造世界一流的工业园区品牌。涌现了一批代表上海制造业区域品牌,如外高桥保税区、上海化工区、安亭汽车城等。第三,结合现代服务业集聚区和创意产业园区的发展,塑造一批现代服务业区域品牌,如新天地、"外滩3号"、"外滩18号"、静安金三角,以及八号桥、田子坊、M50等。

3. 现代服务业集聚区建设发展对提升文化品牌"软实力"的要求

一是要适应市场发展的需要。大力发展文化品牌,提高集聚区文化品牌的服务功能,必须以市场化、产业化和社会化为方向,积极创造条件,优化文化品牌发展的体制和市场环境。集聚区领导班子首先应树立正确的品牌意识,在此基础上,研究制订适应现代国际国内竞争的文化名牌发展战略,同时要建立相应的名牌战略组织实施系统和监控系统,建立和完善名牌发展的激励机制。

二是要着眼于建设特色文化。例如,上海20个现代服务业集聚区文化品牌建设与发展各具特色。浦东陆家嘴是金融贸易文化,北外滩是航运文化,淮海中路是国际时尚文化,"世博"花木是国际会展文化,"海上海"是创意产业文化,松江佘山是休闲旅游文化,等等。因此,提升区域文化品牌"软实力"的重点:着力培植品牌文化企业,建设一批标志性文化设施,打造历史文化品牌,做强做大优势文化产业。

三是要创新发展思路和手段。一方面,集聚区文化品牌"软实力"策划设计必须在坚持文化主导原则、消费者取向原则、真实客观原则等的基础上,追求创新性、特异性和个性化,以塑造出独特、鲜明的文化形象。另一方面,集聚区文化品牌"软实力"培育还必须注意充分发挥传媒的作用,通过传媒的宣传,让市民、消费者知道、了解自己的品牌及这一品牌的产品和服务的功用、性能、特点和优点,确立品牌在市民、消费者心目中的地位。

四是要有效整合文化资源。核心文化资源是集聚区文化品牌"软实力"发展模式创新的关键因素。表面上看,各地集聚区文化呈现出百花齐放的态势。但究其内涵实质,却都殊途同归:紧紧围绕本地区域的核心文化资源,通过对核心文化资源的挖掘、整理和开发,找到本地区域的特色文化项目,进而形成自己的文化品牌。因此,充分挖掘文化资源,有效整合文化资源,立足于核心文化资源开展文化品牌"软实力"建设,是文化项目能够打造成为品牌的关键。

五、结束语

随着我国现代服务业集聚区建设的快速发展,提升集聚区魅力、彰显集聚区特色的需求越来越强烈,将特色文化融入集聚区规划设计也越来越专、越来越精细。我们认为,建设有特色有魅力的集聚区,不能一味程式化地应用教条式的城区文化,而必须运用美学原理,根据该地区审美主体的审美能力合理选择城区文化,并发挥两者的能动作用,达到两者的"互化"境界,开拓城区文化融合于集聚区规划设计的新道路,开创诗意般的城区生活。主要是:

在集聚区规划设计中发挥审美主客体的相互作用。在集聚区规划设计这个审美活动中,审美主体即生活在这一区域的人群以及部分外来人群,审美客体即集聚区规划设计的成果。

由审美主客体之间的相互作用关系我们可以得出，在集聚区规划设计过程中，生活在规划区域范围内的人群以及部分外来人群与集聚区规划设计产生的成果在相互作用。作为设计人员，在集聚区规划设计的过程中，我们必须考虑这一相互作用，发挥主观能动性，了解当地人群感受、体验的审美能力，尽力使规划设计成果符合他们的审美视野，将集聚区文化"物化"于集聚区规划设计之中，愉悦他们的情感；同时，使规划设计成果"人化"，与人群产生共鸣，提升人群的审美能力，让这种相互作用提高到一个新的层次。

运用美学原理在集聚区规划设计中融入特色文化。城区文化在一定程度上决定了人类群体的感受、体验生活的方式及其审美能力，做好集聚区规划设计，首先要了解的就是当地的特色文化，明白人们需要我们做什么，集聚区规划需要我们保留什么。其方式方法是合理挖掘城区内在的潜力，有策略地利用城区文化，从细节入手塑造城区形象，从市民生活中采集城区文化等。运用审美学的原理，了解该地审美主体的审美能力，在集聚区规划设计中融入恰到好处的特色地域文化，既能完成一个高评价的区域规划设计项目，更能保证区域文化的可持续性、提升区域规划审美主体的审美能力，使其长期发挥效益。

根据审美学原理，审美主体与审美客体有着能动性的相互作用，在长风生态商务区规划设计文化基因的采集上，我们分析了该地历史文化资源，根据错位发展的思路，选择该地自身文化基因以及适合在该地区发展的文化基因，即苏州河文化和海派新文化。其主要目的是发掘长风生态商务区的文化内涵，以集聚区与城市文化的互动发展为核心，探讨该区域未来发展愿景与策略。

从传统老工业的基地，到现代服务业集聚区，长风，是上海经济发展百年巨变的一个窗口，是镶嵌在苏州河生态景观走廊上一颗璀璨的明珠。

第三节
长寿路地区楼宇经济开发与品牌商圈规划设计

一、立项背景和概况

为拓展长寿路地区楼宇经济和品牌商圈，提高长寿路地区的功能和形象，并做到税收落地之目的，华东理工大学广告与品牌文化研究所受上海市普陀区人民政府委托，开展了长寿路地区楼宇经济开发及品牌商圈规划设计（见图4-3-1）。

（一）基地分析

长寿路地区（街道）位于上海中心城区——普陀区的东南部，长寿路横穿东西。有上海"塞纳河"之称的苏州河自西向东流经街道辖区，是全市唯一一个横

图4-3-1　长寿路商务楼宇

跨苏州河的街区。街道辖区北起中山北路(光新路至曹杨路),南到安远路与静安区交界,东以苏州河为界与闸北相望,西到万航渡后路与长宁区相邻。区域面积3.98平方公里,常住人口13.3万人(见图4-3-2)。

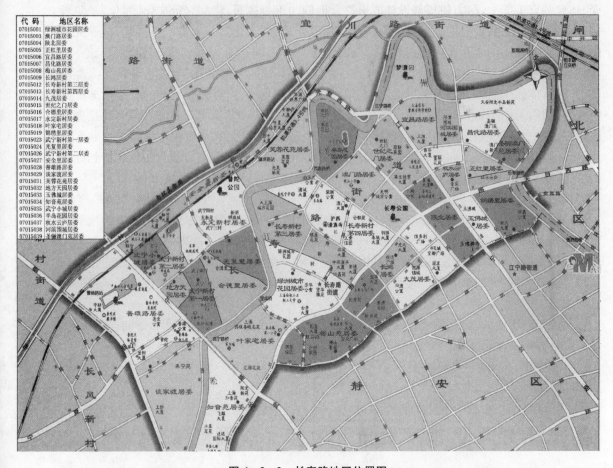

图4-3-2 长寿路地区位置图

长寿路地区地理位置优越。距华东"黄金走廊"——沪宁高速公路入城段、沪嘉高速公路仅5.7公里,沪杭高速15公里;距上海火车站1.9公里;距虹桥机场13.69公里,浦东国际机场46.27公里,对外交通十分便利。市内交通更加便捷,37条公交线遍布辖区,内环线、轻轨明珠线在辖区内经过,地铁七号线纵贯本区域,方便地实现全方位的市内轨道交通、公交换乘,南北高架入口、地铁一号和二号线均在2公里范围之内。

(二)开发依据

(1)国家计委关于"十五"期间加快发展现代服务业若干政策措施的意见

(2)上海市国民经济和社会发展第十一个五年规划纲要

(3)上海市商业"十五"规划、"十一五"规划

(4)上海市普陀区经济和社会发展第十一个五年规划纲要

(5)普陀区商贸流通业发展和布局"十一五"规划

(6)长寿综合服务带发展规划

（7）写字楼、商圈研究报告

二、总体规划

（一）规划背景

长寿路沿线，作为上海市普陀区"五大重点区域"之一，力争在5～10年的期间，做好重点商务楼宇的产业定位和功能开发；通过楼宇之间的联动和辐射，寻找发展共性和相互间的关联性，从而打造长寿路地区商圈的"品牌"和"概念"；对推进楼宇经济和打造"品牌"商圈进行策划包装；以楼宇经济撬动现代服务业，在5～10年的时间里建成一个融商务商业、文化创意、餐饮娱乐、旅游休闲等为一体的具有国际水准的现代服务业集聚带，低碳、宜居的城市核心区，普陀区"入核"的南桥头堡。

（二）开发要求

1. 开发内容

在5～10年的期间，依托若干重要地块和重要项目的建设，着力提升长寿路沿线商业功能和品位，重点发展商务办公、品牌专卖、文化休闲、餐饮娱乐、酒店宾馆等；充分挖掘苏州河岸线和历史文化建筑等资源潜力，将苏州河（长寿段）建设成为具有休闲娱乐、创意设计、文化旅游、景观体育等多功能的现代服务业集聚带。采取"多节点、纵深式、条块结合"的布局形态，重点推进建设苏州河沿线（长寿段）、长寿路沿线以及武宁路沿线，以新建大型商业设施、商务楼宇、高星级宾馆等节点地块为龙头，串联中间网络状商业街区。

2. 设计定位

建成集商务、休闲、旅游、购物、餐饮为一体的具有国际水准的综合服务圈，全面提升长寿路地区的功能和形象，充分展示繁华的现代化中心城区面貌。

首先进行市场调研，主要采用实地调研、文献研究、比较研究相结合的方法；其次进行SWOT分析，既分析长寿路地区楼宇经济开发与品牌商圈策划设计的优势（Strength）和弱势（Weakness），同时也分析其机会（Opportunity）与威胁（Threat）。

（1）优势分析。长寿路地区楼宇经济开发、品牌商圈打造的优势在于：

第一，区位交通便利。长寿路地区东起西苏州河路，西至曹杨路、江苏北路，南到安远路，北抵中山北路，苏州河蜿蜒穿行其间，与闸北和静安两区紧紧相邻。各大街道均是通往静安、闸北、普陀等区的交通要道，东侧靠近火车站及轨道交通一号线，北部面临中山北路高架和轨道交通三号线，西面邻近曹家渡。区域的东部、中部、西部都有公交终点站，另有地铁七号线站点设置和众多公交线路穿越该地区到达全市各区。距虹桥国际机场13.69公里，浦东国际机场46.27公里，到内环线高架和南北高架、沪宁、沪嘉高速公路约5分钟车程，交通辐射江、浙两省及申城各处（见图4-3-3）。

第二，配套设施完善。长寿路地区的商场、专卖店、大卖场、便利店、餐饮店、文化宫、电影院、学校、医院等生活和文化设施比较齐全，商业配套比较完备。有闻名沪上的火锅一条街、著名的南华火锅城；有规模较大的集购物、休闲、娱乐于一体的亚新生活广场和半岛休闲广场；各种休闲场所散布其中，力美健、星之健身俱乐部、麒麟KTV、上海歌城、天上人间、帝豪娱乐等为人们提供休闲场所。同时，长寿路沿线各种大卖场齐全，世纪联华、华联吉买盛、家乐福、永乐家电、灿坤电器、傲耐家居等为人们生活、商务提供便利（图4-3-4）。

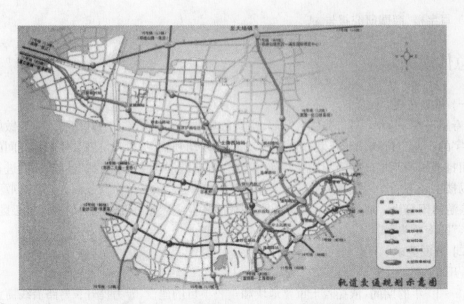

图 4-3-3 长寿路地区轨道交通规划示意图

图 4-3-4 长寿路地区现状

第三,人文资源丰富。长寿路(1926 年名为劳勃生路)有近百年的历史,是上海轻纺工业集中之地,工人运动和武装起义的起点,有"赤色沪西"之称。诸多劳动模范、领军人物均出现在长寿路地区,包括刘翔等各条战线——工业、科技、体育等行业的全国劳模和先进工作者。区域内人文旅游资源丰富,文化气息浓郁,闻名中外的玉佛寺、沪西清真寺坐落在本区域,拥有半岛艺术馆、孔祥东音乐机构、莫干山现代艺术产业园等文化设施。城市生态环境优美,绿地覆盖率达 14.49%,拥有大型公共绿地 3 个,面积 4 万平方米的长寿公园使人有远离城市喧嚣回归自然之感,苏州河亲水岸线则成为人居环境建设新亮点,面积达 8 万平方米的梦清园更成为社区璀璨明珠(图 4-3-5)。街道文明小区覆盖率达 85% 以上。

(2)弱势分析。长寿路地区楼宇经济开发、品牌商圈打造的弱势是:消费者对长寿路板块的认知度差,缺少有特色的、有影响的品牌楼宇及企业,缺乏强势企业和国际知名品牌、特色品牌,缺乏有鲜明个性的标志性建筑及其城市形象物,配套设施不够完善和商务楼宇租金低廉,市场主体对楼宇经济重视不够。

图 4-3-5 长寿路地区雕塑

第一,消费者对长寿路板块的认知度差。普陀区及长寿路历史上是一个工人集居的工业区,在大多数人的印象中,长寿路只有纺织厂和工人新村。时至今日,大多数上海市民对普陀区的固有印象仍没有彻底改变。许多人仍然把普陀区当作上海城郊结合部的"下只角",认为长寿路板块没有高档写字楼,不适合公司办公与发展。总之,消费者对长寿路板块认知度较差,使长寿路在楼宇经济开发、品牌商圈打造时需要作出更大的努力。

第二,缺少有特色的、有影响的品牌楼宇及企业。商务楼宇内入驻企业行业分散,中小企业占多数。据统计,长寿路沿线现入住商务写字楼的企业中:商贸类约占 27.9%,咨询类占 13.15%,计算机占 5.1%,建筑类占 3.35%,旅游类占 2.95%,房产类占 0.54%,金融、文体类各占 0.87%,其他类占 45.27%。显示行业过于分散,新兴产业较少,而且缺乏大企业、知名企业和品牌楼宇企业(见表 4-3-1)。

表 4-3-1 长寿路地区商务楼宇入驻企业行业分布一览表

行业	户数	占百分比
商贸	416	27.9
旅游	44	2.95
咨询	196	13.15
计算机	76	5.1
文体	13	0.87
房产	8	0.54
金融	13	0.87
建筑	50	3.35
其他	675	45.27
总计	1 491	100

长寿路沿线的写字楼特点主要是主打小户型办公或家居型办公的写字楼,部分楼盘是由烂尾楼改建的,房型设计陈旧。小户型办公前几年开始流行,由于"既可办公又可居住"的概念颇为新颖,同时总价相对较低,投资、自用皆可,风险相对小,因而受到市场上很多小型企业的

推崇。但是这种办公楼单套面积小，所以小业主较多，这样管理起来就会比较混乱，从而降低了物业原有的品质，并且有一部分物业因为交付后基本无法办公而沦为了"商住楼"。

长寿路沿线的写字楼，除了2005年之后推出的新楼宇，其余写字楼建成时间都较早，功能不完全。由于区域内提供的大部分是乙级写字楼，在一定程度上影响了大型企业、知名品牌的进驻。

第三，缺乏强势企业和国际知名品牌、特色品牌。亚新生活广场、半岛休闲广场等商业中心在沪上成名已久，但由于总体规模还不够，因此已经不能满足区域居民日渐提高的消费需求。而今，整个长寿路的商业重心正在向东西两头扩张。随着友谊商店落户沪西两一百，女性精品消费中心的芳汇广场加盟悦达国际大厦，长寿路沿线的商业形态已逐渐从传统型商业向时尚型商业发展，但强势企业和国际知名品牌、特色品牌还是不多。另外，长寿路商铺的空间布局也不是很合理，店铺之间间隔太大，甚至在有些地方，店与店之间间隔都要超过百余米。

第四，缺乏有鲜明个性的标志性建筑及其城市形象物。标志性建筑及其城市形象物对一个城市的形象很重要，说到纽约，大家就会想到自由女神和大苹果；说到柏林，大家就会想到柏林熊和柏林墙；巴黎有卢浮宫、埃菲尔铁塔、凯旋门等。但说到长寿路的标志性建筑及形象物，大众及消费者的概念却很模糊（长寿路这一带也称为"大自鸣钟"，但年轻人、外地人都不知道），这也是制约长寿路地区发展的一个因素。

可否将XX大厦作为标志性建筑，体育飞人刘翔作为普陀区、长寿路地区区域形象建设（城市形象）代言人，这是值得我们思考的重要问题之一。

第五，配套设施不够完善和商务楼宇租金低廉。楼宇经济的高端性是指设施环境的高档次和管理服务的高水平等。目前，长寿路地区能够达到5A级写字楼水准的物业匮乏，商务楼宇的智能化、自动化、信息化的水平较低，许多商务楼宇的设施都难以达到国际化的标准。

与毗邻的静安区相比，长寿路地区商务楼宇的租金可谓是低廉不少。静安区商务楼宇的租金持续在6元/平方米/天的水平，而长寿地区商务楼宇的平均租金水平为2～3元/平方米/天。长寿地区与上海市其他类似地区在商务楼宇租金、单位土地的产出率、招商引资的强度、产业档次等诸方面还有许多差距。

第六，市场主体对楼宇经济重视不够。市场主体（房地产开发公司、楼层业主、楼宇物业和楼内企业）没有融入楼宇经济发展的大格局中，缺乏统筹考虑，具体表现在：房地产开发公司仅有销售楼盘的思想；购买写字楼的业主只想把闲置楼宇尽快租赁出去；楼宇物业公司的物业管理观念还停留在卫生、保安等基本服务方面；楼宇入驻企业没有资源共享的意识；特别是缺乏对于总体形象的宣传，各个单体在宣传上也无出众之处，只是各自为政。

（3）机遇分析。长寿路地区发展楼宇经济与品牌商圈的四大机遇是：外部环境机遇、消费升级机遇、交通枢纽机遇、次中心区域机遇。

第一，外部环境机遇。随着全面对外开放和CEPA的全面实施，上海城市经济和社会发展进入新的阶段，中心城区优先发展服务业。日益广泛的对外交流和重大活动，将引来更多市外和境外商务、休闲、旅游人员进入。"商贸普陀"目标明确，深度开发长寿综合服务圈，为长寿路地区确定发展目标、发展空间和发展重点提供必要的指导依据。

第二，消费升级机遇。2010年，城市居民家庭人均年可支配收入已达31 000多元，上海将进入新一轮消费升级阶段。近年，长寿路沿线除了一座座高品质的现代化写字楼拔地而起，还兴建了170多万平方米高档住宅，引进近5万人的高消费客户；随着长寿地区人口的不断增加和人口结构的不断优化,消费能级向更高层次跨越。

高素质居住人群的导入,提升了整体消费层次,使得长寿路现代综合服务圈进一步与现代化、国际化接轨。同时,在这些现代化楼宇内居住或从事商务工作的人群,属于具备相当消费能力和消费欲望的群体。他们的消费观念时尚,是休闲、餐饮、娱乐、美体健身等商业服务的主力消费群。这个群体的存在为整个商圈提供了庞大、稳定的消费基础,极大提高了商圈内的消费力。

第三,交通枢纽机遇。长寿路公交线路云集。东侧靠近火车站及轨道交通1号线,北面临近中山北路高架和轨道交通三号线,轨道交通七号线坐落于板块中心,将普陀区与静安、长宁、闸北三区连成一片。

特别是地铁七号线、轨道交通十一号线(R3线普陀段)等建成通车后,这里将成为人们出行的重要的换乘枢纽。上海中心城区传统的以公交枢纽为依托的商业布局,将逐步转向轨道交通枢纽,通过业态配套和功能协调,推动轨道枢纽型商业中心的形成。

四通八达的交通网络,为长寿路沿线写字楼、商铺的租赁和销售奠定了良好基础,并为现代综合服务圈的发展提供了极大的支持。

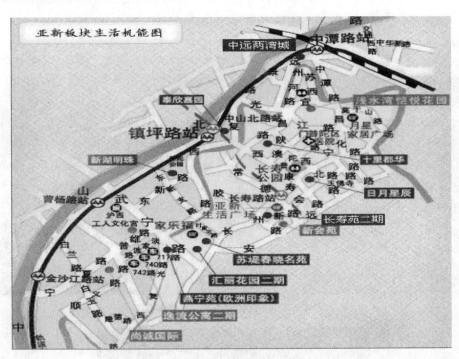

图4-3-6　亚新版块生活机能图

第四,次中心区域机遇。随着中心城区土地的减少和成本的高涨,未来写字楼的供求热点将从核心商务区延伸到二线商务区或"次中心商务区"。目前上海的"二线商务区"主要指长寿路、肇嘉浜路、延安东路等区域,属于核心商务区甲级写字楼板块的延伸带,主要集中在市中心外围区域。

长寿路沿线高级写字楼市场已逐渐赢得投资者关注,部分产权甲级写字楼表现强劲;随着轨道交通条件进一步改善,其商务成本低谷的优势将更加显现出来(见图4-3-7)。

图 4 - 3 - 7　长寿路地区实景

（4）威胁分析。长寿路地区楼宇经济与品牌商圈发展既有优势和机遇，同时也存在风险与威胁。其威胁与风险是：同区商圈威胁、相邻区域威胁、招商引资风险和项目开发风险。

真如城市副中心：依托沪宁发展轴线，结合上海西站大型交通枢纽建设，打造成为上海西北地区的现代商务商业中心和公共活动中心之一（见图 4 - 3 - 8、4 - 3 - 9）。

图 4 - 3 - 8　真如城市副中心效果图

图 4 - 3 - 9　真如城市副中心模型

长风生态商务区(见图4-3-10、4-3-11):突出生态水景的特色和优势,建设以组团式办公楼为载体的生态商务港、以滨河绿色休闲长廊为特色的都市娱乐休闲时尚圈、以现代工业设计与科技服务为主体的研发设计产业群。

图4-3-10 长风生态商务区实景

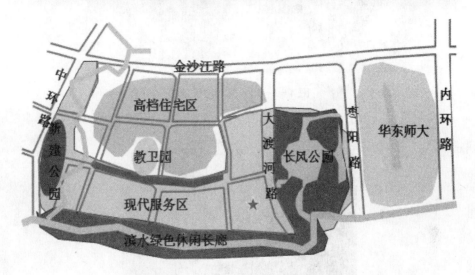

图4-3-11 长风生态商务区位置示意图

真北组团商贸群:打造中环线组团商务、华大科技研发、梅川路西段都市休闲娱乐、金沙江路汽车展销、梅川路东段涉外经贸、国际摩尔城物流商务六大板块,建设服务全市、辐射长三角的现代服务业集聚区(见图4-3-12)。

桃浦都市产业园(见图4-3-13):以上海西北综合物流园区和桃浦工业区建设为重点,着力发展生产性服务业:曹安商圈,四大商业项目;曹安国际商城,商圈核心商业地产项目;曹安国际电子城,大型电子专业市场;嘉莲华国际商业广场,新兴商业娱乐休闲时尚中心;上海国际鞋城,综合性地区级商贸中心。

● 功能定位:长寿滨河集聚带

围绕普陀区"全面入核"与实现"发展转型"的战略目标,把转变经济发展方式和加快产业转型升级作为发展的突出主线,把拓展现代服务经济和发掘滨河文化创意产业作为发展的主要动力,把楼宇经济和现代商贸、旅游休闲作为发展的重要抓手,进一步提升长寿路地区的功能和形象,努力将长寿滨河集聚带建设成为普陀"入核"的南桥头堡,滨河"商旅文"的复合带,低碳、宜居的城市核心区。

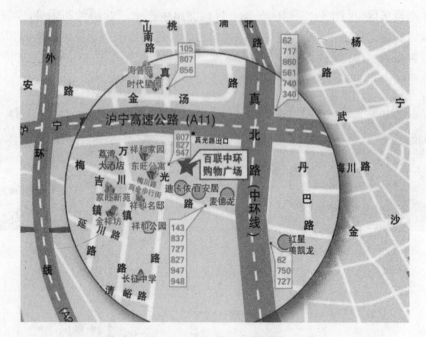

图 4-3-12　真北地区地图

图 4-3-13　桃浦都市产业园效果图

成为普陀"入核"的南桥头堡。长寿路地区是全市唯一一个横跨苏州河的街道,是普陀区唯一的苏州河以南的区域,紧邻南京西路中央商务区(CBD)和中山公园市级商业圈的区域,是普陀区发展楼宇经济、实现经济发展方式转型的重要战略区域。

打造滨河商旅文化的复合带。依据居民消费需求,会同企业、旅游、文化以及政府和学界,共同探索完善"商旅文企、汇聚长寿"建设方案,增强文化、旅游、休闲、商贸等产业之间的互补、联动效应;通过推进"设计滨河"战略,将苏州河(长寿段)打造成为上海创意城市令人瞩目的新亮点、时尚创意产业蓬勃发展的新高地。

建设低碳、宜居的核心城区。坚持以人为本,制定"宜居长寿"规划。围绕"居住舒适、环境优美、功能完善、繁荣和谐"四大主题,着力推进居住品质提升、公共空间优化、服务设施完善三大工程建设。通过发展低碳产业、打造低碳建筑、建设低碳交通、倡导低碳生活,将长寿路地区建设成为全市低碳生活示范区之一。

● **商圈定位:区域商业中心**

我们认为,作为区域商业中心的长寿地区,在品牌塑造过程中要非常注重打造品牌的号召力和生命力,其实也就是让品牌具备良好的口碑传播能力。

其原因主要有:一是今后上海品牌商圈中心定位的标准不再是行政层面,而是根据辐射面和影响力;二是新的分级将促进商业发展的聚集—扩散趋势。投资大、获得成本高的区域商业中心将面临严峻挑战;三是区域商业中心发展的趋势是:多数会转变为较大规模的居住区商业,而少数会发展成市中心商业区(见图4-3-14)。

图4-3-14　长寿地区楼宇分布

● **价值定位:新长寿、新领地**

仲量联行最新发布的《核心区的形成——重新定义上海的核心商务区》指出,未来四年,沪上将有300万平方米甲级办公楼新增供应量,其中,有60%位于核心商务区内。本市形成了四个主要商务区:静安、卢湾(2011年卢湾并入黄浦)、黄浦、徐汇以及浦东新区(陆家嘴地区)。核心商务区是优质资产的云集之地,其特点是稳定的高租用率。越来越多的综合项目和配套设施项目将快速拉动核心商务区租金的上涨,并吸引更多寻求优质地段的高端租户。

同时,我们也看到一个事实与发展趋势:上海城市空间向西拓展,为长寿路沿线的商务楼宇开发、品牌商圈打造,创造了新的机遇和新的领地。

我们十分赞同上海一些知名商业地产专家学者的观点:"长寿路聚集大量区域消费人流,对未来长寿路商业地产开发和提级,是上海其他区位难以类比的。""长寿路沿线将借助中小企业的集聚成为今后五年普陀的真正亮点。"

我们以为,作为楼宇经济、商圈经济重要依托的长寿路商务楼宇的品牌价值定位是:新领地商务区(商务中心新领地、新要地、新福地、新寿地)。

所谓**领地**,古时指领主所占有的土地;现喻为商务、商业地产业的新龙头、新势力,她引领楼宇建设,成就上海办公新领地。

长寿新领地商务区,其楼宇的价值:一是商务活动价值,二是长期升值价值,三是品牌、形象与文化价值。

长寿新领地商务区,就是能整合国内外楼宇经济、品牌商圈的先进理论,走品牌和人才精兵之路,引众多国际企业来此投资置业,把高品质商务楼宇、高品位休闲娱乐作为重点发展目标,商务商业、居住生活和休闲娱乐同步发展,使长寿路商圈的商务地位和商业价值越来越受关注,并发展成为中外大企业总部、高速扩张型企业和投资者事业发展的新领地、新要地、新福地和新寿地。

3. 总体目标

紧紧抓住上海楼宇经济新一轮发展和普陀区"五大重点区域"的战略契机,坚持新建一批、调整一批、改造一批、盘活一批、转入一批的发展思路,整合楼宇资源,强化规划布局,提升服务水平,创新宣传手段,打造一批具有完善配套、成熟管理的亿元楼、主题楼、特色楼和专业楼,优化现代服务业结构,带动商贸流通业、旅游业的联动发展,扩大和刺激消费需求,使楼宇经济、休闲娱乐成为普陀区与长寿路地区社会经济发展的战略资源、支柱性产业和新的经济增长点。

4. 阶段目标

对于长寿路地区楼宇经济新一轮发展目标的实现,可以分三步走:

第一步,整合阶段。用2~3年时间,整合楼宇资源,建设重点写字楼,统筹规划好楼宇布局,为全面发展楼宇经济打下坚实基础。

第二步,发展阶段。围绕"乐活长寿"主题,打造能够产生轰动效应的标志性楼宇建筑及其城市形象物,吸引一批国内外大品牌企业入驻,实现产业规模和效益的新突破。

第三步,成熟阶段。在特色楼宇经济、品牌商圈经济已经形成一定规模的基础上,以楼宇经济、商圈经济带动相关产业为目标,全面推进社会经济发展,最终形成长寿路地区及普陀区社会经济发展的战略资源、支柱性产业和新的经济增长点。

5. 重点工作

(1)规划楼宇。在近期内,组织专家论证楼宇经济发展的可行性及实施方案,把楼宇经济纳入区住宅和房地产业发展规划。同时精心测算楼宇经济对区GDP的贡献率,确保区财政收入稳定增长。

在城市规划和现代服务业发展规划基础上制定区域性控制详细规划和商务区具体规划,积极推进写字楼建设,腾笼换鸟,加快商务、商业楼宇扩容和升级工作。

在现有楼宇中筛选10~20个为楼宇经济的重点培育对象,力争在3~5年内,培育1 000万元以上税收的楼宇若干个,并从中总结经验,做好发展楼宇经济的布局与规划,构建符合实际的楼宇经济基本版图。

(2)整合楼宇。要实现楼宇经济的新突破,盘活用好存量楼宇是最现实、最快捷、最经济、最有效的途径,也是谋求楼宇经济快速发展的前提和基础。

应投入人力、物力和财力对辖区内所有在建、拟建楼宇进行全面摸底调查,采用"一楼一档"的方式,对全区范围内商务、商业楼宇和入驻企业进行登记,摸清楼宇资源,准确把握区内楼宇经济的发展状况和新特点。

要通过产业置换、建筑置换、拆旧建新、拆低建高等方式,加大对烂尾楼、闲置楼、半空置楼的盘活力度,整合楼宇资源。

(3)建设楼宇。在项目审批上从严把关,控制土地的使用方向,积极引进高品质楼宇开发公司,引导开发建设智能化程度高、配套设施齐全的高档商务楼宇,加快楼宇升级进程,提高楼宇整体品质。

选择有特色、有规模的楼宇进行试点,使这些楼宇企业办出特色,错位竞争,加快发展对区域经济发展有较强带动作用的楼宇经济。同时鼓励同行业企业入驻同一座楼宇,强化楼宇产业定位,促进相同或相关行业在同一幢或相邻楼宇内聚集,创建楼宇品牌特色。从每幢楼宇中逐一梳理明晰的产业链,使每家企业都成为与产业链紧紧相扣的一环,并依托产业链,吸引关联项目入驻,积极打造商贸楼宇、房地产楼宇、旅游服务楼宇、信息楼宇等,努力建立相对集中的产业群、行业群、产品群,形成楼宇之间和楼宇内部纵横交错的产业集合和产业链。

(4)宣传楼宇。要实现招商引资的新突破,就必须运用现代信息技术,创新招商引资方式,逐步建立起以招商载体为核心、以重点项目为中心、以专业队伍为主体、以网上招商为基础,变仓促招商为有序招商。

精心制作《商务楼宇招商手册》。手册可分为"楼宇简介"、"楼宇概况"、"功能与服务"、"招商信息"、"地理环境"、"联系方式"等部分,记载楼宇的特色、开发背景、发展空间、交通状况等。手册还专门制作商务楼宇地图指南,按类别将各栋楼宇的具体位置一一在地图上标注出来,便于客户快速查找。

专门制作"招商楼宇电子杂志",并利用区行政许可服务中心的大屏幕,及时滚动发布楼宇资源的详细信息,以及楼宇广告等。

创新整合宣传模式(媒体新闻软文、广告、研讨会、封顶典礼等相结合),以此来营造声势、聚集人气,成功实现区域和楼宇企业的品牌形象提升。

招商引资宣传重点:扩大海外宣传,重点引进地区总部、集团总部或大型分支机构。

(5)服务楼宇。应建立领导班子联系楼宇大项目制度,加强服务和跟踪,协调解决项目建设中存在的各种问题,为楼宇经济的发展提供强有力的组织保障;科学制定发展楼宇经济的各项扶持政策,设立楼宇经济发展资金,鼓励引导企业改造提升现有硬件设施和管理水平,为楼宇经济的后续发展提供强有力的政策保障;建立健全发展楼宇经济的利益联动机制和考核机制,在发挥楼宇业主和辖区街道能动性的同时,进一步加大绩效考核力度,促进楼宇经济快速健康发展(见图4-3-15)。

图4-3-15　长寿路地区楼宇

6. 发展战略

长寿路地区在推进与实施"双高"发展战略过程中,需要强调:一是在楼宇经济、商圈经济市场活动要以总的发展战略为主线,也就是说,首先要精心设计总的发展战略;二是所有其他活动都处于从属地位,以支持总的发展战略;三是为实现总的发展战略及目标,要积极制订可实施与推进的其他发展战略,主要包括品牌营销战略、区域形象战略和顾客满意战略。

(1)品牌营销战略。写字楼品牌是商务楼宇中用以区别个性和功能特点的名称。在日益激烈的市场竞争中,品牌才是赢取持久竞争优势最强大、最持久的利器。

品牌营销首先就是要使写字楼商品在客户心中占领一个有利位置。品牌形象与品牌实力一起构成品牌营销的基石。

写字楼企业购买写字楼的动力除了来自办公的需求,还有来自对企业品牌形象的关注和对可以保值、增值的资产的追求。写字楼品牌暗示的是企业的品牌,是入驻企业的名片;品牌同时还是对写字楼品质的一个暗示。

写字楼与其他商品的品牌塑造具有很大不同,一般商品具有重复购买性,但从客户营销角度看,客户可以影响到其身边的朋友、客户,具备间接重复购买性。因此,写字楼品牌塑造可以借鉴其他商品品牌建设经验。

市场主体(房地产开发公司、楼层业主、楼宇物业和楼内企业)品牌营销战略的范畴,主要包括品牌架构、品牌定位、品牌个性;其策划可分为品牌形象策划、品牌传播策划、综合创意策划等过程和内容。

品牌营销战略不仅体现在统一的 VI 方面,更重要的是具有统一的理念和行为,发展商、项目经理部、物业公司是共同的品牌塑造者。

(2)区域形象战略。长寿路地区区域形象建设(城市形象)的战略意义:通过区域形象建设,能够提高区域的知名度、美誉度,创造区域的独特发展优势,有利于区域经济的现代化、国际化进程;面对日益开放的世界,良好的区域形象是一项高产出的事业,它能产生强大的内部凝聚力和外向发展力,是可以转化为有形财富的巨大无形财富;区域形象建设有利于提高区域经济的整体市场竞争力,特别是有助于本区企业的楼宇顺利进入国内市场和国际市场;CIS 作为世界各大跨国公司所熟知并采用的认知和决策标准化系统,通过导入区域 CIS 系统,以这种投资者熟悉的方式展示在投资者面前,将会使区域的招商引资工作成效倍增;系统化的识别方案是区域精神文明与物质文明的高度概括和有效载体,它为两个文明建设一起抓寻找到一个新的结合点,特别是为推进本区精神文明建设提供了一种崭新的思路和方法;区域形象建设有利于增强本区内各族人民的凝聚力,开发文化资源,使本区人民自觉形成健康向上的价值观;区域 CIS 能够使现有的自然景观进一步人性化,向休闲旅游者提供自然景物与旅游心理相协调的文化氛围,以适应现代休闲旅游市场的需求,有利于休闲旅游资源的推广;区域 CIS 可以对本地历史文化遗存因素按照新时期的社会心理需求加以重新理解、消化、升华,使其拥有创造经济效益的商品价值;通过区域 CIS 建设能够建立起决策标准化系统,使政府决策的制定和实施具有强烈的可操作性、规范性、系统性、科学性,这无疑将对区域的未来发展奠定良好基础;区域形象建设是地方政府的责任所在,地方政府的主要职责是把区域规划好、建设好、管理好,而区域形象建设贯穿于本区的规划、建设、管理的整个过程中,因此,区域形象建设同样是本地政府的一项职能和责任,是时代赋予的一项神圣历史使命。

(3)顾客满意战略。顾客包括内部顾客和外部顾客。内部顾客即政府、街道和楼宇工作人员,外部顾客是房地产开发公司、楼层业主、楼宇物业和楼内企业。认识顾客,就是建立顾客满意的指标。顾客满意指标是指用以测量顾客满意的项目因子或属性,包括美誉度、知名度、回头率、抱怨率、销售力等。

要真正使顾客对所购写字楼和服务的满意,以及能够期待他们未来继续购买的可能性,则必须切实可行地制订和实施如下关键策略:塑造"以客为尊"的经营理念;开发令顾客满意的写字楼;提供顾客满意的服务;科学地倾听顾客意见。

随着科技的进步,写字楼质量普遍有了提高,开始从追求质量转向追求品牌及服务。因此,实行客户服务管理既可满足客户需求,又可以形成良好的客户关系,影响一定的潜在客户。发展商对客户必须有所选择,选择最能够发挥自己专长的客户作为重点服务对象。

培育忠诚的客户是写字楼客户营销最重要的工作之一。不断地用创新方法感动客户是发展商的责任,采用客户关系管理手段是客户营销的重要技术措施。

客户关系管理(CRM)能够很好地促进企业和客户之间的交流,协调客户服务资源,给客户提供及时的服务。实施客户关系管理,直接服务于客户,通过良好的客户关系,达到非广告意识影响潜在客户。

(三) 原则与手法

1. 可持续发展原则

以可持续发展理论为指导,从维护长远发展基础和良好的环境出发,将开发与保护相结合,大力挖掘楼宇经济、品牌商圈、整理佛教文化,以实现地区经济、社会、生态等各方面的长远利益协调发展。

2. 市场导向原则

长寿路地区对市场进行细分,如将写字楼分为顶级、甲级、乙级、丙级4个细分市场,在每一个细分市场都根据过去若干年的成交状况,来预测未来的成交量,并结合未来的供应量来推断此细分市场所处的市场状态。

3. 表现手法

一是以理服人——商业逻辑;二是品牌造梦——大梦飞翔;三是价值发现——商务新领地。

(四) 规划布局

主题:乐活长寿

乐活概念:乐活是由美国社会学家保罗·雷在1998年提出的,并以 Lifestyles of Health and Sustainability 中每个英文单词的第一个字母组成了"LOHAS"这个新词汇,直译过来就是"健康可持续性的生活方式"。国外专家将其定义为,乐活就是在消费时,会考虑到自己和家人的健康以及对生态环境的责任心。

乐活族:通过消费、透过生活,支持环保、做好事,自我感觉好;他们身心健康,每个人也变得越来越靓丽、有活力。这个过程就是:做好事,心情好,有活力。乐活,作为一种新的生活方式——不只是爱地球,也不只是爱自己和家人的健康,而是两者都爱的生活方式,在美国和欧洲,有1/4以上的人群中风行、坚持这种生活方式,这类人被称为"乐活族"。现在,乐活也正在渗透到中国,成为 SOHO、小资和 BOBO 族之后出现的又一个新名词和新群体。

乐活长寿:倡导一种全新的快乐、健康、和谐的生活理念,以为社会及广大消费者提供"快乐、创意、生态、积极、年轻、健康、环保、爱心、时尚、简单"的生活方式为己任,积极打造高品质写字楼和提升高品位休闲生活，在上海刮起一股清新自然的乐活风。

理由：我们选择"乐活"作为长寿路特色商务休闲街区的标志之一，从中文字面上来说，就体现了快乐、健康、休闲的生活意义。对于目标对象的中高端商务人士来说，快乐和健康是稀缺资源。在现代社会的快节奏生活中，所有在社会生活中扮演一定角色的人都显得异常忙碌，行色匆匆，朝九晚五，中高端商务人士更是时常加班，体力透支，疲惫不堪。据权威人士统计，商务楼宇中的白领金领等人士，普遍存在亚健康状态。亚健康是介于健康和疾病中间的一种身体和精神状态，其特征是个人感受到自己健康状态不良，但是通过常规的医疗检查却无法发现病症的情况。乐活主题就是针对亚健康的一剂良方。

意义：长寿路地区提出构筑"商务与休闲一体化"高地，并将主题打造成"乐活长寿"，倡导具有国际化视野和可持续发展意义的"乐活"概念，大力发展长寿路地区商务、休闲产业，是坚持"高品质"与"高品位"定位、高标准建设、高水平管理，塑造整体环境、商贸品牌、服务质量和立足人性化的具体做法。

内容：乐活长寿，包括持续经济（绿色建筑、再生能源）、健康生活形态（有机食品、健康食品等）、另类疗法、个人成长（如瑜伽、健身、心灵成长等）和生态生活（二手用品、环保家具、生态旅游等）等乐活产业。

延伸：乐活市场、乐活艺术节、乐活时尚秀、乐活商务等。第一，追求快乐的休闲生活和工作；第二，追求健康的休闲生活和工作；第三，以快乐的身心支持健康的休闲生活和工作。例如乐活之旅；乐活养生健身，包括瑜伽、健身、美容、保养、室内运动等；乐活产品设计推广；特别是中高端商务人士乐活爱情（见图4-3-16）。

图4-3-16　乐活长寿

三、开发内容

（一）功能开发区块

以长寿路为轴线，可分为3个层次的功能开发区块，即核心功能区、拓展功能块、辐射功能点。核心功能区以长寿公园为中心，东起江宁路，西至常德路，南临新会路，北邻澳门路，原则上在一个平方公里以内。这一块最能体现"双高"特征与"乐活长寿"主题(见图4-3-17、4-3-18)。

图4-3-17 长寿路地区效果图

图4-3-18 长寿路地区实景

1. 绿色商务休闲长廊：苏州滨河景观

沿河岸有绿化带，将苏州河隔离成了一片相对独立的生态小天地，其中融合了亲水平台、游船码头、大片绿化和风格独特的沿河建筑。再辅以精心设计的酒吧、茶坊、咖啡店、餐厅以及时尚名品店，成为上海西北区的黄金水岸。主要项目包括：游艇、水上巴士等多种形式的苏州河水上旅游和游艇码头；整体绿化、美化苏州河滨水岸带，建设苏州河岸公共空间(见图4-3-19)；在苏州河沿岸辟出滨水沪渎风情旅游街，表现老上海原生态的乡土气息，形成和衡山路欧陆风情旅游街、新天地海派风情旅游街三足鼎立、风格截然不同的"海上风情街"；在苏州河沿岸充分利用近代工业遗址遗存，形成"百年上海近代工业博览园"，塑造"苏州河文明"的全新概念；按照统筹的原则，对苏州河上的桥全面改造，形成一桥一景的"万国建筑博览会"新景。

图4-3-19 苏州滨河景观

2. 宗教商务旅游区：玉佛寺周边

以玉佛寺周边为载体打造宗教商务旅游区。玉佛寺是上海的著名传统景点(见图4-3-

20）。近年来上海地区的宗教文化开发不少,玉佛寺的再开发,必须做到理念创新、技术创新。主要项目链包括:保留玉佛寺基本格局,扩大寺院规模,增加绿化面积,形成"丛林寺院"新面貌;以上海佛学院为依托,形成佛学教育、进修、研究、交流中心,修建佛学会议交流中心,提高玉佛寺在全国和东南亚佛学界的影响和地位;开展各种宗教节庆活动,如浴佛节、庙会、撞钟等;在玉佛寺周边培育民间游艺、商业,发展吃住行游购娱一体化,逐步形成与北京天桥、南京夫子庙齐名的大众商业旅游区;切实解决作为旅游景点的玉佛寺的(包括停车场在内的各项服务)配套设施建设。

图 4-3-20　上海玉佛寺内景

另外,在武宁路商务会展区长寿路段,建设会展场所,重点发展中小型会展,提高都市景观风貌和经济效益。

3. 乐活休闲娱乐街:澳门路周边

以澳门路周边为载体,分段打造特色休闲娱乐街,形成以都市娱乐为中心的欢乐型的娱乐城。主要项目包括:营造都市休闲娱乐氛围环境,确立都市休闲娱乐主题内容,打造澳门路品牌;以世界不同地区风格的酒吧和特色夜总会,形成和衡山路、巨鹿路、茂名路等已有酒吧街风格迥异、色调浓郁的酒吧夜总会一条街;集中本市发行的国内各种彩票业务,以彩票购销、彩票开奖、彩票信息等活动为主,辅以各种模拟博彩游戏、竞技游戏,打造彩票购销一条街;打造电子游戏、游艺和网吧一条街;打造音响影视一条街;以放松心情和康体疗养为特色、包含多种休闲娱乐设施的大型洗浴中心等(见图4-3-21)。

图4-3-21　夜总会

4. 特色生态公园:长寿公园

将长寿公园建成生态公园,并有机地融入整个商务休闲区中,利用长寿公园的绿化来改善长寿地区的生态。实现这一点的关键步骤就是打通苏州河,将苏州河水引进长寿公园,依靠苏州河水自然而然地把长寿公园的生态引入到整个长寿路地区中。同时,再辅以整个公园的扩大,增加植物种类,提高公园的五个景区欣赏品位,将长寿公园建成生态公园。这样既有生态公园、又有休闲格局,将成为长寿商务休闲街区的一大特色(见图4-3-22)。

图4-3-22　长寿公园

（二）景观开发区块

主要景观开发设计，包括建筑景观设计、景观节点设计等。

1. 乐活长寿休闲观光

园林观光：梦清园（见图 4-3-23）；都市观光：长寿路、武宁路；水上观光：苏州河沿途景观；古建筑观光：玉佛寺（见图 4-3-24）。

图 4-3-23　梦清园　　　　　　　　　图 4-3-24　上海玉佛寺

2. 乐活长寿休闲旅游

宗教文化旅游：玉佛寺、沪西清真寺；博物馆文化旅游：月星家具展览馆；历史文化建筑：澳门路、长寿路、江宁路近代优秀文化建筑；苏州河水岸文化：上海造币、印钞、印刷、纺织等博物馆（见图 4-3-25、4-3-26）。

图 4-3-25　沪西清真寺　　　　　　　图 4-3-26　纺织博物馆

3. 乐活长寿休闲娱乐

苏州河边的绿地酒吧、上海花都的花径漫步、苏州河上轻舟荡漾；澳门娱乐城、上海歌城 KTV、1068 夜总会、力美健健身中心、帝豪娱乐中心、东方罗马大浴场（见图 4-3-27 至 4-3-29）。

4. 乐活长寿休闲美食

亚新生活广场、南华火锅、肯德基、味千拉面、上岛咖啡、新沈记大酒店等（见图 4 - 3 - 30、4 - 3 - 31）。

5. 乐活长寿休闲购物

综合的及专项的大超市、大卖场，玉佛商城，特色餐饮一条街。

图 4 - 3 - 27　帝豪娱乐中心　　　　　　　图 4 - 3 - 28　帝豪娱乐中心内景

图 4 - 3 - 29　上海歌城

图 4 - 3 - 30　亚新生活广场　　　　　　　图 4 - 3 - 31　新沈记大酒店

6. **乐活长寿休闲体验**:具有较大影响的文博、艺术、表演、体育、康乐、保健以及休闲娱乐类赛事和活动等(见图4-3-32、4-3-33)。

图4-3-32　长寿路社区活动

图4-3-33　长寿路休闲场所

概言之,打造特色的乐活长寿休闲购物街、乐活长寿餐饮一条街、乐活长寿休闲娱乐街、乐活长寿观光休闲街、乐活长寿旅游休闲区等功能各异的乐活长寿休闲区,形成"大珠小珠落玉盘,串串明珠耀长寿"的新格局。

四、结束语

区域是城市居民的生活行为空间,是构建和谐社会的公益空间,是城市文明的"窗口",是城市精神文明的建设基地,是城市的显形文化工程。长寿路地区楼宇经济开发与品牌商圈规划设计案例试图从开发目标、设计定位、规划布局等方面建构起上海长寿路楼宇经济开发与品牌商圈规划设计美的研究框架,体现了真、善、美的和谐统一。

"真"的形态。长寿路具有了真的形态,就具备了创造美感的基本条件。一个地区如果结构合理,我们便说它在美学原则上体现了合规律性。它能够为人们提供物质和精神生活的各种基本需求条件,就能为人们的审美活动构筑广阔的舞台,从而在美的层面体现出城市设计美的合目的性来;长寿路形象真实,具有独特的感染力,在心理功能上就具有了认知的基础。长寿路的形象是城市形态美的外在表现,它是人们接受美和培养美的媒介,是社会生活的本质反映,同时也是规划师、设计师和建筑师思想情感的表现和表达。

"善"的环境。长寿路环境除了要在文脉环境上为人们创造连续的、可以使人感受到历史变迁和生活场景变化的文化背景之外,还要为人们创造一个可以从容应对生活的功能背景。如果一个地区功能不健全,效率低,质量差,就无法满足居住在其中的人们的基本物质需求,那又如何能满足他们的精神生活需求呢?长寿路应为生活在其中的人们提供良好的生存环境,如果做不到这一点,那也就无法体现城市环境美的合目的性,因而也就无法满足人们对美的事物的欲求。

"美"的意象。艺术的创造,首先需要构思。而构思的中心,就在于建构意象、经营意象,其目的还是要实现审美意象。在艺术构思中,意与象如何结合为意象,是创作者要解决的最基本的矛盾。"象"是客体对象的映像,无论是直接感知的映象,回忆过去而来的表象,还是由联想而来的印象,尽管各种的清晰度不一样,但都要求符合客体对象,要按照客体的外在尺度来再现对象,要求真实。"意"则是设计者主体自身的意向。主体依照自己的意向来感知、改造客体对象,把客体的外在尺度和主体的内在尺度统一起来,按照美的规律把意与象结合为审美意象。

形态、环境、意象是长寿路楼宇经济开发与品牌商圈规划设计美的三个主要方面。真的形态是人们认知该地区的基础;善的环境是实现美的合目的性的关键;而美的意象表述的是该地区形态的艺术创造与情感体验。总之,地区的形象设计不是各个要素的简单拼合,而是从整体上进行系统的艺术处理。因此,一个好的区域规划设计,就是真、善、美高度统一的艺术综合体。

第五章
视觉畅想
——企业与品牌形象设计

　　随着物质文明和精神文明不断向更高层次的推进，我国的形象设计业也随着全球的形象设计热而热起来，而且发展速度很快，已呈普及之势。本章以"关心人类的健康与未来"CI 设计、"乐活长寿，大梦飞翔"形象设计和"正式场合穿海螺"广告语设计为例，探讨了企业形象设计、品牌形象设计和广告语设计之美的哲学、审美心理和美的应用等内容，区分和阐释形象设计审美现象，揭示和论证形象设计审美规律，提高当代人在形象设计上的审美鉴赏力和创造力。

第一节
"关心人类的健康与未来"CI 设计

一、项目背景

　　江苏江山制药有限公司(见图 5-1-1)是由江苏华源药业有限公司、江苏省医药保健品进出口(集团)公司、Resistor Technology Limited、Expert Assets Limited 和靖江市新兰生物化工有限公司共同合资兴建的大型医药企业。公司创办于 1990 年，注册资本 2 606 万美元，投资总额 4 980 万美元，主要从事维生素 C 及其系列产品、成药、保健品的生产和销售，其中维生素 C 生产能力居世界前列，是世界范围内的主要维生素 C 制造商之一(见图 5-1-1)。

　　江山制药委托《人民日报》诺贝广告有限公司全面导入城市互动平台(CIS)。其设计如下：

二、调查分析

　　江山制药的企业现状调查与分析：(1)企业外部调查；(2)企业内部调查。企业形象调查的

图 5-1-1　江山制药有限公司大门

具体因素:7 个方面 25 项内容、企业形象具体因素。包括市场形象、外观形象、技术形象、未来形象、经营者形象、公司风气形象、综合形象。

江山制药的企业现状分析:理念分析、经营分析、企业形象分析、传播状况分析。

企业问题:企业高速增长引起资源(特别是人才资源)贫乏,企业产品名称隶属关系不清,缺乏品牌支撑、行业竞争危机。

解决策略:剥离产品名称,重新更名,包装设计;强化企业文化,建造塑造江山人的江山墙;危机分析即危机对应策略。

策略回应:人才资源储备充足,企业文化对当地文化形成积极影响,顺利度过世界性的行业竞争危机,企业稳健成长,一跃成为世界第三、中国第一的维生素 C 生产厂家(见图 5-1-2、5-1-3)。

图 5-1-2　艾兰得吉祥物

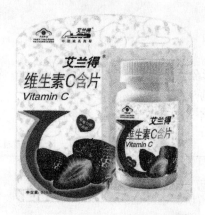

图 5-1-3　艾兰得 VC 含片实物图

三、主要内容

企业形象 CIS(Corporate Identity System)也即"企业识别系统"。所谓企业识别,即一个企业区别于其他企业的标志和特征,它是企业在社会公众心目中占据的特定位置和确立的独特形象。CIS 包括 MIS、BIS、VIS 三个子系统。MIS(Mind Identity System)即理念识别系统;BIS(Behavior Identity System)即行为识别系统;VIS(Visual Identity System)即视觉识别系统。详见 CIS 策划设计流程图 5-1-4。

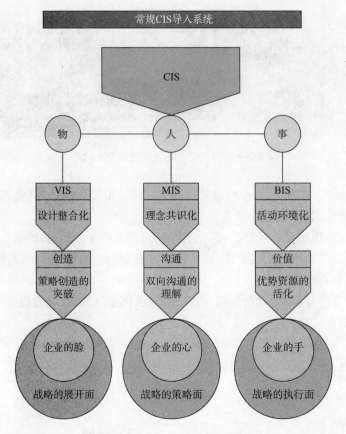

图 5-1-4　CIS 设计流程图

企业形象设计即 CIS 导入的程序是一个系统工程。其主要作业划分为四个阶段,即提案阶段、调研阶段、设计阶段和实施管理阶段。这四个阶段的规划囊括了 CIS 设计的主要内容和程序,是一个相互衔接的过程,每个阶段都有其特定任务和工作重点。详见表 5-1-1。

表 5-1-1　企业形象设计工作任务

阶段	编号	作业项目	主要内容	时间安排	负责人
提案阶段	1	明确导入 CIS 的动机	确定企业内部、外部的需求背景,针对企业的具体营运与设立状况选择时机,同时明确导入的目的与目标,及时立项		
	2	组建负责 CIS 的机构	由发起人召集最初的参与人员,委托专业公司,由企业、专家顾问、专业公司三方组成 CIS 委员会,并设常务机构		
	3	安排 CIS 作业日程表	按照 CIS 作业的四大阶段,根据企业的具体情况拟订作业项目与进度安排,提交讨论并最后确定、制表		
	4	预算导入 CIS 的提案书	仔细进行各项作业的预算,写出 CIS 预算书,提交企业主管与财务主管审核		

续表

阶段	编号	作业项目	主要内容	时间安排	负责人
	5	完成 CIS 提案书	按规范完成 CIS 提案书，充分说明导入 CIS 的原因、背景、目的、负责机构的设想、作业安排、项目预算，使推进方针与期待成果明确化		
调研阶段	1	确定调研总体计划	制订调研计划，其中包括调研内容、调研对象、调研方法、调研项目、调研程序与期限、调研成果形式		
	2	分析与评估企业营运状况	分析企业各种相关的报表与调查资料，走访有关人士，诸如企业主管、财务主管、营销人员，充分掌握资料，分析研究		
	3	企业总体形象调查与视觉形象项目审查	采取定性、定量两种形式，就企业的基本形象、特殊形象对企业内外进行采访与问卷调查。收集视觉形象项目，分析比较，广泛征求意见，得出审查意见		
	4	调查资料的分析与研究	对经营情况与形象调查的所有资料进行整理、统计，对企业经营实态与形象建设现状做综合的研究与评估。明确企业目前的问题点，从这一前提初步构想 CIS 导入战略		
	5	完成调查报告书	将调研成果记述在系统的报告书中，提交企业主管、相关部门主管、CIS 委员会全体人员讨论、审议		
开发设计阶段	1	总概念的企划	根据调研结果导入 CIS 的基本战略方针。对企业理念、识别系统的开发设计提出基本设想。对企业主管或董事会解释总概念书的内容并确定总概念书		
	2	创立企业理念	提出具有识别意义的企业理念，其中包括企业使命、经营观念、行动准则与业务范围等，并提供理念教义规范的行为特征，创作企业标语、口号、座右铭、企业歌曲等		
	3	开发设计视觉识别系统	确定企业命名或更名策略，将 CIS 概念体现在基本因素的设计中，再以基本设计为准，开发应用设计要素。商标与包装设计须认真开发。对新设计方案进行技术评估与形态反应测试、修改，最后确立。编印 CIS 设计手册		
	4	办理有关法律行政管理手续	企业名称登记或更名登记。商标核准与注册登记		
实施管理阶段	1	内部传播与员工教育	完成 CI 委员会的改组与工作交接。制订内部传播的计划。准备教材教具，实施员工 CIS 教育。定期发行 CIS 通讯，动员大家参与普及 CIS 知识的企业内部公关活动		
	2	推行理念与设计系统	按计划举办各种公关活动，对外树立企业新形象，扩大知名度与提高好评度，对内推行贯彻理念，鼓舞员工士气，发扬敬业精神。同时向企业有关部门、人士宣传新设计系统，督导应用，并定期进行检查		
	3	组织 CIS 系统的对外发布	制订对外发布计划、选择媒体、安排时间与频率、确定发布内容、合理预算，完成发布计划		

续表

阶段	编号	作业项目	主要内容	时间安排	负责人
实施管理阶段	4	落实企业各部门的 CIS 管理	将 CIS 计划落实到企业相关部门的实际工作中，融化到日常企业管理的制度中		
	5	CIS 导入效果测试与评估	制订督导与定期测试评估制度。定期完成对内对外企业形象建设效果测试，进行效益统计，并制订改进方案		

四、MI 设计

CIS 设计开始于理念识别（MI）。理念识别是行为识别（BI）和视觉识别（VI）的基础，即是说，行为识别和视觉识别都是在理念识别的基础上设计与实施的。理念识别设计主要包括企业理念的开发、企业理念的定位和企业理念的实施等内容。企业理念识别系统设计流程图如图 5-1-5 所示。

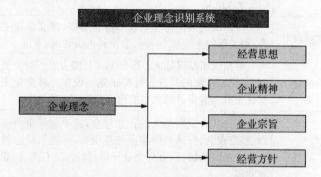

图 5-1-5 企业理念识别系统设计流程

江山制药的理念识别主要包括：

企业精神：实干，和谐，积极进取

企业使命：关心人类的健康与未来

企业口号：超越再超越

企业座右铭：好的就学

远景目标：百年江山

以"关心人类的健康与未来"之理念，以"实干、和谐、积极进取"之精神，以"贡献于员工、股东和社会"之行动，向着建成"百年江山"的目标坚实前进。

江山制药的企业理念开发与建立大致分三阶段进行：

（1）艰苦创业之理念——自我开发与成长 VC 产业的新秀；

（2）精诚团结之理念——个体激荡与奋进创造江山企业模式；

（3）敢为天下先之理念——全体使命与目标立足世界工业之林。

现对上述三个阶段进行详细说明：

第一阶段：艰苦创业之理念——认识自己的体质，了解自己的能力，开发自己的潜力。

态度:艰苦奋斗,积极向上,吃苦耐劳,少说多干,无畏失败,产业报国。

目的:体现人性管理,吸引不同人才;提高专业水平,树立不二信念;VC产业新秀,靖江地区明星。

策略:辛苦耕耘,吸引外资,建立新型企业实体,以踏实的发展方式开始创业模式,着重公司在生产能力上的肯定。积极开拓国际市场。

成长应是此阶段最重要的课题。

方法:以争取当地政府支持来保证公司的成长,有效地运用外资,加强技术设备的投入,激励创业者艰苦奋斗,自强不息,以求生存发展。

状况:此时的产品和市场状况表现为:一是产品的收率比同行高达7个百分点;二是产品几乎全部销往欧美;三是市场开发良好,客户基础稳定。

第二阶段:精诚合作之理念——精神至上,人和为贵,尽情发挥,相得益彰。

态度:勇于革新,光明正大,和亲一致,礼节谦让,激荡活力,挑战自我。

目的:建立团体精神,互相取长补短,创造大家未来,开辟国内市场,抢占VC第一品牌。

策略:整合企业精神,重温创业艰难,依靠社会科技力量,保持技术继续领先。新厂区的投入使用,进入规模经济运作。适时导入企业识别系统,强化企业体质,重塑企业理念,推行以企业活性化为目标的形象战略。

企业识别系统的全面导入和有效执行是此阶段最重要的课题。

方法:以企业形象识别系统,整合企业经营理念,确立企业的主体性,争取外部与内部相关者的赞同并建立共识。

以团队合作和个体竞争的发展方式,积极开拓市场,巩固企业地位。

状况:此时的产品可分为两个阶段。一是维生素C产品细分化,并向系列产品发展:以小型巨人对应危机,开辟国内维生素C市场。二是试炼开发新产品机能:采用新产品策略,为企业重新定位、向多角化经营过渡作准备,此阶段重点在顺利渡过危机,确立国内维生素C霸主地位,伺机兼并其他企业,积极上市,为企业积蓄财力,继续扩大公司规模,创建江山企业模式(见图5-1-6、5-1-7)。

图5-1-6 江山制药厂

图5-1-7 江山制药新员工参观开发区

第三阶段：敢为天下先之理念——站在新世纪前沿，重振大中华雄风。

态度：雄心勃勃，放眼世界，高尚人格，顺应同化，感谢服务，回馈社会。

目的：丰富人生内涵，造福人类健康，完善人文理解。定位制药集团，平衡罗氏、武田。

策略：以开阔的眼界、成熟的人格、精湛的技术进行世界流通。着重公司在企业理念上的实现，扩充商品品牌策略。企业定位于国际、制度化、自由化制高点。

企业的中枢系统移师上海或其他人才资源丰富之地。以21世纪企业应有的位置为思考是此阶段最重要的课题。

方法：以企业形象诉求，积极建立价值标准。从原始的"家族企业"模式走向高层次的"企业家族"意境，以CIS与POYTFOLIO管理联合运作，控制理想的方向，同时，一方面要应对意外的事态与想象不到的成长性，一方面紧握经营战略之舵。

状况：本阶段的产品应向多样化发展，在国际上维生素C品牌形象超群，企业的规模、技术、人才、资金都得以充实，成长稳健。

企业达到最高境界：形成完美的制药企业科技形象。在国际上和罗氏、武田平起平坐，三足鼎立（见图5-1-8、5-1-9）。

图5-1-8 罗氏

图5-1-9 武田药品工业株式会社社长长谷川闲史

五、BI 设计

BI 即行为识别设计,包括企业外部的行为识别和企业内部的行为识别。行为识别设计流程(见图 5 - 1 - 10)。

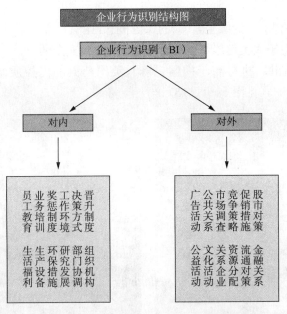

图 5 - 1 - 10　企业行为识别系统设计流程

江山制药的行为识别(BI)系统设计包括:企业对内行为与对外行为。对内行为主要指干部教育、员工培训、生活福利、工作环境、内部修缮、研究发展、环境保持等管理活动。对外行为主要包括企业创新行为、交易行为、谈判行为、履约行为、竞争行为、服务行为、广告行为、推销行为、公关行为等(见图 5 - 1 - 11)。

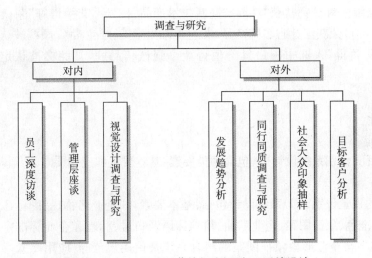

图 5 - 1 - 11　江山制药的行为识别 BI 系统设计

江山制药凭什么办成百年企业呢? 一是理想远大:江山制药始终以"关心人类健康和未来"为理念,矢志不渝地关注着人类生活质量的提高,为广大消费者提供更多更好的健康产品。二是制度立企:人是靠制度来推动的,制度好,人就有积极性;人有积极性,生产力就发展。这是创办"百年江山"的根本保证。三是坚持创新。办企业如逆水行舟,不进则退。一个企业,如果缺乏创新精神,不去开拓进取,就会被激烈的市场竞争所淘汰。江山人不懈追求技术创新、制度创新和管理创新。

产品策略——提出"永远的维生素 C"的保健概念,让消费者了解维生素 C 的功效。

质量策略——致力于人类健康事业,为顾客提供优质安全的产品;持续改进产品质量,永恒追求顾客满意;产品出厂执行高于中国、美国、英国药典的内控质量标准;出厂优级品率100%,顾客满意率≥70%(见图 5-1-13)。

图 5-1-12 江山制药企业文化

图 5-1-13 药品加工现场

促销策略——提出"牛奶和维生素 C 是健康两大基本要素",利用人们已经建立的对牛奶的信任感和对其部分品牌的忠实度扩大"艾兰得"品牌的影响。

"蓝桶牌"维生素 C 荣获"江苏省名牌产品"称号;"三旗牌"维生素 C 获"江苏省名牌产品"称号;维生素 C、维生素 C 钙盐获"江苏省高新技术产品"称号;"艾兰得牌"荣获江苏省著名商标,艾兰得维生素 C 荣获江苏省名牌产品,艾兰得维生素 C、维生素 C 颗粒被认定为江苏省高新技术产品;"艾兰得"入选中国最具价值行业十强诚信品牌,其商标被认定为"中国驰名商标"。

六、VI 设计

在企业的视觉识别系统设计中,包含两类要素:基本要素和应用要素。其模式如图 5-1-14 所示。

江山制药的视觉识别(VI)系统设计包括:基本要素,如企业名称、品牌标志、标准字体、标准印刷字体、标准色、象征图案、企业歌曲、精神标语及口号、标志和企业标准字组合系统及其使用规范、标准字与企业形象象征图案的组合系统及使用规范等;应用要素,如产品设计、招牌、旗帜、标志牌、包装设计、办公事务用品、业务用品、室内环境与设备、陈列展示等。

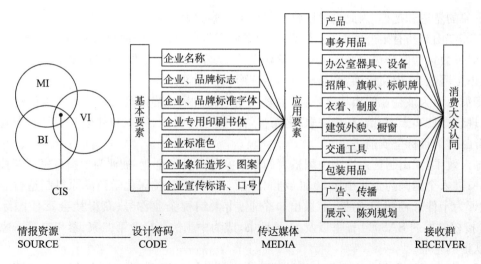

图 5 - 1 - 14　企业的视觉识别系统设计流程

江山制药：企业名称、企业标志，企业标准字：简洁鲜明，富有感染力；设计江山制药 CIS 手册、江山文化墙、企业歌《我们是"江山"人》（见图 5 - 1 - 15）。

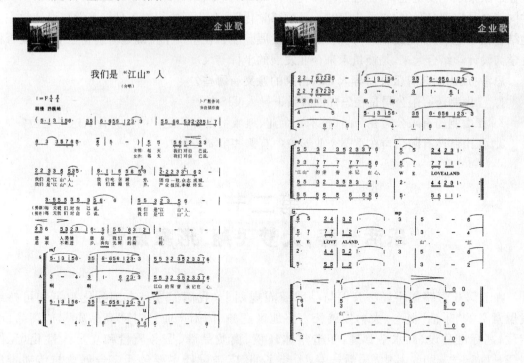

图 5 - 1 - 15　江山制药企业歌

七、结束语

　　企业形象设计本质上来讲是一种审美战略，是用审美的眼光和美的规律定位企业的生产和经营，使其在企业中人的形象、物的形象、产品形象、道德形象中得以渗透，从而达到对企业

整体形象的塑造和把握,因此也可以将这种审美战略称为美学管理。

江苏江山制药有限公司委托《人民日报》诺贝广告有限公司全面导入 CIS。这个案例的特点是:诺贝公司为该公司全面导入 CIS 策划设计,从公司理论、定位,到产品命名、定位,营销策划,江山主题歌、江山文化墙,产品形象与品牌形象设计等。

诺贝公司为该企业的市场定位:维生素 C 生产能力居世界前列;以"关心人类的健康与未来"之理念,以"实干、和谐、积极进取"之精神,以"贡献于员工、股东和社会"之行动,向着建成"百年江山"的目标坚实前进。

导入效果:江山制药入选为中国最大的 500 家外商投资企业;被评为中国百家高新技术企业之一;进入全国医药企业销售 50 强、利润总额 10 强之列;位居化学药品原料制造行业第七名;被评为十佳外商投资企业、十强出口企业、十大纳税企业称号;获得社会责任国际组织(SAI)授权颁发的 SA8000 证书以及 SGS 证书,成为中国医药行业第二家、泰州市第一家通过此项认证的企业。

通过以上对江山制药企业形象设计战略个案的分析和阐述,可以得出结论:企业形象塑造决不仅限于是企业的视觉的传达,更重要的是企业内在文化和精神的凝聚。企业形象设计战略一改企业作为一个经济单位带给社会唯利是图的负面影响,传达出更多的精神文化特征。企业形象策划不仅是范畴,而且是一种美学范畴。它们的结合,是历史和时代的必然趋向。其共同使命是实现"感觉的心灵化"和"心灵的感觉化"。企业形象战略正是将美学与设计学完美地结合在一起,从而达到企业与社会的同步发展。能否在生产中正确地塑造企业形象,能否将美学与设计学结合起来,是衡量未来企业发展的坐标与尺度。

思考:江山制药有限公司导入 CIS 带来的意义有哪些?

1. 江山制药有限公司是在怎样的背景下导入 CIS 的?
2. 江山制药有限公司在产品(技术)、企业、地域上是如何定位的? 为什么这样定位?
3. 江山制药有限公司在重塑企业形象中有哪些重要设计?

第二节
"乐活长寿,大梦飞翔"形象设计

在上海长寿路楼宇经济开发与品牌商圈规划上,我们倡导具有国际化视野和可持续发展意义的"乐活"概念,大力发展长寿路地区商务、休闲产业,坚持"高品质"与"高品位"定位,高标准建设、高水平管理,塑造整体环境、商贸品牌、服务质量和立足人性化(见图 5-2-1、5-2-2)。其中"乐活长寿,大梦飞翔"广告设计主要包括广告创意与传播推广策略。

一、主题

乐活长寿,大梦飞翔(见图 5-2-3)

图 5 - 2 - 1　长寿路夜景

图 5 - 2 - 2　长寿路周边

图 5 - 2 - 3　广告海报

二、创意构想

取景地一：上海。外滩、东方明珠、金茂大厦、新天地——这些是上海的地标（见图 5 - 2 - 4 至 5 - 2 - 7）。看见它们，如同看见一个上海。

取景地二：泛长寿路。那么有什么让我们一眼就能看见"泛长寿路"呢？显然，仅仅靠淹没在上海楼林中的高楼大厦是远远不够的……

分镜头一：源梦。长寿路旧名劳勃生路……；上海市区的一条主要干道……；那时路口建有一座钟塔，人称大自鸣钟（见图 5 - 2 - 8、5 - 2 - 9）；由于居民聚居，商肆繁盛，今长寿路、西康路口一带逐渐形成沪西的商业中心。

图 5-2-4 外滩夜景

图 5-2-5 东方明珠

图 5-2-6 上海新天地

图 5-2-7 金茂大厦

图 5-2-8 劳勃生路(长寿路旧名)

图 5-2-9 大自鸣钟

分镜头二:追梦。1996年长寿路拓宽工程全线启动,一年后,竣工通车;此后,随着沿路建成的大型商厦、居民住宅、办公楼宇、文化娱乐场所的投入使用,长寿路以"绿、美、亮、畅、洁"的清丽形象展现在大众面前——绿色商住街(见图5-2-10至5-2-11)。

图5-2-10　长寿路办公楼宇　　　　　　　　　　图5-2-11　长寿路绿地

分镜头三:圆梦。追梦自有圆梦时。长寿的振兴必须有相应的核心产业作为支撑。没有相应的核心产业支撑,长寿的发展就会是无源之水。

以楼宇经济撬动现代服务业,集商务、休闲、旅游、购物、餐饮为一体,全面提升长寿路地区的功能和形象,充分展示繁华的现代化中心城区面貌(见图5-2-12至5-2-14)。

图5-2-12　长寿"第一高":CITY155

图 5 - 2 - 13　Channel one 商城外部

图 5 - 2 - 14　Channel one 商城内部

三、广告文字

新长寿：新领地、新坐标、新价值

新长寿：高品质商务,高品位休闲

新长寿：新商务空间引领新思维,新坐标创造新里程

新长寿：感受休闲生活,领略长寿风情

四、画面

刘翔：手指远方霸气十足的刘翔,赛场上英姿焕发的刘翔,生活中休闲时尚的刘翔,频频出现……

五、广告背景语

"乐活长寿：我的领地,我的坐标,我的价值!"刘翔的声音不断地回放着……

六、广告语

刘翔,邀您大梦飞翔! 刘翔,邀您同步跨越!

乐活长寿,大梦飞翔!

（见图 5 - 2 - 15）。

七、表现手法

(1)以理服人——商业逻辑;(2)品牌造梦——大梦飞翔;(3)价值发现——商务新领地。

长寿路地区商务楼宇开发、品牌商圈打造的形象代言人谁最佳呢?

我们想到了一个土生土长的普陀人,原住海棠苑,现住址长寿路武宁路口"苏堤春晓名苑",一个在国际田径赛场上展翅飞翔的平民飞人——刘翔。

图 5 - 2 - 15　广告海报

作为前世界冠军,刘翔俊朗的外表、阳光的形象,以及在赛场上展翅飞翔的英姿完全符合长寿路地区"大梦飞翔"形象代言人。

看到刘翔,人们很容易联想到"飞翔、快速",这很容易与长寿路地区快速发展和实现现代化中心城区的目标结合起来。

所以,借助刘翔的形象和声望,推进长寿路地区招商引资,无疑是长寿"大梦飞翔"的正确捷径,也可以说这与刘翔的"天生我翔"形象不谋而合。

八、传播推广

(一) 推广策略

1. 推广阶段

第一阶段,准备阶段。此阶段的任务是为"乐活长寿,大梦飞翔"的宣传做好充足的准备工作,为推广商务楼宇和品牌商圈创造条件。该阶段不断完善整体策划推广方案,并以此为基础完成"高品质商务,高品位休闲","双高"特色的系列广告(软硬),同时要确认推广策略——定位策略、品牌包装策略、营销推广策略和广告媒体策略。

第二阶段,概念导入阶段。该阶段的工作重点是告知并导入长寿路"新领地"概念和"乐活长寿"主题,隆重推出多期形象广告,同时也应在国内、上海主流媒体上分别发布软性宣传文章,从多个层面宣传长寿路"新领地"特色与引力和"乐活"主题,利用广告效应扩大影响,积累目标客户群。

第三阶段,塑造形象、开拓招商阶段。此阶段的重点工作是塑造长寿路"新领地"特色和"乐活"主题及品牌形象,并展开卓有成效的招商工作。除了落实好本地区针对各类企业的各项政策外,还应通过在上海主流媒体上发布针对长寿路"双高"特色价值深度解析的系列文章,对本地区的"乐活"主题内容、功能及产生的背景和重大意义等进行全面、翔实的阐述和报道,奠定整体塑造品牌的基础。同时结合楼宇形象和招商广告及概念宣传,最大限度地树立形象,促进招商。

第四阶段,强化招商阶段。此阶段的工作重点是巩固前阶段全方位的宣传效果,保持适当

的广告见报率,巩固和扩大商务楼宇的销售成绩;并利用大众认知突破某一数量的时机(如测评大众对"乐活长寿"价值认知达70％、80％等)发布软硬广告,制造品牌写字楼推广与销售和招商引资的新高潮。

2. 推广策略

(1) 阶段推广,各有侧重。从长寿路地区楼宇经济与品牌商圈的运作进程看,概念导入阶段和形象塑造阶段最值得关注。从现实的需要出发,长寿路楼宇、商圈的整体推广工作将围绕着这两个阶段重点进行。其目的是导入"高品质商务,高品位休闲"的"双高"概念,树立"乐活长寿"的主题及形象,并结合在建楼宇全面招商,为公众正式接受"新长寿、新领地、新形象、新坐标"做充足的准备,要让长寿路地区"一体两翼"的"双高"特征在社会上产生一定的影响,引起市区政府及海内外的广泛关注,获取更多、更实际的政策扶持以及积累一定的客户。由于长寿路商务楼宇不同于一般的房地产项目,经济效益和社会效益并重是其主要特点,因此这两部分工作是必须的和重要的,并且这是一个长期的过程。概念导入阶段后,由于"乐活长寿"有了一定的知名度和影响力,推广工作的重点就转向强化招商,吸引更多的且符合区域产业政策规划的企业入驻商务楼宇就成为我们工作的目标。在区域的宣传方面将以总结、深化和完善为主,逐渐在功能、规划、政策、配套等诸多方面进行不断的充实,尽量将"双高"特色和涉及各方面的内容做到充实、缜密,然后再以成熟、完美的形象进行宣传。

(2) 内外兼顾,全面开花。这里的"内"指国内,主要是上海,"外"指海外,包括港澳台、东南亚及欧美地区。上海是我国国际化程度最高的城市,得天独厚的地理位置、东西融合的海派文化、日新月异的城市化建设、规范高效的投资环境使得大量的港资、台资、外资聚集上海,客观上就决定了长寿路"双高"特色和"乐活长寿"主题必将引起海外人士的关注。同时就目前上海商务楼宇租售的现实情况看,在以高端商务楼宇为核心主题的CBD当中,中高端大规模的休闲娱乐场所配置比例并不高,使得大量核心商务人群需要到其他地区进行娱乐休闲活动。休闲街中最典型的是新天地高级露天娱乐餐馆和酒吧,以及衡山路酒吧一条街。这些场所都是适合小型高级商务的场合,并且较为适应西方商务人士的交流和娱乐需求。与东方传统的餐饮文化、集体文化和娱乐休闲文化均有差异。仅靠细分类型的休闲街配套核心商务区是完全不够的,我们需要在商务区和休闲区之间建立功能重合的集中场所。并且在招商策略上应内外并重,外资、港资、台资的高科技企业和相关服务业不能忽视,以达到全面开花和顺利招商的目的(见图5-2-16、5-2-17、5-2-18)。

图5-2-16 新天地高级露天娱乐餐馆

图 5-2-17　新天地夜景

图 5-2-18　衡山路酒吧夜景

（3）强化投资，做旺楼盘。近年来，由于国内特别是上海经济发展迅速，世博会的成功举办，市场对甲级写字楼的中远期前景看好，以投资为目的的物业买家逐渐增多。长寿路位置优越、交通便利、配套较完善，且有"双高"特色和"乐活长寿，大梦飞翔"主题、政府支持等题材，为办公、投资、炒家留下了一定的运作空间。在楼盘的推广中，提出"新长寿、新领地、新价值"概念的"投资潜力"对市场有一定的吸引力（见图 5-2-19、5-2-20）。这些概念的推出和炒作往往能激起市场的波澜，对扩大长寿路地区的知名度，奠定树立品牌形象的基础是极为有利的，对楼盘的租售和招商引资也会产生正面影响。

图 5-2-19　科维大厦

图 5-2-20　长寿路楼盘

（二）广告策略

1. 广告目标

（1）长期目标——扩大"乐活长寿，大梦飞翔"的影响，树立其品牌形象，将其塑造成为普陀区"西大堂"经济的标志性亮点。通过对长寿路"双高"特色的不断完善的系列宣传，逐步丰富其品牌的价值和内涵，奠定其在普陀区"五大重点区域"和商业次中心的重要地位，为普陀区

的长远发展奠定坚实的基础(见图5-2-21)。

图 5 - 2 - 21

(2) 短期目标——全方位展示长寿路楼宇经济与品牌商圈的规划、功能、内涵和未来前景,营造良好市场氛围,树立目标客群对区域的信心,促进在建商务楼宇的销售,创新商贸商圈规划,为商务休闲中心的确立做好准备,完成既定的销售目标。

2. 广告策略

(1) 深度新闻性宣传策略。长寿路"双高"发展战略与"乐活长寿,大梦飞翔"主题由于是获得区政府支持的重点项目,规模巨大,内涵丰富,运作起来千头万绪,带有一定的政策性和复杂性,远远超出普通的房产项目、商业项目。对于宏观背景、内涵诠释、政策解读、形象树立等,单凭硬性广告是难以取得良好的效果的,因此发布新闻消息、报道深度新闻就成为整体广告的重要补充和延续,从而使广告效果得以充分发挥。一般的新闻性消息发布在"乐活长寿,大梦飞翔"主题推出初期以及重要的时间节点,如标志性建筑及其城市形象物落成、前瞻性的规划建设出台、重大项目引进等时刻,能起到画龙点睛的作用。系列深度新闻报道是对初期强势广告的有效延续,两者结合可以达到详情传达、充分展示、品牌塑造等作用。

(2) 初期传播的最大化策略。从普通楼盘、商业项目的营销推广看,初期概念导入的时间一般为三个月,而对于像长寿路区域楼宇经济与品牌商圈的这种复合型项目,概念导入的时间更长一些是合理的。另一个不可忽视的因素是,初期长寿路形象塑造,即"**新长寿、新领地、新形象、新坐标、新价值**"第一次亮相的时间,其新闻性、轰动性及传播力是最强的,广告的效果也最佳,再加上"双高发展战略"和"乐活长寿,大梦飞翔"主题的绝佳传播点,因此着意初期广告传播效果的最大化是我们应把握的原则。要做到广告传播效应的最大化,除了软硬结合之外,还应使传播方式立体化,即在报纸、电视、电台、杂志、户外等媒体上进行软硬结合的立体化传播组合,迅速扩大本地区的知名度和影响力,在短期内使其成为社会关注的热点和讨论的话题。

3. 广告主题

(1) 系列硬广告主题。

系列主题一:

乐活长寿，大梦飞翔

高品质商务　高品位休闲

新长寿　新领地　新形象

系列主题二：

乐活长寿，大梦飞翔

高品质商务　高品位休闲

新长寿　新领地　新坐标

系列主题三：

乐活长寿，大梦飞翔

高品质商务　高品位休闲

新长寿　新领地　新价值

（2）新闻消息主题：

主题一：

活力普陀　魅力长寿

高品质商务　高品位休闲

"乐活长寿，大梦飞翔"价值深度解析之一

主题二：

新商务空间引领新思维　新坐标创造新里程

高品质商务　高品位休闲

"乐活长寿，大梦飞翔"价值深度解析之二

主题三：

感受休闲生活，领略长寿风情

高品质商务　高品位休闲

"乐活长寿，大梦飞翔"价值深度解析之三

（3）系列新闻深度报道主题：多篇。

① 媒体选择——《解放日报》、《东方早报》等；

② 软新闻系列，每篇半版。

（三）媒介策略

1. 媒介目标

围绕"长寿路新领地、新坐标"等概念和"乐活长寿，大梦飞翔"主题导入和正式启动招商两大阶段,分步实施不同的媒介目标。

(1) 第一阶段("新领地、新坐标"概念确立阶段)——以宣传地区形象为主,向外界整体包装并推出"长寿路新领地、新坐标、新价值"的概念,营造声势,树立形象,扩大影响,引起上海各级政府、有关部门和中外商务商业界的关注,为区域楼宇、商圈拉开全面招商序幕推波助澜。因此,本阶段媒介目标以大众认知长寿路地区主体形象和"乐活长寿"主题广告为主,以介绍一体两翼的功能及招商广告为辅(见图5-2-22)。

图5-2-22　长寿路商业

(2) 第二阶段(塑造形象和招商阶段)——以宣传区域特色与功能为主,结合重要事件,如标志性建筑落成、重大项目引进、优惠政策出台、部分招商企业入驻,深化本地区的内涵和功能,进一步提高其海内外知名度,以达到完成全面招商的目的。因此,本阶段媒介目标以"优质楼宇"、"品牌商圈项目"招商引资广告为主。

2. 媒介目标群

长寿路地区是以"高品质商务,高品位休闲"为发展战略和"乐活长寿,大梦飞翔"主题,以楼宇经济撬动现代服务业,集商务、休闲、旅游、购物、餐饮为一体的具有国际水准的综合服务圈。因此,应根据它的多种功能,确立不同层次的媒介目标群(见图5-2-23)。

图5-2-23　长寿路亚新广场

3. 媒介策略

（1）以上海主力媒体、专业媒体为主，海外相关媒体为辅；上海地区媒体以报刊媒体为主，电视、户外媒体、电子杂志为辅。

（2）第一阶段广告选择优势媒体，采用发行量大、普阅率高、受众面广的大众类媒体作推广；第二阶段广告以专业媒体为主。

（3）科学合理地选用媒体，选择最有效的媒体组合，迅速导入、强化"新领地、新坐标、新价值"概念，扩大品牌知名度，营造"高品质商务，高品位休闲"、"双高"形象及"乐活长寿，大梦飞翔"主题声势。

（4）运用新闻报道、硬广告与软广告相结合，平面、影视与户外广告相结合，强弱有秩，高潮迭起，达到立体化、多层面地推广区域形象及商务楼宇的销售之目的。

九、结束语

长寿路地区"双高"发展战略——"高品质商务，高品位休闲"，重大主题"乐活长寿"，以及传播新意"大梦飞翔"。这种创意不仅在语言上通而不俗，能很好地被广大投资商和消费者所牢记，而且为长寿路地区商务楼宇建设及品牌商圈打造指明了方向，具有实际操作的意义与审美价值。

广告是一种有偿的信息传播，其目的是为了诱导和劝说消费者购买商品，以功利为本，以艺术形象为载体，是人类文化和美学符号之一。优美的广告集功利价值和审美价值于一身。通过广告载体，广告主在达到自己打品牌、促销量的目的的同时，也给包括消费者在内的诸多广告受众带来了愉悦和美感。

所谓广告设计美学，是指研究广告艺术设计表现的美学规律和广告审美心理特征的应用美学。广告体现着现实社会的政治、经济、文化以及悠久的历史，具有审美规律和审美功能。因此，我们可以根据广告审美规律来指导广告艺术设计，把握受众对广告的认知和感受。

真实性是广告美的生命基石，是根本性规律。广告美的真实性要求广告设计的内容和形式与广告信息的真实情况和内在品质相符合，这是国内外广告界共同的职业道德、公共道德和法律法规关注的焦点。

科学性是广告美的坚实保证。"乐活长寿，大梦飞翔"广告设计的科学性贯穿于整个策划书，尽管其中有许多艺术性和审美性极强的影视广告演绎。功利性是广告美的本质特征，是广告审美的实质性规律；从众性体现了广告的现代性品格；时效性是广告审美的常见性规律；竞争性是广告审美的一般性规律；重复性是广告审美的重要性规律。审美性是实现功利性的手段、途径之一，广告宣传策划应将功利性和审美性有机结合起来。

广告审美因素是构成广告艺术设计形象美学价值的要素，具体包括视觉形象与构图、语言文字艺术、听觉媒体艺术、色彩与光影艺术、空间艺术、广告创意。广告视觉构图要追求结构美和理性美。

广告创意设计是表现广告主题的、能有效地与受众沟通的艺术构思。创意设计是现代广告效果的重要审美因素。真是善与美的基础和前提。广告创意设计要遵循真实性原则、和谐性原则、适应性原则、形象性原则等。

广告审美形象设计具有三种特征：一是功利目的；二是贴近生活实际；三是合于审美规律。

广告审美形象设计包括具象形象设计、抽象性广告设计和超象性形象设计。在广告文案设计时，要做到内在意蕴美、简约朴素美，追求实中出美、简中出效、平中出奇。

广告设计美学在当代已经出现了多元化、绩效化、互动化、人文化等趋势，广告创意设计要走科学、可持续发展之路。

第三节
"正式场合穿海螺"广告语设计

一、海螺品牌概述

海螺品牌前身创建于 1950 年的上海第二衬衫厂，早年以生产绿叶牌衬衫而著称于国内和东南亚地区，企业 20 世纪 70 年代改名为上海海螺服饰有限公司。现拥有海螺(CONCH)、金海螺(GOLD CONCH)、高马仕(GERMES)、绿叶、箭鱼等著名服装品牌。海螺始终坚持走民族品牌发展之路，致力于为消费者生产高品质的服装，公司拥有现代化服饰生产基地，在全国构建了完善的分公司直销与加盟商分销相结合的营销体系，市场占有率始终处于全国领先地位。

在海外市场，海螺为国外客户定牌制作的各类产品远销欧美、日本等四十多个国家和地区（见图 5 - 3 - 1）。

图 5 - 3 - 1 海螺专卖店

1973 年，海螺服饰以美国名牌"阿罗"为赶超目标，并从"海螺姑娘"美丽传说获得灵感，"海螺"品牌既象征着上海，同时也将上海的"海螺"赶超美国"阿罗"的品牌发展目标隐喻其中，寓意为"上海的阿罗"，其目标就是要打造中国一流的衬衫品牌。"海螺"牌衬衫诞生后，通过"定车间、定设备、定面料、定工艺、定人员"的五定管理，很快打出了市场，创新使用的 120 支高支棉在当时国内首屈一指。1979 年，在全国第一次质量月总结表彰大会上，海螺牌衬衫经国家质量奖审定委员会批准,荣获国家金质奖。迄今为止,已先后获得国家金质奖、中国名牌产品、中国驰名商标、上海市著名商标、中国最具市场竞争力品牌等30多项殊荣(见图5-3-2、5-3-3)。

图5-3-2　获得认证

图5-3-3　最具竞争力品牌

二、广告语征集

(一)设计基点及目标

向社会公开征集广告用语,让广大消费者真正了解海螺产品,扩大海螺产品市场占有率。

(二)设计要求

(1)突出海螺打造"中国一流的衬衫品牌"这一主题,设计理念和面料选择能正确巧妙地反映海螺衬衫的行业地位、品牌影响、市场价值和目标消费群体(见图5-3-4、5-3-5)。

图5-3-4　"中国一流衬衫品牌"

（2）广告语字数在20字以内，要求主题鲜明，富有创意和内涵，通俗易懂，朗朗上口。可附文字说明，字数在300字以内。

（3）不违背宪法、著作权法律法规规定，必须是原创作品，杜绝抄袭、雷同，如有因著作权问题产生的法律责任，由参赛者自行承担。

（4）活动对象不限。

图5-3-5　广告海报①

三、广告语设计美及创意解析

（一）点睛之笔

"海螺不吹也是歌"、"正式场合穿海螺"，朴实无华，但字字扣住产品——"海螺"，亮出产品的主信息——品牌；"穿"，指出产品的属性；"正式场合"更是点睛之笔，仅7个字就把海螺衬衫质优品位高的特点和盘托出。全句言简意赅，主旨突出。此广告语，看似语句平淡却能夺人耳目，最值得回味。

（二）一语双关

"海螺不吹也是歌"、"正式场合穿海螺"，其表达效果一方面可使语言幽默，颇有风趣；另一方面，则使语言含义丰富，生动活泼。"双关"是修辞学中重要的辞格，指的是利用语音或语义的条件，有意使语句兼顾表面和内里两种意思，言在此而意在彼。"海螺不吹也是歌"、"正式场合穿海螺"，在主题广告语的创意思维中，运用一语双关的设计思路，获得了既突出产品或品牌的优点，又备受大家喜欢，达到传播的效果。

"海螺"衬衫设计"海螺不吹也是歌"、"正式场合穿海螺"的广告语，展示其高雅、庄重、严谨的风范，与一些专业人士的价值取向形成共鸣，获得了这部分消费者的青睐，所以此广告语在一个时期成为美谈，几乎是家喻户晓，仅衬衫单品销售额就从1992年的0.3亿元，增加到1995年的1.7亿元（见图5-3-6、5-3-7、5-3-8）。

图5-3-6 广告海报②

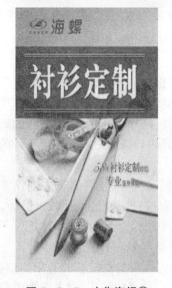

图5-3-7 广告海报③

图5-3-8 广告海报④

四、广告语的设计美学运筹

（一）广告语的设计美内涵

广告语设计作为一种审美创造，是在一定设计审美意识支配下，按照美的规律创造设计审美价值的活动。从设计美学角度看，审美创造包含三个层次：一是以创造实用价值为主，而又包含审美价值的审美创造；二是既创造实用价值又创造审美价值的审美创造；三是专门创造审美价值的审美创造。广告语是为市场经济服务而创作的，自然属于既创造实用价值又创造审美价值的审美创造。它的最终目的就是追求各种感官上的美，以便企业的产品和宗旨能够深入人们的心中。黑格尔说过："美只能在形象中现出，因为只有形象才是外在的显现。"美是内容上的真善、高尚与形式上的健全、完美的和谐统一体。广告语创作、设计的作品，正是这样一个统一体。

广告语的情感诉求是以打动消费者的感情和情绪，来达到宣传商品和促进销售目的的一

种表达方式。广告语因情感的特殊价值而具有自己的特点,它营造了一个人为的情感世界,并且显得相当真挚深切,这与传统美学意义上的情感有所不同。它打破了艺术与日常生活的界限,它所涉及的审美活动已经超出了过去所谓的纯艺术的范围而逐步渗透到了大众的日常生活之中。从这个意义上讲,广告语中的情感比日常生活情感更能丰富人们的精神生活,陶冶和净化人们的心灵和情操,从而也更能激发人们对美的热爱与追求。

> 英国 Wallis 牌时装的感性诉求广告
> "Dress to kill"(服装杀手)它有一系列的广告:
> (1) 因转头注视穿 Wallis 牌时装的女人,某男人驾驶的轿车一头撞到海边的栏杆……
> (2) 因扭头注视穿 Wallis 牌时装的女人,某理发师的须刀正歪向理发者的脖子……
> (3) 因侧目注视穿 Wallis 牌时装的女人,人开着的除草机正向躺在草坪上看书的男人……
> (4) (列车正进入桥洞)因探头注视穿 Wallis 牌时装的女人,列车员的头正要撞到桥洞的边上……

(二) 广告语的设计美特性

广告语的创意和表现,有着丰富的设计美学意蕴。作为一种设计审美创造,其设计艺术的本质,毫无例外地蕴涵在突出的设计审美价值、设计审美情趣和设计审美想象中。美的广告语就是品牌的眼睛。在现实生活中,人们不难体会到,独特、新异、与众不同的东西的确比较容易让人记忆犹新,甚至终生难忘,具有更强的诱导功能和促销传播能力。广告语设计的特点是艺术美和社会美。

(1) 艺术美:具有形象的艺术美广告语的设计,不同于文学、绘画等文艺创作。其题材是特定的,是受限制的。基本上属于"遵命艺术设计",是直接进入经济流程的。然而,作为广告语的设计者,无论以产品作为创作对象,还是以企业及涉及的业务为对象,都要尽可能地凭借出色的创意和优美生动的语言文字,设计出有个性的产品形象和企业形象。

(2) 社会美:是指社会实践中社会关系的美。它具体表现为对社会的有用、有利、有益,能推动人类社会历史的发展,促进人类走向文明与进步。广告语的作用,就在于把消费者和用户需要认知的产品或劳务基本信息,如产品的性能、用途、造型、色彩、特征、优点、企业的精神、价值观、信誉、个性等传递给他们。它是人的本质力量在艺术作品中的形象展示,是现实美与主体美呈现出来的一种高级形态,它所表现出来的善言与善意,受到社会的欢迎和接受。

> 例如,经典案例:哈萨威衬衫。箭牌衬衣的声誉与它每年 200 万美元的广告费密切相关。与之展开竞争的哈萨威衬衣虽然只准备付出 3 万美元广告费,但却想使自己的广告强过箭牌。这使大卫·奥格威煞费苦心。奥格威想出了 18 种穿这种衬衣的人物。我们不知道前 17 种人物都什么样,只知道第 18 个人物,这是一个戴着眼罩的男人的形象,他使哈萨威衬衣在默默无闻 116 年之后,在数月间名噪全国。在报纸和杂志上出现的广告,标题一律是"穿哈萨威衬衣的男人"(The man in the Hathaway shirt)。画面上的人物由两三个不同的模特儿扮演,分别出现在各种背景上,指挥乐团、演奏双簧管、画画、击剑、驾游艇,等等。不管由谁来扮演,这位"穿哈萨威衬衣的男人"都在右眼上戴着一只黑色的眼罩。一位英俊的男士,一只眼却罩着,神秘的形象给人以浪漫、独特的感觉。至于哈萨威衬衣,也因为这浪漫、独特的感觉而显得格外高档。

（三）广告语的设计美表现

1. 广告语的形式美

广告的形式美具有直接现实性，能让消费者通过他们的感官感受到广告语的美并对相应的产品产生兴趣。广告语的形式美主要体现在音韵美、结构美和词汇美上。

（1）音韵美：是指广告语发音响亮、节奏分明、富有乐感，给人以听觉上美的享受。从而引起听者的好奇心，在不知不觉中受到感染而产生购买欲望。音韵主要有头韵、尾韵。如"Coco,cola"饮料和"OMO"洗衣粉为中国人非常熟悉的"可口可乐"和"奥妙"。不仅在音韵方面取得了较好的美学效果，而且利用谐音产生了较强的渲染力。

（2）结构美：优美的语言要用优美的句子来表达。但不同的风格、不同的内容需要用上不同的句子结构。句子结构和内容相一致才能有语言的和谐美。如"创一流服务，迎四海嘉宾"（某宾馆）；"件件超凡，样样迷人"；爱生活，爱拉芳（拉芳化妆品）等。

（3）词汇美：韩国三星传真机的广告语为"两情相知，千里传讯——尽在三星一瞬间"和"美的电器，美的生活，美的享受！"这两则广告语采用了比照的方法和对比的法则，用破折号的句式表述广告语的形式美。

形式美广告语的表述多姿多彩，无论采用何种方式，都应该为广告语的创意和内容服务，使广告的内容与形式达到完美的统一。

2. 广告语的内涵美

（1）意境美：通过形象描写表现出来的境界和情调。好的广告常能让人置身于美妙、精彩的意境中，扣人心弦，引人入胜。设计时，需要注意"神""形"结合，使优美意境尽显出来。如"滴滴香浓，意犹未尽"；"摩托罗拉，飞越无限"。

（2）文化美：不同民族、不同地域有不同的文化，每个人都易于接受自己民族和地域的文化传统。广告常常借助于名言名句、成语典故来设计产品与形象。不同语言的文化之间既有共性又有个性。例如"宁可食无肉，不可居无竹叶青"（竹叶青酒）；"皮张之厚无以复加，利润之薄无以复减"（上海鹤鸣皮鞋）。在第二句中，一"厚"一"薄"对照鲜明，以表达人们的谦虚、正直的美德，广为中国人所熟悉、推崇。

（3）个性美：广告语之所以能吸引读者，还因为广告语言的独特性即个性。在审美观念不断变化、众多产品趋同的今天，唯个性才能取胜。广告语的个性美会使某些产品的宣传具有不同于其他产品的特性，从而脱颖而出。因此给人留下的印象最深刻、最具吸引力。例如恒源祥："羊！羊！羊！"；农夫山泉："农夫山泉有点甜"；张裕："传奇品质，百年张裕；桂林山水甲天下"。连用三个"羊"，强调该羊毛衫是由纯羊毛制成的，一唱三叹，荡气回肠。当进口红酒蜂拥进入中国市场时，以张裕为代表的国产红酒并没有被击退，而是通过塑造百年张裕的品牌形象，丰富了酒文化内涵，使一个拥有传奇品质的民族老字号企业毅然挺立。一句广告语打响一个品牌用在农夫山泉身上绝不过分。没有这句广告语就没有农夫山泉的成功，而农夫山泉品牌的长期积累，则离不开这句广告语的作用。换一个角度去看瓶装水，换一个思维去理解瓶装水，就会找到差异，而后，品牌个性也就不难塑造了。

意大利休闲品牌贝纳通（Benetton）的广告则被分为两类：一类是常规的产品广告，一类则是宣传企业精神、倡导人道关怀的社会公益广告。这些公益广告超越了一般时装摄影广告的意义，表达了对种种社会问题的关注。正如它的创意总监托斯卡尼（Toscani）认为：广告不仅是一种传播方式，更是一种我们时代的表达。他们需要有能让人思考和讨论的广告图片。

贝纳通广告,其主题分别是:种族(民族)平等、AIDS(艾滋病)和战争、环境污染。

(四) 个性广告语及其设计方法

美的广告有一个共通之处,就是应该更加讲求一点含蓄美、艺术性、公益化,而非毫无掩饰的大白话。比如"K3 蝶恋花"手机广告,以"蝴蝶和花的相遇"为叙述主题,表现了一段非常美丽的爱的恋曲,音乐、背景、男女人物、表演道具、表情动作等,都十分到位,有艺术设计的美感,有呼之欲出的主题传达,是有特色商业策划之一。个性广告语设计示例:

某石灰厂广告——"白手起家!"

某理发店广告——"一毛不拔!"

某打字机广告——"不打不相识!"

某眼镜店广告——"眼睛是心灵的窗户,为了保护您的心灵,请为您的窗户安上玻璃。"

某公路交通广告——"如果你的汽车会游泳的话,请照直开,不必刹车。"

某新书广告——"本书作者是百万富翁,未婚,他所希望的对象,就是本小说中描写的女主人公。"

某化妆品广告——"趁早下'斑',请勿'痘'留。"

某公共场所禁烟广告——"为了使地毯没有洞,也为了使您肺部没有洞,请不要吸烟。"

设计创意可以从以下的特征着手:

字数:一般在 12 字以内,表意简洁,读来上口,如:"爱生活,爱拉芳"、"打开麦香的每一天"等。

分割:对仗排列,语意连贯或相反,如"分享此刻,分享生活"、"只溶于口,不溶于手"等。

句式:陈述句,肯定句多见,慎用否定、疑问、反问句,如"有没有 5 000 万?""年轻没有失败"等。

谐音:运用谐音可以较快达成消费者对广告词的记忆,应适当注意谐音与谐义之间的关系以达到更好表现效果,如"沟通从心开始"、"一切尽在掌握中"等。

俗语:利用俗语在消费者心目中业已形成的文化积淀,快速达成对广告词的记忆。如"人靠衣装,美靠亮庄"、"车到山前必有路,有路必有丰田车"等。

连缀:广告词表义连贯,语句之间暗含必然因果关联,如"牙好,胃口就好,吃饭香"、"十足女人味,太太口服液"等。

五、结束语

广告世界趣无穷,一则优秀的路牌广告不仅色彩搭配和谐、版面设计精巧,而且具有很高的美学价值。赏析精彩广告语,从中可以探究如下奥秘:

奥秘之一:合理抓住消费者的审美心理的规律,巧用修辞。例,"你每眨一下眼睛,全球即卖出四部诺基亚手机。"这则广告语抓住了消费者的审美心理,并运用夸张的修辞方法,说明诺基亚手机在全球销售的范围很广、销量极大。

奥秘之二:合理运用消费者的表现欲,精练词语。人都有表现自己的欲望,表现在两个方面:一是创造新的生活方式,一是把原有的生活方式推向普通人难以企及的程度。公益性的广告语一般要求简明、精练、有号召力、便于记忆。

奥秘之三:合理抓住由功利目的到审美爱好,活用代词。我策划、你经营、他惠顾、共繁荣,可谓是一个集贸市场的广告。

　　广告语设计的注意事项：讲究语言表达技巧、注意设置的环境、讲求时效、突出个性、注意语气、注重视觉效果、名人效应等。

　　总之，广告语的设计美学意蕴是非常深厚的。它既有科学性，又有艺术性。每一则优秀的广告语，都渗透和浸润着美的理性和内涵。除审美创造、审美特点和审美价值外，还有审美情感、审美想象、审美环境、审美认识和广告语的形式美法则等范畴，它不仅能传播广告的核心信息，而且还以其形象之美、情感之美、形式之美、新颖之美、幽默之美蕴含着丰富的审美价值，给人以美的享受，这些都有待于广大广告创意设计人员，以及热爱广告事业的人们去钻研、去探求、去品味和创造。

第六章
博览空间
——环境艺术设计

现代环境艺术设计远远超过了传统的空间艺术范畴,以满足大众的物质、精神、心理、行为规范诸多方面的需求为设计目的,追求舒适、有人情味的博览空间。本章以商标火花收藏馆布展设计和成龙电影艺术馆展示设计为例,强调了当代设计既要吸收传统文化的精髓,又要不断吸收现代理论;探讨了地域性美学元素在当代主题性艺术馆、收藏馆展示设计中的体现与融合。为此类设计提供一定的思考与借鉴价值,同时指导实践。

第一节
商标火花收藏馆布展设计

上海商标火花收藏馆坐落在长风生态商务区上海火柴厂原址,建筑面积 3 775 平方米,展示面积 1 500 平方米,以四个"火柴盒"、若干个"火柴棒"立柱为建筑造型,"龙游"火花图案作为外墙壁画。

商标火花收藏馆藏有中外火花 20 余万种、700 余万枚,老商标包括酒标、烟标、电影海报等约 10 余万种和 300 余万枚,以及相关实物、照片、图片等。

商标火花收藏馆的策划主题是"点亮城市,点燃生活"。设计了三个展厅,即商标源流、火与人类、火花世界三个部分,突出了老商标、老品牌见证城市经济文化发展的历史,从一个侧面反映了苏州河百年来民族工业发展变迁和产业更新的轨迹,见证了上海从"火柴生产作坊"到"火箭制造基地"的沧桑巨变(见图 6-1-1)。

一、功能定位

商标火花收藏馆功能定位应该符合与体现现代收藏馆理念、凸显自身特色、富有时代特征等基本原则,重点突出展示、推广发布、研究等"三中心"为主要任务。

图 6 - 1 - 1　商标火花收藏馆模型

市场定位：以展示为主，推广发布为辅，兼容研究，"展推研"互动，体现休闲，强化生态，突出体验，走出一条以文促商、以商养文的文博产业新路子。

具体来说包括以下三部分：

基本功能定位：展示、推广发布、研究为主要工作任务

主要功能定位：服务对象及受众定位

延伸功能定位：休闲、体验、生态

二、馆藏分类

（一）本馆民族工业商标的藏品分类

行业部门：缫丝、棉纺织、面粉、火柴、造纸印刷、船舶维修、机器制造等。

主要代表：1866 年，方举赞上海发昌机器厂（最早的民族工业企业），1873 年，陈启源南海继昌隆缫丝厂，以及阜丰面粉厂、申新九厂、汇明电筒电池厂、天厨味精厂、大隆机器厂、湃华造漆厂、华生电扇厂、中华书局等老字号企业。

知名实业家：黄佐卿、吴蕴初、荣宗敬、荣德生、严裕棠、孙多森、火柴大王刘鸿生等。

知名商标：纺织商标、丝绸业商标、化学工业商标、搪瓷器皿业商标、机电业商标、食品业商标、烟酒业商标、鞋帽业商标、日用化工业商标、文化用品业商标、药品业商标、其他行业产品商标。

（二）火花的一般分类

火花商标品种繁多，为收藏、保管、交换上的方便，通常有以下几种分类法：包装分类法、历史分类法、地区分类法、档级分类法、品种分类法、艺术分类法、综合分类法等。

（三）特别建议：主题分类法

本馆藏品的分类：主题内容（主题或故事线），即以"商标火花，点亮城市，点燃生活"的主题思想为灵魂与精髓，反映苏州河及上海近现代民族工业商标、产品和火花实物等重要事件和主要历史，以故事线表现形式展现事件内容。

三、布展内容

(一) 展示理念

本馆陈列展示设计的最新文化符号是信息(知识)、娱乐和审美。因为人们希望在看收藏馆陈列展示的同时,除了信息(知识)交流这样的一条基本原则外,还希望知道收藏馆陈列展示不仅仅告知什么,而且从中得以获取更多的"情感"、"沟通"、"共鸣"等富有人情味的概念。

(二) 基本原则

从坚持"以人为本"和满足多层次需求(展示、推广发布、研究)的角度出发,并突出苏州河普陀段民族工业商标、产品和火花物品资源的分布状况,选择特色鲜明、内容独特、国内外独有或少有的题材进行布展。

(三) 主要特点

本馆文物征集和展览打破大而全或小而全以及雷同的格局,把展览内容办新(主体的新颖性)、办特(特有的展示方式)、办精(展品不在多而在于精)、办趣(陈列的趣味性)。

本馆不仅是一座商标火花知识的宝库和品牌展示、推广发布、研究的中心,也是一个集观光、休闲、旅游的极好场所。

(四) 布展主题

我们的创意主题,紧扣功能定位、紧扣时代脉搏,即"商标火花,点亮城市,点燃生活"的主题构想:突出了商标火花传承城市与生活的历史性;构筑城市与生活的艺术性;展示城市与生活的风采性;创造城市与生活的价值性。

"点亮城市,点燃生活"就是重现百年民族工业历史,感受深厚商标火花文化;苏州河畔的光辉印记,工业遗产的真实再现。

(五) 展示功能

本馆陈列展示采用不同的展示手段渲染特定氛围,揭示陈列主题,在或轻快或凝重的娓娓诉说中,再现历史,延伸展示内容,浓缩更多的知识信息以挖掘更深层的历史文化内涵,是陈列展示中主题陈诉的基本概念。

四、展示形式

有形空间,即本馆地点。可以由常设展示和短期(即时、临时)展示组成。

(一) 常设展示

以参与、体验、互动的动态展示方式为主,综合运用静态陈列、虚拟现实、多媒体展示和场景化布展等技术手段,共同营造愉悦情境,改变展品罗列、展品间缺乏相互联系的局面。

结合展示内容,设计表演台、创意互动区、剧场、影像放映、专题讨论多种形式,并努力使展示区、表演区(T台秀场)和创意互动体验区等实现有机融合,增强展览的娱乐功能。

在展区内设置多媒体计算机信息查询系统,供观众检索和浏览与展示内容相关的商标火花知识,满足观众被展示内容所激发起来的求知欲,并有效扩充收藏馆的展示内容和信息容量。

展厅环境设计要为营造愉悦情境服务,成为相关展品的延伸与补充,并与其他辅助展示手段相结合,增强展览的效果。

(二) 具体形式

展示设计包括:展品(包括多媒体系统、虚拟现实系统)的原理与形式设计、展品效果图设计(包括体量与色彩);展厅(包括各展区、展示单元和互动创意区、影视放映区)环境效果图设计;活动的对象、内容、方式、软硬件条件的设计,完成活动实施方案。在这一阶段,还应与相关设计单位交流沟通,修改和完善展区脚本。

具体形式主要有场景展示、互动展示、生态展示等,其复杂程度由低到高。本馆的陈列展示,主要采取前两种展示方式。

第一,场景展示:本馆尽量采用场景式的展示方法使展品的形与义发生关系。这种方法可分为两种:原状(复原)陈列,即再现展品的原始使用状态和环境。这种方法可以用于上海火柴厂及生产过程复原。新空间的再造,如人类使用火的历史再现、火柴游戏等。

第二,互动展示:"互动"包括两方面含义,一是人与展品之间互动,二是人与人之间交流。

人与展品之间互动。在本馆中,对于形形色色的火花商标,将其布满空间的上下左右,营造一种五彩缤纷、妙趣横生的氛围,并利用不同色调反映历史年代的变迁;同时设置一面电子屏幕,让观众可以点击自己喜爱或者感兴趣的商标,然后将其放大到屏幕上,供其欣赏或研究其中的图案等内容,而无需费力地观察一枚枚小小的火花。

人与人之间交流。我们可以设置创意互动体验区,例如,让观众亲自设计火花商标,利用火柴、火柴盒等相关物品制作工艺品,并且收集其中的优秀作品设立"观众艺术品展示馆",作为本馆的一大特色。

互动式的展览仅仅在陈列中尽量多地增加一些可触摸的、可用于直接操作的展品,它有助于观众理解展品,并通过亲自动手参与展览,加深对展览的印象。

(三) 短期(即时、临时)展示

为克服常设展示内容时效性较差、更新慢的缺陷,短期展示以重要经济事件、公共事件、最新科技进展为题材,及时开发即时展示。

即时展示与常设展示的相关展区内容形成呼应关系,并可成为展区内容更新的基础。即时展示是本馆对展示形式的创新,可增强本馆对经济事件、社会热点和科技动态的即时反应能力,并可成为本馆的一大特色。

即时展示主要是本馆为知名企业展示成果,包括新产品、新技术、新成就、新方法的展览,以及产品与服务品牌的新闻发布和市场推广。

短期展示和即时展示的来源主要有自主开发、合作开发和外部引进等途径。

本馆应为观众提供参观导览、休息、餐饮、购物、信息等服务,并寓审美教育于服务之中,发掘服务设施的体验、娱乐功能。观众综合服务设施应该考虑:

● 馆前雕塑——与建筑主体统一,周围环境、景观协调

● 参观导览设施——标志导览系统、信息查询系统

● 休息设施——观众集散区、休息区

● 餐饮购物设施——餐厅、茶室、咖啡厅、商店出售纪念品、卡、火花、书籍……

● 其他设施——存包处、广播和闭路电视系统、监控系统、安检系统等

● 电子讲解员——此物大小像 MP3 的笔形器拥有强大的即点即读功能,通过点触特殊印刷书册上的文字图片,"妙笔"可以用多达 8 种语言朗读出预先设定的介绍性内容。只需将展

品图片等信息编辑成册,并将这些展品的语音介绍存入"妙笔"即可。"妙笔"相当于一个专业讲解员,支持多种语言对展品从历史、文化等方面进行讲解,方便游客"自助游"。

本馆的建设,将作为一个特色鲜明、内容丰富、形式多样的品牌文化服务平台,为社会公众服务。

五、布展设计

(一) 布展设计的主要内容

主　　题

点亮城市　点燃生活

欣赏瑰丽的商标火花艺术

了解火与人类的科学知识

展示苏州河百年工业文明

(见图 6 - 1 - 2)

图 6 - 1 - 2　商标火花收藏馆内景

走近苏州河——民族工业的发祥地

前言

文字部分

英文翻译

图片:①收藏馆外景;②×××同志题词:商标火花收藏馆;③商标火花收藏馆 LOGO;"刘家针铺"玉兔商标(见图 6 - 1 - 3)。"刘家针铺"玉兔商标见本馆前厅,原件藏中国历史博物馆。

北宋时期济南有家姓刘的针铺店,以白兔为商标,颇负盛名,是我国最早的商标。上面刻有"济南刘家功夫针铺",中间是一幅兔儿捣药图,"认门前白兔儿为记"分写在商标两边。下面标明商品质量和销售办法"收买上等钢条,造功夫细针,不偷工,民便用,若被兴贩,别有加饶,请记白(兔)"。

图6-1-3 "刘家针铺"玉兔商标　　　图6-1-4 "龙游"：大中华火柴公司(上海火柴厂前身)出品

上海商标火花收藏馆外墙壁画是一枚放大的火柴贴画——"龙游"图案火花：主体图案为巨龙遨游云海，商标名称"龙游"两字居中；四角印制"请用国货"四字；用玻璃彩色马赛克精心烧制，总面积三百多平方米，堪称"火花之最"(见图6-1-4)。

重点提示

模拟的苏州河景观图，拉开了游客参观的序幕。

参观者一进入序厅，便恍然有时空交错的感觉。一艘古朴的船开过来，船形式变化多样，灯光闪烁作出流经上海市区位置(青浦、嘉定、闵行、普陀、长宁、静安、闸北、虹口、黄浦等区)→普陀(游艇)→长风(游艇)，气势恢弘，拉开了游客参观的序幕。

LED高清晰大屏演示墙，以鲜艳的色彩和高清晰的画面，烘托气氛，并可根据需要进行各种演示。

第一展区　商标源流

1. 商标起源

商标，即商品的标记，是商品经济的产物。商标起源于符号，当人们将符号与商品结合起来时，商标就出现了。随着社会经济的发展，商标逐步成为商品的重要标志。近代商标是欧洲产业革命以后出现的。19世纪中叶，法国、日本、美国等先后制定商标法，推动了商标的应用和发展。

2. 中国近代商标

中国古代人们在买卖商品时，许多商品或包装上也印有特定的文字和图案。北宋时期，山东济南有一家"刘家针铺"，以家门前的石兔作为自家产品的标志，并在包装上印有兔的图形和"兔儿为记"及其他说明文字，已经具有现代商标的各种元素。清朝末年，随着外国产品大量输入，清政府制定第一部商标法规——《商标注册试办章程》。商标在日常经济活动中的应用日益广泛。

3. 上海近代商标

上海是中国民族工业及商标的发祥地。开埠以来，民族工商业者"实业救国"，在激烈的市

场竞争中,创造了我国最早的产品品牌与商标。

4. 苏州河工业商标

苏州河孕育产生了众多享誉海内外的民族工业品牌和著名商标。

5. 苏州河两岸的产业更新

苏州河源起太湖瓜泾口,东至黄浦江,总长 125 公里,历史上曾是物资进出、人员迁徙的重要航道和水源,被誉为上海的母亲河。上海开埠之后,苏州河凭借舟楫之利和通江达海之便,逐步建立起大批工业企业,形成在中国产业版图上具有举足轻重地位的苏州河产业带。进入21世纪,上海加快建设国际经济、金融、贸易、航运中心,苏州河的民族工业企业,随着上海产业结构的战略性调整和苏州河生态景观走廊的建设,逐步退出历史舞台。长风生态商务区是老工业区向现代服务业集聚区转变的一个代表性区域。

6. 老商标

老商标由于包含丰富的历史文化信息,容易引起人们的怀旧情感。加之印制精美,具有一定的鉴赏价值,日趋成为热门收藏品。

7. 世博情缘

创设于 1851 年的世界博览会,是世界各国展示科技、经济、文化成果的窗口,也是各国人民进行合作交流的舞台。

中国 2010 年上海世博会以"城市,让生活更美好"为主题,荟萃了当代世界文明的最新成果,体现了人类追求可持续发展的理念和共识。上海同世博会有不解之缘。一百多年来,苏州河畔的众多民族工业企业,屡屡走出国门,参加在各国举办的世博会,并荣获多种奖项,为中华民族赢得了荣誉。

8. 商标和品牌

随着世界经济一体化进程的加速,商标在社会生活中的影响和作用更加广泛,并从工业产品扩展到服务、文化等许多领域。知名商标作为一种品牌乃至名牌,不仅是产品或服务质量、信誉的保证,而且具有巨大的经济价值和文化影响力。

9. 物品、图片

商标历史:近、现代商标。

著名商标:棉纺织、面粉、火柴、造纸印刷、船舶维修、机器制造等。

商标刊物:商标公报、东亚之部·商标汇刊等。

商标之最:近现代商标历史之最,近现代商标产品之最。

知名实业家:黄佐卿、吴蕴初、荣宗敬、荣德生、严裕棠、孙多森等。

重点提示

配合仿真场景、影视表演、幻影成像等各种多媒体演示手段,增加展示的互动性和参与感,呈现出商标独特的文化内涵。

环形银幕。滚动播放着近代民族工业时期的宏大场面。灯光打到哪里,静止的事物和人物就会动起来。

苏州河民族实业家雕像的"大王墙":"纺织大王"荣宗敬、荣德生;"火柴大王"刘鸿生、"味精大王"吴蕴初;"榨油大王"朱葆三、"国货大王"方液仙;"电扇大王"杨济川、"丝绸大王"蔡声白(见图 6-1-5)。

图 6 - 1 - 5　"大王墙"

第二展区　火与人类

1. 人工取火

火的使用和取火方法的发明，是人类古代文明的重要标志，它使人类第一次获得一种支配自然的力量，并最终脱离动物界，完成了从猿到人的进化过程。恩格斯说："就世界性的解放作用而言，摩擦生火是第一次使人支配了一种自然力，从而最终把人同动物分开。"人工取火"是人类对自然界的第一个伟大胜利"。

2. 形形色色的取火方式

从原始社会的钻木取火到青铜器时代的阳燧取火、铁器时代的火镰取火、明清时代的取灯引火……见证了人类祖先千万年来苦苦追寻文明之火的足迹。

（1）钻木取火：我国传说"燧人氏"发明钻木取火。"燧人氏"所造之火被誉为"中华第一火种"。我国少数民族黎族至今仍保留着钻木取火的技艺。这是一项古老的野外生存技艺，分"手钻取火"和"弓钻取火"两种，具有鲜明的地域特色，已被列入国家非物质文化遗产。

（2）阳燧取火：阳燧是我国古代青铜器时代利用太阳能聚光的工具。它是一个铜锡合金的圆形凹面反射镜，将阳燧面向太阳，将易燃物放于凹面的反射焦点处，几秒至十几秒钟，易燃物即被点燃。

（3）火镰取火：火镰又称火刀，是一种较原始的取火工具。铁器时代，人们用铁制成刀状，猛击燧石（俗称火石），发出火星，点燃火绒（火捻）或媒头子，从而达到取火目的。

（4）取灯引火：取灯源自我国南北朝时期，北齐的一群宫女用土制的方法，在弯弯的木片尖上黏些硫磺，能将"暗火"引为明火，点燃油灯和炉灶，称取灯。明清时代成为人们常用的一种引火工具，取灯是现代火柴的雏形。北京前门大栅栏有一条古老的胡同，明清时期许多制造和买卖取灯的商人居住于此，故名为取灯胡同，至今仍存。

（5）普罗米修斯盗火：普罗米修斯是古希腊神话传说中的一个神，为了解除人类没有火种的痛苦，不惜触犯天规，勇敢地盗取天火，从而给人类带来光明与智慧，并且与宙斯进行不屈不挠的斗争。

（6）奥运取火：奥运会开幕前，在奥林匹克运动发祥地希腊举行隆重的取火仪式，并通过传递,于开幕当天到达举办国主体育场,点燃主火炬。奥运圣火象征着光明、团结、友谊、和平、正义。

2008年,北京首次点燃奥运圣火。火炬以中国传统祥云符号和纸卷轴为创意。北京奥运会火炬接力传递火炬手总数21 780人,传递时间130天,传递距离13.7万公里,并首次登上世界最高峰珠穆朗玛峰,创下历届奥运会中多项最高纪录。

3. 火柴和火柴工业

1805年世界上第一根火柴出现于法国,1827年英国药剂师约翰·沃克发明"摩擦火柴",1855年瑞典仑氏斯特兄俩发明"安全火柴"。至此,火柴工业迅速发展,火柴在日常生活中得到广泛应用。19世纪60年代,火柴传入中国,俗称"洋火"或"自来火"。1877年上海成立制造自来火局,开始生产火柴。火柴工业很快发展成为苏州河畔最有代表性的民族工业之一。

4. 上海火柴厂和刘鸿生

上海火柴厂位于光复西路2521号,前身是燧生火柴厂,1923年创设于苏州河畔现址上,1931年改名美光火柴公司。1953年更名为上海华光火柴厂,1966年更名为上海火柴厂。曾经是全国著名的火柴龙头企业。

上海火柴厂原厂牌2006年在该厂拆迁时被长风生态商务区收藏。

刘鸿生(1888—1956),浙江定海人。1920年代起陆续投资创办煤业公司、华商上海水泥公司、上海章华毛绒纺织厂、大中华火柴公司、中国企业银行等,被誉为"火柴大王"、"煤炭大王"、"水泥大王"。新中国成立后,大中华火柴公司整合演变为上海火柴厂,刘鸿生将两千多万元资本的全部企业资产公私合营。

5. 火柴艺术

国内外许多艺术爱好者用火柴创作火柴杆画、火柴杆玩具、火柴杆智力游戏等,丰富了人们的文化生活。

(1)火柴拼图:根据自己的想象力在规定时间内将普通火柴黏成美丽的艺术品(见图6-1-6)。

如德国男子用95.6万根火柴搭出F1赛车,苏格兰的大卫·马赫用火柴棒拼出动物脸(见图6-1-7)。

图6-1-6 火柴赛车

图6-1-7 火柴白熊

（2）火柴游戏：火柴游戏寓知识、技巧于游戏之中，启迪你的智慧，开阔你的思路，丰富你的生活。

6. 多功能厅

多功能厅设有"火花大王"电影纪录片、"火花"动画片、"卖火柴的小女孩"、"七根火柴"等多媒体播映。

7. 火药——中国古代四大发明之一

火药的发明，起源于中国古代炼丹术的发展。唐初，著名医药学家和炼丹家孙思邈认识并掌握了硝石、流磺、木炭混合在一起能发生异常猛烈的燃烧这一特点，发明了最初的火药，即著名的"伏流磺法"。北宋初年，火药技术发展迅速。宋初《武经总要》一书中，载有毒药烟球、葵藜火球、火炮这三种火药武器所使用的火药配方。约在南宋末年，火药由商人经印度传入阿拉伯国家。13世纪后期，希腊人通过阿拉伯人的著作知道了火药。此后，火药传入欧洲。火药的发明大大地推进了历史发展的进程，是欧洲文艺复兴、宗教改革的重要物质力量。

8. 火与蒸汽机

蒸汽机将"火"变成"力"。英国发明家詹姆斯·瓦特（1736—1819）发明了现代意义上的蒸汽机。蒸汽机的发明，使人类第一次实现了把热能转化为机械能，成为人类征服和改造自然的强大的物质力量。同时，蒸气动力的广泛使用，带动了纺织工业、冶金工业、煤炭工业、交通运输业、机器制造业的飞跃发展。

9. 火药与诺贝尔

阿尔弗雷德·诺贝尔（1833—1896）生于瑞典的斯德哥尔摩，他一生致力于炸药的研究，是瑞典化学家、工程师、实业家和"诺贝尔奖"的创立人。

诺贝尔一生的发明极多，获得的专利就有255种，其中炸药方面占了一半。诺贝尔1863年发明硝化甘油炸药用的雷管。1866年，制成安全炸药。1887年，发明无烟火药。直到今天，在军事工业中普遍使用这一类型的火药。

诺贝尔终生未娶，把自己毕生心血献给了科学工业，大部分时间在实验室度过。在去世前一年，立下遗嘱，将其巨额遗产设立基金，并每年以利息奖给"为人类作出杰出贡献的人"。诺贝尔奖包括金质奖章、证书和奖金，分为物理、化学、生理或医学、文学、和平奖5种，1968年又增设经济学奖，授予世界各国在这些领域对人类作出重大贡献的科学家、文学家、社会活动家及有关著名人士（见图6-1-8）。

10. 火药与战争

我国发明火药后，在唐德宗年间即用于战争。北宋末年，战争中已开始使用"霹雳炮"、"震天雷"等爆炸力较强的新式火器。五代十国时期，吴国将领郑璠攻打豫章（今江西南昌）时，曾用"发机飞火"烧毁该城的龙沙门。这一战例一般被认为是火药兵器出现的最早战例。

图6-1-8　诺贝尔

火药传入欧洲时，正值欧洲中世纪"千年暗夜"的末期。火药一传入欧洲就被用于战争。火药的发明给人类带来了福音，但火药也改变了战争的方式和历史。战争中使用的各种武器大都离不开火药，从火弩到枪弹、从地雷到手榴弹、从大炮到导弹，都离不开火药。20世纪发

生的两次世界大战,死伤共计 2.2 亿人,许多城镇和无数人类文明成果毁于战火。

11. 火箭和大飞机

火箭是以热气流高速向后喷出,利用产生的反作用力向前运动的喷气推进装置。上海是国家航天航空科研和产业的重要基地,1969 年开始研制"风暴 1 号"、"风云 1 号"、"创新 1 号"以及长征系列火箭,连续成功发射,为中国航天创立诸多第一。2011—2012 年,中国将发射"天宫 1 号"飞船,神舟 8 号、9 号、10 号飞船将在太空与其对接。其中关键部件对接舱将由上海为主研制完成。上海还将承担新一代长征运载火箭的研制任务。

大飞机是指最大起飞重量 150 吨以上的军用运输机、载客超过 150 人的民用干线客机。2008 年 5 月,中国商用飞机有限责任公司在上海成立,拉开了自主研制大型客机的序幕。上海大飞机项目重点发展民用航空发动机、民用飞机客户服务以及航空电子等相关产业。

12. 万吨巨轮

上海是中国船舶工业的发源地。改革开放以来,上海造船业不仅在船舶吨位上有了很大规模的发展,所造船型也品种繁多,包括大型客轮、油轮、散货船、集装箱船、化学品船、滚装船以及特种船等,涵盖了世界造船发达国家现有的大部分船型。中国人自主设计建造的十大名船中,"东风号"、"向阳红 10 号"、"渤海友谊号"、"远望 3 号"等,均由上海建造。随着我国规模最大的长兴岛现代化造船基地的建成,上海的造船能力和造船技术跨上一个新台阶,成为全球最重要的造船基地之一。

13. 火力发电和核电设备

利用煤、石油和天然气等化石燃料所含能量发电的方式统称为火力发电。上海制造的火电机组的最大单机容量达 60 万千瓦,蒸气参数升至超临界,1 000 兆瓦等级超临界机组达到国际先进水平。

核电技术,是通过核裂变产生能源,把水变成蒸气,再带动汽轮机、发电机发电。核电具有显著的清洁特性,成本低于燃煤、燃油发电。上海是中国核电设备制造的重要基地,以上海电气为代表的上海核电制造企业,形成了从核岛主设备、常规岛主设备和主要辅机到大型锻件、仪控仪表等核电设备的配套生活能力和供应链,拥有 300 兆瓦等级、600 兆瓦等级、1 000 兆瓦等级核电机组、高温气冷堆实验堆和其他新堆型等主要设备的制造技术。并分别在秦山核电站一期、秦山核电站二期、岭澳核电站等投入运行。

14. 轿车和新能源汽车

汽车以汽油为燃料产生动力,极大地方便了人类的生产生活。轿车工业是上海的支柱产业之一。上汽集团 2009 年生产轿车超过 200 万辆,在国内居领先地位。

新能源汽车是指采用非常规的车用燃料作为动力来源,或者使用常规的车用燃料,但采用新型车载动力装置,具有新技术、新结构,节能环保的特性。上海重点发展新能源汽车产业。2003 年,研制成功中国第一辆燃料电池轿车。目前上海新能源汽车主要有燃料电池汽车、纯电动汽车和混合动力汽车。2012 年,新能源汽车将实现 10 万辆级、产值 300 亿元的产业规模,形成国内领先,具有国际竞争能力的自主产业体系和产业集群。2015 年将达到 30 万辆,整体实力达到国际先进水平。

第三展区　火花世界

火花是一个美丽、温馨、富有诗意的名字,是火柴盒上的商标和贴画(贴花)。火花具有丰厚的文化底蕴,是袖珍艺术品、小百科全书。火花和邮票被称为世界性收藏品姐妹花。

火花,既可按照时间顺序分为早期火花(19世纪至20世纪初)、近代火花(20世纪初至中叶)、现代火花(20世纪中叶至今),也可按国内收藏惯例分为古花(清朝火花)、老花(民国火花)、早期花(20世纪50—60年代火花)、"文革花"和现代花等;按品种可分为贴标、卡标、卷标、封标、套标、箱标等,按性质可分为商标火花、纪念火花、旅游火花、宣传火花、广告火花等;按图案主题可分为人物、动物、植物、风景、建筑、文学、艺术等。

火花内涵丰富,雅俗共赏,观之有情,喜剧大师卓别林、美国前总统里根都喜欢火花,著名收藏大师钱化佛、京剧表演艺术家梅兰芳也酷爱收藏火花,而胡适这位一生共获得36个博士学位的大学者,更是被人们誉为"火花博士"。

"火花世界"收藏中外火花20余万种、700余万枚,展示分为"外国火花"和"中国火花"两个藏品区。

1. 外国火花

(1) 第一枚火花:世界上最古老的火花,诞生于1827年,是英国克里夫兰郡的史托克登公司出品的"约翰·沃克"版火花。约翰·沃克是英国药剂师,他于1826年制成了世界上最早的摩擦火柴,为了纪念他,表扬他在火柴发明上的杰出贡献,就把世界上第一枚火花称为"约翰·沃克"牌,火花上印有他的头像。"约翰·沃克"牌火花比世界上第一枚邮票——英国的"黑便士"(1840年5月1日发行,5月6日正式使用)还要早13年。

(2) 参展国火花:火花,英文称 Match Box Label,在国外叫"火柴商标"、"磷票"、"火柴标签"、"火柴贴画"、"火柴画片"等。

中国2010年上海世界博览会参展国火花,主要展示欧洲、大洋洲、美洲、非洲和亚洲等一百多个国家和地区的首都火花、景观火花和其他艺术火花。其题材广泛,包括历史风云、历史事件、风土人情、著名建筑、自然风光、体育卫生、文化艺术、动物植物、妇女儿童、交通安全、标签广告等,表现形式有版画、油画、漫画、招贴画、水彩、素描、雕塑、摄影、剪纸等。

参展国火花,不仅反映了各国风光、风土民俗、文学艺术,还从一个侧面反映了各个民族的历史以及不同时期的政治、历史和科技文化水平。

由于世界各国各民族的历史以及生活方式、风俗习惯的不同,各国火花的图案色彩、情调也就各不相同。

(3) 欧洲国家火花:欧洲的瑞典、法国、英国等国是火柴的发源与生产地,也是火花收藏文化交流和展示的摇篮与中心。

瑞典火花商标在世界尤其是在亚洲的火柴工业史上,有着非常重要的地位和作用。在瑞典火柴博物馆里,有不同年代、不同国家的火柴商标在陈列柜里争奇斗艳,各领风骚。每枚小小的火花都凝聚着匠人的智慧,都以不同的色彩默默地向观众展示着它们的历史,甚至它们本身已成为不可多得的历史文物了。正如钟表是瑞士的骄傲一样,火花亦是瑞典人的骄傲。

现已解体的苏联老花,有纪念"二战"胜利的火花、攻克柏林火花,特别值得一提的是那套"纪念布列斯特要塞战役"火花,被众多史学家称之为残酷的卫国战争中一曲响彻云霄的悲歌。曾经记载昔日辉煌的苏联火花,却以它展现的丰富主题和蕴含的历史文化,影响着几代人,收藏意义和价值潜力巨大。

欧洲各国火花图案精美,内容广泛,反映了欧洲各国民族的历史以及不同时期人民的风

貌。欧洲参展国有：冰岛、波斯尼亚和黑塞哥维那、爱尔兰、黑山、爱沙尼亚、立陶宛、阿塞拜疆、斯洛伐克、卢森堡、阿尔巴尼亚、圣马力诺、塞尔维亚、斯洛文尼亚、克罗地亚、乌克兰、塞浦路斯、摩尔多瓦、列支敦士登、捷克、比利时、德国、南斯拉夫（前）、西班牙、匈牙利、荷兰、民主德国、芬兰、瑞典、法国、波兰、俄罗斯、白俄罗斯、拉脱维亚、波兰、保加利亚、葡萄牙、挪威、瑞士、奥地利、丹麦、意大利、摩纳哥、希腊、英国、土耳其、马耳他等，以及前苏联 16＋1 火花。

（4）大洋洲、美洲、非洲国家火花：

● 大洋洲参展国火花

大洋洲原名澳洲，意为"南方大陆"，通指太平洋西南部的大陆与赤道南北辽阔水域的若干岛屿。大洋洲各国经济发展水平相差显著，澳大利亚和新西兰两国经济发达，其他岛国多为农业国，其火花反映了各国民族的历史以及不同时期人民的风貌。大洋洲参展国有：马绍尔群岛、基里巴斯、图瓦卢、汤加、帕劳、瓦努阿图、萨摩亚、密克罗尼西亚、瑙鲁、所罗门群岛、纽埃、库克群岛、巴布亚新几内亚、澳大利亚、新西兰、斐济等。

● 美洲参展国火花

美洲 America，由北美和南美两块大陆及附近岛屿组成。北美洲是世界上经济最发达的地区，美国和加拿大都是世界经济强国中的佼佼者。美国有众多的火花团体，如新英格兰火花俱乐部、威斯康星州火柴盒俱乐部、新月火柴卡和贴花俱乐部、纽约帝国书式火柴收藏家俱乐部等。美国几乎是清一色地收藏火花硬卡，很少有人收集贴花。美洲大部分移民来自欧洲，尤其是北美洲国家，其火花图案大多保持欧洲人的文化习俗，拉丁美洲部分国家由于种族的融合而形成别具一格的人文风情。美洲参展国有：萨尔瓦多、圭亚那、安提瓜和巴布达、秘鲁、尼加拉瓜、危地马拉、厄瓜多尔、哥斯达黎加、苏里南、古巴、牙买加、巴西、智利、巴哈马、乌拉圭、洪都拉斯、阿根廷、多米尼加、玻利维亚、巴巴多斯、多米尼克、巴拉圭、墨西哥、巴拿马、格林纳达、圣卢西亚、海地、伯利兹、加拿大、特立尼达和多巴哥、委内瑞拉、美国等。

● 非洲参展国火花

非洲"Africa"，意为"阳光灼热"。地理上，习惯将非洲分为北非、东非、西非、中非和南非五个地区。埃及火花反映了该国作为历史最悠久的文明古国，曾对世界历史发展进程产生的重大变化、风土人情和文化传统。非洲参展国有：莫桑比克、毛里求斯、尼日尔、喀麦隆、卢旺达、利比亚、马拉维、厄立特里亚、加蓬、乌干达、埃塞俄比亚、摩洛哥、刚果（金）、博茨瓦纳、肯尼亚、苏丹、索马里、马达加斯加、布隆迪、突尼斯、塞拉利昂、赞比亚、纳米比亚、利比里亚、乍得、津巴布韦、几内亚比绍、塞内加尔、阿尔及利亚、贝宁、坦桑尼亚、尼日利亚、吉布提、科摩罗、莱索托、科特迪瓦、布基纳法索、中非、赤道几内亚、塞舌尔、刚果（布）、毛里塔尼亚、佛得角、多哥、马里、几内亚、埃及、加纳、南非、安哥拉、摩洛哥等。

（5）亚洲国家火花：火花，日本称为"燐票"。日本是亚洲最先生产、产量最大的火柴国家，也是全球最早成立的火花团体，即 1906 年成立了"日本磷枝锦集会"。在世界火花收藏界，日本的吉泽贞一被公认为"火花大王"。这位收藏家收集到 130 余个国家和地区 60 余万种火花。泰国在百年前已有火柴进口，印有泰王五世拉隆功英明大帝骑马御像，纪念他对泰国的丰功伟绩。泰国火花乐天多福，艳丽多娇。亚洲参展国有：卡塔尔、约旦、越南、亚美尼亚、巴勒斯坦、不丹、韩国、叙利亚、阿联酋、新加坡、土库曼斯坦、塔吉克斯坦、沙特阿拉伯、也门、格鲁吉亚、孟加拉国、马尔代夫、斯里兰卡、尼泊尔、蒙古、老挝、菲律宾、科威特、东帝汶、阿曼、柬埔寨、巴林、巴基斯坦、乌兹别克斯坦、吉尔吉斯斯坦、哈萨克斯坦、黎巴嫩、文莱、印度、日本、印度尼西亚、伊拉克、马来西亚、阿富汗、泰国、朝鲜、伊朗、缅甸、以色列等。

2. 中国火花

(1) 最早火花：1877 年，中国第一家民族火柴工厂——上海制造自来火局诞生，该局首次使用"马牌"火柴商标。它可以称为中国最早出现并使用的火柴商标。

我国的早期火柴商标俗称"中国古花"，被誉为中国近代历史与文化的一种载体，素有"尽收天下大事，兼图里巷所闻"的内涵特征，有"民间名片"之称（见图 6 - 1 - 14）。

(2) 参展省区市火花：上海世博会 34 个参展省市区火花主要展示"新中国首套风景套花"。如北京火柴厂 1958 年出品的"北京风景"的天安门、太和殿、长城、北海白塔、颐和园、十三陵等 12 处北京的标志景观文物，也有当地标志名胜的风景及命名已久的"八景"、"十景"，如杭州的"西湖风景"、南京的"鼓楼风景"、呼兰的"呼兰风景"、济南的"泰山风光"、芜湖的"黄山"、苏州的"苏州园林"、武汉的"敦煌壁画"、九江的"庐山"、长沙的"武陵源"、香港的"风光"、澳门的"风光"、上海的"风光"等。参展省市区火花不仅反映了我国各地风光、山川河流、名胜古迹、风土民俗、文物历史，还忠实地记载各地的变革、社会的变迁，并折射出地域的特色。

(3) 老火花：1949 年前老花，包括清朝火花和民国火花。

清朝火花主要有舞龙火花、鹿系列火花、猴系列火花、鲤鱼系列火花、其他动物系列火花（鸡、虎、马、狮），以及谐音寄意的蝙蝠（福）、仙鹤（寿）和财神、寿星，仕女等，真实地反映了中国民风和当时各族人民的生活风貌。

民国火花主要有辛亥革命系列火花、抗战系列火花、民国新生活系列火花等。1919 年"五四"运动以后，我国火花上诸如"振兴国货"、"挽回权利"、"救用火柴"、"请用国货"、"提倡国货"等宣传文字，充分反映了我国人民抵制外来侵略、振兴民族工业的爱国热情。为慈禧祝寿的"蟠桃牌"以及"甲午海战"、"革命先行者孙中山"、"袁世凯出任大总统"等历史题材的火花，是研究我国近代史的重要资料。"九一八"事变后，火花又反映了全国军民抗日风暴；解放区根据地火花则反映了开展大生产运动生龙活虎的景象。

(4) 早期火花：早期火花是指 1949 年新中国成立到 1966 年"文革"前的火花。

这一时期的火花种类有建国初期火花、抗美援朝火花、大跃进火花、人民公社火花、新建筑新风景火花、英雄人物火花等。其特点是主题鲜明，紧跟时代步伐，如"中苏友好"、"土地改革"、"抗美援朝"、"人民公社"、"社会主义总路线"等。

这一时期生产了一些套票火花，如"一运会"、"北京十大建筑"、"国庆十周年"等。

1958 年，北京火柴厂在我国最先推出了以风景花鸟为图案的成套火花。突破了我国原来单调的一枚一套的火花格式，打破了火花在我国原来只是作为单纯商标而存在的惯例。其中包括北京风景、花卉、鸟类等火花；解放建国的火花；同一商标、不同厂名的火花；工农联盟的火花；死宝变活宝的火花；多快好省的火花等。

(5) "文革"火花："文革"火花是指 1966—1976 年的火花。

这一时期的火花主要内容可以归纳为"三大"、"三新"。三大：大冤案、大批判和大行动。如"批臭黑修养"、"批臭论修养"、"破四旧立四新"、"灭资兴无破旧立新"、"横扫一切牛鬼蛇神"等。三新：新事物、新人物、新成就。新事物有大学"毛著"、"语录"不离手、"最高指示"、"忠"字化、上山下乡、"革命"串联、革命样板戏等。新人物有红卫兵、女民兵、赤脚医生、英雄人物等。

新成就有抓革命促生产、工业学大庆、农业学大寨、革命圣地、备战备荒、世界革命等。

（6）现代火花：现代火花，包括20世纪70年代末—80年代的火花和20世纪90年代至今的新花。

这一时期是火花百花齐放的时代。最有代表性的火花种类有：实现四化、民族风俗、山川风光、名胜建筑、风土人情、文学名著、京剧脸谱、古今人物、动物花虫、植物花卉等。它以水彩、油画、木雕、剪纸等方式，真实地展现了中国传统文化、社会发展、经济腾飞、自然风貌、文物古迹、人文景观等内容，充分反映了我国改革开放以来，祖国建设、发展，人民生活的重大变化的新成就、新风貌。

这一时期也是火花功能和作用发生重大变化的年代。火花从单纯的火柴注册商标变为火柴装饰画（宣传广告画），其作用也从产品标志演变成人们争相收藏的艺术品。如"古代仕女"、"中国名画"、"苏州工艺扇"、"金边白鹤"、"京剧脸谱"、"桂林山水"等火花尤为突出，具有较高的收藏价值。

"现代火花"种类有：祖国百花园（花卉）火花、民族大团结火花、宣传教育火花、生产建设火花、历史风云火花、体育火花、艺术火花、美术工艺火花、戏剧火花、美女火花、人物火花、动植物火花、吉祥如意火花、港澳台火花等。

"现代火花"成套火花有："电影海报"、三毛流浪记、清明上河图、中国京剧脸谱、文化名人、八十七神仙卷、金陵古诗抄、中国民居、百家姓、故宫文物珍藏、中国剪纸、杨柳青年画·百子图、中国汉画、中国百帝、红楼梦等火花。

（7）奇珍异藏火花：本馆藏有1949年前老花、早期火花、"文革"火花，包括商标火花、纪念火花、旅游火花、宣传火花、广告火花等，其主题有人物、动物、植物、风景、建筑、文学、艺术等珍稀火花、精品火花和火花之最。

珍稀火花：如舞龙、福鹿、国耻纪念、救国、麒麟、清明上河图，以地名为商标的"眼镜"火花，各种带有吉祥如意的老花，反映民耕文化的老花，最早的电影广告火花等，以及钱化佛的藏品火花。

精品火花：如前苏联16+1火花、比利时印有毛泽东侧面像的火花、外国火花中的中国事、捷克印有五星红旗和天安门的火花、荷兰印有中国金鱼邮票的火花等，民国时期的四强、振兴国货、挽回权利、救国火柴、请用国货、提倡国货等火花，新中国成立至改革开放前的中苏友好、土地改革、抗美援朝、人民公社、三大纪律、八项注意等火花，三个和尚、百羊呈祥、三毛流浪记、文化名人等火花。

"文革"火花：如"最高指示"、"毛主席语录"，样板戏的白毛女、红灯记等，英雄人物的雷锋、王杰，样板戏人物白毛女、李铁梅、李玉和等火花。

（二）布展设计的亮点

1. 商标展示（近代工业商标文化）——方寸间尽显民族工业之最

作为一个在上海火柴厂的旧址上全新打造的商标火花收藏馆，正是要把苏州河沿线老工业历史及商标火花留给我们的后人，让民族工业商标火花的历史文脉"集成创新"，从而与其他收藏馆区别开来，成为独具特色的上海城市建设的新名片。

近代工业商标历史：苏州河畔民族工业的发展和变迁，近、现代商标。

近代工业知名商标：棉纺织、面粉、火柴、造纸印刷、船舶维修、机器制造等。自行车牌、佛手牌味精、华生牌电风扇、长城牌保温瓶、飞虎牌油漆等。

近代工业商标刊物:商标公报、东亚之部·商标汇刊等。

近代工业商标之最:近代商标历史之最、近代商标产品之最。获得世博会金奖的松鹤牌,中国标准纱的金双马牌,佛手牌、古鼎牌味精,友啤啤酒等。

知名民族实业家:黄佐卿、吴蕴初、荣宗敬、荣德生、严裕棠、孙多森等。

近代工业商标故事:纺织商标(三松纱与三燕布、三角毛巾与钟毛巾、钟毛线与抵羊毛线)、食品商标(兵船、老车、冠生园、金山、胡玉美)等。

振华油漆厂、天厨味精厂、华生电扇厂、中华书局共 8 家企业分获世博会金银和荣誉奖,申新纺织九厂(上海第二十二棉纺织厂前身)与阜丰面粉厂(上海面粉厂前身)。

长风地区与民族工业:冠生园食品厂、上海火柴厂、天厨味精厂、天原化工厂等。

2. 火花展示——争奇斗艳,各领风骚

不同年代、不同国家的火花商标在陈列柜里争奇斗艳,各领风骚,每枚小小的火花都凝聚着匠人的智慧,都以不同的色彩默默地向观众展示着它们的历史,甚至它们本身已成为不可多得的历史文物了。

艺术形式:如工笔、水墨、素描、装饰、服画、漫画、年画、金石、摄影、剪纸等各种写实或写意的火花商标。

艺术表现形式:如名胜古迹、人情风光、书法绘画、奇花名卉、珍禽异兽、古服时装、文物建筑、体育武术、戏剧舞蹈、京剧脸谱、文学经典等。

历史人物:如火柴之父、辛亥伟人、孙中山逝世、戊戌变法、共和伟人、四大名著中人物、水浒 108 将、周恩来、毛泽东、邓小平等。

重大事件:如甲午战争、辛亥革命、七七事变、抗战胜利、新中国成立、港澳回归、申奥成功等。

珍稀品种:如舞龙、海军、丁山射雁、母子白、国耻纪念、灯塔、语录、瓦当、清明上河图等。

(三) 布展设计的布局

根据本馆的主题及功能要求,我们按照收藏馆建筑的平面图,将整个展览空间划分为四层:地下层为餐厅,供游客就餐和宴会招待所用;一层为商标展示;二层为火与人类展示;三层为火花展示。在具体布展过程中,考虑到商标火花展示的独特性,采用灵活增加隔断的方法,以丰富展示面积和展示空间。

一层至三层的展区、厅(部)布置及参观路线设计方案是:

正对入口大厅为一面贯穿一二层的主题景墙,景墙上设置为商标火花收藏馆的 LOGO 以及领导人或知名人士对本馆的题词。景墙背面为本馆的参观引导图。景墙右侧为收藏馆服务台、管理房。

参观线路从入口大厅的左侧开始,首先是序厅,其内容为对整个收藏馆的展馆设置、主题思想以及展示内容的简介,使得观众对本馆有一个大致印象,为参观作铺垫。

一层的其他展示区域,用于展示商标历史、知名商标、商标刊物、商标之最、知名实业家等,突出了老商标、老品牌见证城市经济文化发展的历史。

二层展示区为火与人类展示、陈列。在楼梯间的左侧,即本层的最右侧设置为多媒体展示厅,其立意在于通过明、暗两个空间,以及各种多媒体方法来展示火与人类、商标火花文化,即通过浏览平台、设置电脑等自行浏览方式和投影幻灯、影视短片等介绍方式,让观众浏览本馆的商标、商标火花等内容与特色,见证了上海从"火柴生产作坊"到"火箭制造基地"的沧桑

巨变。

三层为火花世界，以大量的中外火花20余万种、700余万枚设置，并根据不同时期的需要，设立临时展览、即时展览。其展示内容，将根据需要不断调整、充实和完善。

以上展区布置及参观路线设计，既考虑展馆建筑的场所形态，也注意到观众的生理与心理需求以及光环境的营造、空间的可变性等方面要求。

布展部分设计（参见图6-1-9至图6-1-13）。

图6-1-9　展示设计形式表现

图6-1-10　火花厅参观内容介绍1

图 6 - 1 - 11 火花厅参观内容介绍 2

图 6 - 1 - 12 钻木取火

图 6 - 1 - 13 上海火柴厂

六、结束语

收藏馆是一个提供教育和心灵愉悦的场所。长期以来人们将它想象成一个神圣的空间。今天,寓意"美和艺术,历史,荣誉和权力"的主题性收藏馆作为地域性、专业性特色较强的收藏馆在展现传统文化、产业文化、地域文化,发掘深层次文化精髓有着极为重要的作用和积极意义。

如何整理和提炼主题性收藏馆展示设计中所蕴含的丰富文化积淀,凸显特有的文化审美理念,并以此来张扬城市文化个性、丰富城市文化内涵、提高城市文化品位,是值得设计师研究与探析的现实问题与理论建构的重要课题。

商标火花收藏馆脚本策划与布展设计,从其指导思想、理论背景、创作手段方式、风貌个性等方面,力求全面深入地分析地域文化、民族特色在展示设计中营造的途径方式和表现形态。

空间构架上,突出地域建筑风格。就本馆整体构架而言,展示设计从外部整体结构和展厅布局两个方面进行考虑。无论哪一方面,在实现其使用价值的同时,更强调人们在这一空间中的精神需要与环境文化的内涵,实现功能性与精神性的统一。

局部装饰上,彰显地域风格与产业特色。如果说展厅是整个收藏馆建设的骨骼,那么局部的装饰设计则是肌肤,它同样可以起到渲染整个展示设计效果的作用。装饰与展具的摆设也是体现人文情怀的重要因素,在文风基调的基础上统一安排,达到浑然一体,突出主题性收藏馆的专业特性及其所具有的人文精神。商标火花馆分为商标展示、火与人类展示、火花展示等三个展厅。在展厅装饰设计上充分结合苏州河的地理、经济文化特点,将与苏州河百年变迁相关的元素运用于设计之中。如此,在装饰设计中充分融合地域性、民族性、产业性特点,强调收藏馆的主题。

色彩设计上,体现展览性质、突出展示文化。色彩被认为是最能影响人心理的视觉要素,通过协调展板、展具、灯光等色彩环节,营造出特殊的人文氛围与意境。本馆根据展览性质、展览特点,营造情调与氛围,实现展览目的。把主题性收藏馆设计成一种自然、纯朴、生命力的境界,从而有利于参观者进入生活的怀抱,思想的放飞。

背景音乐设计上,合景、合物、合展览性质。一个优秀的设计师,总是从形、色、声、像等全方位来考虑问题。声乐的有和无、和谐与纷乱,对展示效果有着意想不到的影响力。参观者总是根据自己的目的,通过视觉来选择、分析作出判断,这一过程中声乐会起到"推波助澜"的作用。商标火花馆在不同的展厅中选用不同的背景声乐加以渲染、调和,"声情并茂",即声乐设计不仅迎合参观者的心理,拉拢参观者的情感,达到"以声传情";同时还符合空间情景,达到"声"与"景"的和谐统一。

总之,商标火花收藏馆脚本策划与布展设计是在对主题性收藏馆展示设计形态的一次全面调研、分析基础之上,探讨地域性美学元素在现代主题性收藏馆展示设计中的体现与融合。通过对空间类型、艺术特征、传达方式、视觉元素的分析,实现地域文化特色是现代主题收藏馆展示设计的内在需求,现代主题收藏馆展示设计中地域性美学元素的融入与体现。以其通过本案的研究,整理和挖掘主题性收藏馆展示设计内在的文化根源与美学理念,或许这种包含地域民族文化价值的设计才是最能得到认同的作品。可能这也是设计师们不断追求的。

第二节
成龙电影艺术馆展示设计

一、项目背景

　　成龙电影艺术馆位于上海苏州河北岸的长风生态商务区核心区域，与虹桥开发区隔河相望，东临上海市内著名的山水公园——长风公园。周围有米高梅国际娱乐中心、五星级酒店、商业中心等一批功能性项目。

　　成龙电影艺术馆共有三幢保留房屋，其中一幢为保留的老工业厂房，建筑面积约为 1 390 平方米，檐高 6 米，可局部隔为两层，总面积可达到约 2 000 平方米，具有鲜明的老工业厂房特色。其余两幢为老式办公房，建筑面积分别约为 320 平方米和 720 平方米（见图 6 - 2 - 1、6 - 2 - 2）。

图 6 - 2 - 1　成龙电影艺术馆

图 6 - 2 - 2　成龙展示馆脚本

　　成龙电影艺术馆将成为境内外成龙影迷和社会各界关注和了解成龙的一个窗口，并成为上海一个新的文化旅游景点。

　　成龙先生是一位享誉国际的著名影人，中国功夫经由他的电影在国际影坛上大放光彩。他古道热肠，满怀侠义，在全球各地留下许多温暖人心的善举，更是世人眼中"龙的传人"的优秀代表之一。

　　成龙电影艺术馆是成龙先生在上海长风生态商务区亲自选址并授权筹建的、目前全球唯一以"成龙"命名的专题电影艺术馆。

二、展示设计理念与定位

本展馆意在全面展示著名电影艺术家成龙先生的人生轨迹和从影四十多年来取得的骄人成就以及诸多方面的成就。整个展示脚本拟以成龙先生的生平为经，以四十余年的电影实践为纬，以香港社会的演进变化和香港电影的发展成长为背景，构成全景式、多维度的观照视野。

基于这样的理念，我们将展主成龙定位为：中国符号、功夫巨星、慈善大使。所谓中国符号，指的是他所践行的积极、务实、勇毅的生命态度；而作为功夫巨星的电影代表，成龙带有鲜明个性的喜剧武打电影具有广泛国际影响，成就了一代巨星的辉煌银幕生涯；而银幕之外的成龙则是一位慈善大使，努力将慈善这一和谐社会构建中不可或缺的重要理念予以发扬。

三、展示设计内容与板块

展示内容设计将围绕成龙的生平、他在香港电影界和好莱坞的电影成就以及慈善事业的事迹等四大板块展开。

（一）第一板块着重介绍展主家族史，突出其成长背景、戏曲学院学习经历，介绍这一阶段中对展主艰难却坚忍的成长具有深刻影响的亲人、师长、朋友

具体内容为：成龙的出生；父亲坚忍的性格、信守诺言的品质以及母亲善良的品格、勤勤恳恳的生活态度对成龙潜移默化的影响；早年父亲给予的武学的启蒙；七岁进入中国戏剧学院后艰苦的学艺生涯；以及入选"七小福"，获得初步的舞台经验等。其他如为成龙打下扎实的武学基础的师父于占元，大师兄元龙——洪金宝、师弟元彪以及日后他们事业上的相互提携等内容也包含其间。此部分展示主要以照片和图片资料为主。同时，该板块还涵盖了成龙的有关收藏兴趣：红酒、银饰、紫檀、古屋等。

（二）第二板块包含两个组成部分，前段展示成龙最初的电影实践并辅以香港电影发展初级阶段的状况介绍

随着香港戏剧表演氛围的淡薄，人们的注意力转向了电影。戏院出来的弟子也大量奔向了电影行业，做特技人。在激烈的竞争中，成龙凭借拼命三郎的精神，渐渐在电影圈中被导演所熟知。这是成龙最初在电影圈中的龙虎武师生涯的开始。20世纪70年代，李小龙的出现，带动了香港电影的新类型——功夫电影的产生。功夫电影适应了当时的社会经济和文化背景，冲击了人们的心态，迅速取得了成功。而成龙因为做特技人期间获得的名声，受到了陈志强的重视，被纳入了罗维的制片公司。罗维则希望让他成为李小龙第二，至此，成龙开始作为男主角进行电影拍摄的生涯，这是成龙电影的模仿期，也是他本人的沉潜期。后段的展示重点放在香港类型电影的崛起和个性化表演的结合上。香港经济的迅猛发展带动了电影产业的长久繁荣，香港类型电影如雨后春笋般的成长壮大。在导演袁和平的发掘之下，厌倦了传统武打电影陈旧套路的香港人被成龙在表演中展现的活泼机灵的功夫小子形象深深吸引，他也迅速成为新时期香港武打电影的领军人物、"功夫喜剧"的创始人，以此开始了他不断突破自我、挑战极限的银幕生涯。在这一板块中我们通过声像资料和照片、道具相结合的方式，凸显成龙在银幕上无论作为玩世不恭的武学奇才,还是铁血豪情的都市警察,抑或是勇者无惧的边缘人物,塑造的一个又一个银幕神话。同时也反映功成名就后成龙并不局限于单一的戏路模式。从《我是谁》的追问,到《新警察故事》的尝试与突破;从《神话》的蜕变与升华,到《宝贝计划》的颠覆与回归,在天命之年,他对电影和人生的新的思考和新的感悟(见图6-2-3、6-2-4)。

图6-2-3　成龙"功夫喜剧"的早期代表作

1997年,在西片风头正劲之时,成龙新片《一个好人》再次成为了香港票房冠军,为疲软的香港电影注入了一支强心剂(见图6-2-5)。

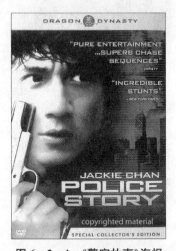

图6-2-4　《警察故事》海报　　　　　图6-2-5　《一个好人》海报

(三) 第三板块是成龙勇闯好莱坞经历的重点介绍,突出西方主流文化对中国电影从拒斥到认同并喜欢的进程

全球化背景之下,成龙的电影实践从神秘东方之巅迈向了造梦的世界——好莱坞(见图6-2-6、6-2-7、6-2-8、6-2-9、6-2-10)。由于东西方文化的差异,成龙的"西行"之路并不一帆风顺,甚至充满了坎坷与无奈。然而,成龙以不懈的努力和永不言败的精神,令西方世界为之倾倒,终于得到广泛的认可和尊重。这一板块也主要通过声像资料和照片、道具予以展示。

1985 年,第四届香港电影金像奖
"最佳动作指导"——《A 计划》

1986 年,第五届香港电影金像奖
"最佳动作指导"——《警察故事》

1988 年,第七届香港电影金像奖
"最佳动作指导"——《A 计划续集》

1989 年,第八届香港电影金像奖
"最佳动作指导"——《警察故事续集》

1990 年,第九届香港电影金像奖
"最佳动作指导"——《奇迹》

1995 年,第十四届香港电影金像奖
"最佳动作指导";1994 年,第三十一届台湾
金马奖"最佳动作指导"——《醉拳Ⅱ》

图 6-2-6 历年香港电影奖(一)

1995年,第三十二届台湾"金马奖"
最佳动作指导(元奎、成家班、洪家班)

1997年,第三十四届台湾"金马奖"
最佳动作指导——《一个好人》

1999年,第十八届香港电影金像奖
"最佳动作指导";1998年,第三十五届台湾金马
奖"最佳动作指导"——《我是谁》

2002年,第二十一届香港电影金像奖
"最佳动作指导"——《特务迷城》

图6-2-7　历年香港电影奖(二)

"一炮而红"的《红番区》

《尖峰时刻》海报

图6-2-8　成龙电影海报(一)

《上海正午》海报（又译作《龙旋风》）（一）　　　　《上海正午》海报（又译作《龙旋风》）（二）

图 6-2-9　成龙电影海报（二）

图 6-2-10　成龙与属于自己的星星亲密接触

（四）第四板块是关于成龙的新梦想、新起点——慈善事业的全方位展示

1985 年，南斯拉夫电影拍摄的意外，让英雄与死神擦肩而过。死亡边缘的深度体验，引发了成龙对生命意义的深入思考。他传奇的一生从此刻上了"慈善"这一崭新的生命主题。

1. 成龙慈善基金（1988 年成立）

成龙的慈善宣言："关怀可以改变人的一生。当我还是孩子的时候，善心人士曾经向我伸出援手，而我成立'成龙慈善基金'的目的就是要把这份善心传开去。希望尽我微薄之力，令世界变得美好。"

"成龙慈善基金"是一家致力于协助有困难的青年人和推动青年人发展的香港慈善团体。下设"香港演艺学院奖学金"、与全美泛亚商会联合设立的"成龙奖学金"、"成龙挑战杯"、"青年发展计划"等。

2. 关于"龙子心"

2004 年，惠及内地的慈善机构"龙子心"基金及"龙子心"工程工作组正式成立。该工程旨在为内地提供助学、帮困等慈善活动。迄今为止，已在多省建立二十多所学校与多间老年公寓、敬老院。成龙更是亲力亲为,保证项目实施(见图6-2-11)。

图6-2-11　"龙子心"标志

该标志中,蓝色代表蓝天,并象征孩子至真至纯之心;绿色代表大地以及所有的孩子携手立于草地之上;红色代表中国人的赤子之心。生动地诠释了成龙对于孩子们的无限关爱,也意味着世界没有将弱者遗忘。

成龙用行动实践对生命的承诺。从老人到孩童,从中国到世界,"老吾老以及人之老,幼吾幼以及人之幼"的生命关怀从未停止。从"龙子心"希望小学到汶川地震的紧急施援;从北京申奥形象大使,到2008北京奥运火炬手;从自然与遗产基金会形象大使,到联合国亲善大使;从反盗版形象大使到反艾滋病形象大使,这些荣誉背后是责任,是自觉的使命。

3. 世界慈善地图(国家和地区)(见图6-2-12)。

图6-2-12　成龙的世界慈善地图

成龙在近 30 个国家、50 多座城市做了无数件善事。

在中国,他成立"龙子心工程";

在越南和柬埔寨,他作为联合国慈善大使,宣传防治艾滋病和扫雷工作;

在新加坡,他捐资建立儿童医院;

在澳大利亚,他成立"成龙科学中心";

在美国,他捐款安老自助处、成立癌症基金、为纽约贫困区学校捐款;

在日本,他成立慈善基金;

在韩国,进行慈善义演;

在南非的卡卡马斯,他看望受战争、疾病折磨的儿童;

……

正是因为这种悲天悯人的情怀,成龙才能用心行善,真正将这份善传开去。在他的感召下,一批又一批的演艺明星投入到慈善的事业中来,继而开辟了香港演艺圈的新气象。不同的人因为同一个梦想携手同行。成龙已不仅仅是一个银幕上的明星、娱乐圈中的偶像。他是一种精神,传递着爱的力量的象征。这一部分展示的实物材料相当丰富,有许多还是第一次与观众见面。

四、展示设计原则与特点

加强艺术馆功能设计。成龙电影艺术馆除了与参观的观众进行交流,还直接参与日常生活的体验,服务艺术馆以外的公众。提供适合多种人群、满足不同需求的活动设施,如邀请一些国内外影视界的明星来这里宣传电影文化,和喜欢电影的朋友,特别是青少年一起聊电影,普及电影知识。多功能厅除了用于演讲会及专题研讨会之外,还能提供放映、音乐会、表演等,使艺术馆成为一个吸引公众、实现自我完善的都市公共活动中心。

强化艺术馆空间设计。成龙电影艺术馆通过外部公共开放空间的设计,给人们更多接近艺术馆的机会,使艺术馆在城市生活中更有吸引力和亲和力,提供给参观者一种开放而舒适的参观环境。设计师运用艺术概念,消除内外空间之间的差异,使人们习惯和记忆得以保留与延续,感受艺术魅力。

成龙电影艺术馆设计还特别注意休息空间的设置。艺术馆设计中重视休息空间与展示空间的融合,将展示厅、露台、咖啡厅等休息空间与展厅互相包容、交错,使观众在经历展览序列过程中得到身心的舒缓、放松。

五、展示灯光设计

第一,发挥灯光在成龙电影艺术馆中的作用,体现室内空间的实际存在,促进艺术馆使用功能的实现,保证参观者行为、工效、生理的要求。在艺术馆采光设计的基础上创造自然光设计的艺术。

第二,运用灯光的特性,如灯光的光辉、质感、方向性等,展现灯光的表现力;运用灯光和影的对比和变化取得光影效果、表面效果和立体感;运用灯光和色彩的关系,取得色彩效果,进而表现灯光和材料的综合艺术。

第三,运用建筑特征和主题艺术馆室内空间的尺度、比例、体量等,取得自然光的最佳分布。

第四,运用结构构件,如墙体、平顶、拱顶等来采光并实现自然光用光构图。

第五,大胆自由地处理自然光,采用自然光与人光的对比和层次、节奏等技法,创造艺术馆室内优美的自然光环境。

六、展示空间与动线分析

成龙电影艺术馆设计将围绕成龙作为"中国符号、功夫巨星、慈善使者"的定位,全面展示成龙的人生轨迹和从影四十多年取得的骄人成就以及诸多方面的成就。

成龙电影艺术馆展示内容以成龙先生的生平为经,以成龙的电影实践为纬,以香港社会的演进变化和香港电影的发展成长为背景,以及成龙慈善事业为新起点,构成全景式、多维度的观照视野。布展共分四个部分:第一部分着重介绍成龙的成长史;第二部分包括展示成龙最初电影实践以及香港类型电影的崛起和成龙个性化表演的结合上;第三部分重点介绍成龙闯荡好莱坞的经历;最后一部分是对成龙的新梦想新起点——慈善事业的全方位展示。此外,在各展厅中穿插展主的个人生活状况介绍,包括亲情、友情,使人物更鲜活。

成龙电影艺术馆将运用先进的展示技术和手段,利用各种新的媒介形式,形象生动地展示相关内容。不但展示成龙从影以来悉心收藏的大量道具、服装、剧照、奖品和荣誉证书、声像资料等实物原件或复制品,而且还将设立成龙的艺术工作室和慈善工作机构,具备小型文艺演出活动、电影动作设计工作空间和新闻发布会等功能。展馆设置一个小型多功能电影厅或影音室,届时将放映不对外公开专属的资料片。在展馆中设置一个半开放的区域,能够供他和他的朋友跟参观者在阳光下开展互动活动。

成龙电影艺术馆分为上下两层,根据成龙本人提出的参观路线是:单线行进,不能中途折返,保证每个游客各个展厅都能参观到位,且不走回头路,避免拥挤的要求,从进门到出门沿线行走,设计师把一至三厅设置在二层,四厅和电影厅、多功能厅、成龙工作室设置在一层。每个厅与厅之间都设有回廊、过道,有供参观者小憩的小椅,自然光照明,每个展厅隔墙采用多边形或斜墙做隔断与原建筑钢结构风格保持一致,使展厅展示面积最大化,参观者停留时间沿着转折路线而充分延长,每个展厅因展出的主题不同,设计的风格也会有所不同,色调、材质、灯光随着展厅的变化而有所区别,同时又有很多设计元素一直贯穿到每个展厅,参观者从入口进入展览大厅,大厅设计成挑空结构,顶面钢结构采光,空间造型独特,既有中国元素,又体现出成龙本人的艺术特点和个人高尚品德。区域设置有展观序言、成龙展观主题墙、大型 LED 宣示屏、展观导游图、自动查询设备,参观者拾阶而上进入第一个展厅。

第一展厅"见龙在田"。展现成龙成长的轨迹,宛如成龙与大家分享成长的记忆。出生时父母的疼爱,童年的时光,虽然在那样的历史岁月,一家人相亲相爱,父母的坚韧、善良影响着幼年的成龙。展厅设计体现了在那个时代背景下的温馨的氛围,并考虑到灯光、材质和历史元素。

第一展厅出来就是一个中空回廊,参观者可一边欣赏文艺活动,一边欣赏自然光线和独特造型的美感。走廊到头进入第二展厅。

第二展厅"龙战于野"。展现出成龙从拜师学艺到步入影坛的成就,从小学艺,刻骨铭心的

学习过程,打造出扎实的基础。展厅设计体现出成龙刻苦学习的氛围、"触影"的经历,以及香港那个年代的背景与历史。

第二展厅出来是一个靠窗的回廊,参观者在此可稍作休息,沿着回廊往前走进入第三展厅。

第三展厅"飞龙在天"。展现类型电影的崛起和个性化表演的结合——新阶段和代表作(结合香港电影的发展进程);进军好莱坞——屡败屡战与最终胜利(突出西方人对中国电影从拒斥到认同并喜欢的过程)。这一展厅特别加入了国际化元素的设计,光线丰富、色彩明亮。

第三展厅出来下楼梯进入第一层的第四展厅。

第四展厅"时乘六龙"。展现成龙功成名就后的新起点:新的梦想和新的事业——慈善、环保、助学。展厅以明快为设计思路,以白色为主色调,以大块面整体化为设计方向,象征和平、环保,纯善之心,简洁大方,而不杂乱,一切显得整洁有序。

第四展厅设置了一个多功能电影厅,用来播放一些珍贵的资料片,多功能厅主要作为成龙和影迷交流活动中心、新闻发布会现场、慈善拍卖会、成龙和他朋友的演唱和交流中心等。

在展厅中,我们充分利用顶部,便于以悬空方式装吊如"道具车"之类的展品。

出口处设置了休息区和卫生间、签名墙、蜡像、雕塑等(见图6-2-13)。

图6-2-13　立面效果图——日光

七、结束语

成龙电影艺术馆的展示理念是设计人通过人与环境的物证,以及与观众沟通的特有展示语言,对成龙的人生轨迹和从影四十多年取得的骄人成就以及诸多方面的成就作出诠释。它包括了展示设计规划、展示设计手段与风格、展示设计评估、观众调查、展示设计管理等方面,是成龙的价值观、艺术观与美学观的体现。设计者以为,成龙电影艺术馆要长期吸引观众、持续发展,就必须不断推出好的展览,满足观众不断增长的求知欲望;要满足观众的求知欲,就应放弃传统展示理念,不刻意追求展示内容的全面、系统,避免进行枯燥的说教,而以提高观众兴趣为主要目的,科学提炼与展示主题相关、观众感兴趣的内容。树立展示设计"娱教"的新理念:理性与情感——从"展品为主"到"观众为主"、互动体验性——从"请勿触摸"到"请你参与"、娱乐性——从"传统说教"到"寓教于乐"、绿色生态——注重强调循环的生态美学,突出可持续发展。

成龙电影艺术馆作为一个现代建筑,却具有了比一般现代建筑更多的中国传统文化符号,从馆中可以随处可见,既有传统符号的明显特征,又有恰当的提炼和改变;既有古韵,又有今味,体现传统与现代完美结合。在该馆设计中对传统文化符号的具体运用试举两例。

虚实结合——中国传统文化的艺术之魂。"虚"与"实"是中国古典美学的重要范畴,来源于中国古代哲学中的虚实论,认为天地万物以及一切艺术和审美活动都是虚与实的统一,艺术创作和审美活动唯有实现虚与实的统一,才能达到完美的境界。清初文人赵执信在他的《谈艺录》序言里生动形象地说明了"虚"与"实"统一的这种美学艺术境界,他说:神龙者,屈伸变化,同无定体,恍惚望见者,第指其一鳞一爪,而龙之首尾完好,固宛然在也。从"一鳞一爪"(实)见"龙之首尾",龙之"神"态,虚中有实,实中有虚,虚实相生,否则便索然无味了。在成龙电影艺术馆设计中有意缩小了展示面积,而留出了一大片的空间。让我们很自然联想到了这种"留白"的用意不外乎增加展示的灵气和减少展示太多对空间造成的压迫感,让这种"留白"形成于建筑物之间的虚实对照。这种虚实相间的空间构成手法与中国画留白所创造的空间形态手法是相似的,让观者充满无限遐想。

隐喻内敛——中国传统精神的人格之美。在成龙电影艺术馆的设计亦可见含蓄内敛的表现方式。从造型、用材、色彩等方面都可以看出中国传统文化的优雅气质。整个建筑群为了协调周围的建筑。整个建筑的选材也尽量与周边环境协调一致。成龙电影艺术馆的设计以"精、巧、雅"为主要特色,整个成龙电影艺术馆的设计在现代设计的基础上加了对本土文化和景观符号的挖掘和对传统文化符号的运用,让建筑具有时代特征,同时也不失民族文化特色。

人们通常认为艺术是属于高雅文化范畴,专业性很强,非一般人所能企及,因此,我们所能看到的国内建造的种种艺术馆仿佛只为少数人打造,缺乏广大群众的活动支撑,显得有些曲高和寡。成龙电影艺术馆打破常规,从"服务大众"出发,建设一个适合群众参与并体验的充满艺术与文化气息的艺术展馆,设计理念:"体验性的新型艺术空间"则一直贯穿于整个方案设计中。展示内容:以成龙的电影生涯为主线,艺术馆展出成龙从影以来收藏的大量道具、服装、剧照、奖品、声像资料等实物原件或复制品。布局与形态:艺术馆建筑设计符合生态商务区整体规划布局,单体与周边景观环境相协调。通过艺术馆的建设,使该生态商务区更显文化内涵,同时打造为当地的标志性建筑。功能性:满足作品的陈列与收藏,同时能灵活转换,能够亲近于大众。景观性:设计中建筑单体总平面与生态商务区总体规划协调,立面造型上大胆选用金色,给人以强烈的视觉景观冲击。通过建筑的语言与景观的意境将其自然流露,带给人们一座可以感知与体验的艺术建筑。场所精神:既体现出时代脉络,又突出建筑的文化性、地方性、艺术性,使之成为上海的一个旅游景点。

总之,成龙电影艺术馆展示设计强调虚实互生的美学,追求意境和谐统一的美学思想与空间设计。

附　录

一、网站资源

[1] 北大美学

http://www.aeschina.cn/

北京大学美学与美育研究中心,为教育部人文社会科学重点研究基地、国内的美学研究中心、高级人才培养中心和信息资料中心,并逐步扩大在国际学术界的影响。

[2] 美学研究

http://www.aesthetics.com.cn

专注于美学专业的学术资料搜集与前沿学术交流,开设有美学动态、美学原理、美学史、审美文化、审美教育、学人介绍等栏目,提供大量免费美学论文。

[3] 科学派美学论坛

http://beautyforum.org

介绍科学派美学观点,提供交流和争论平台。目的是搞清美感原因,解决人和动物美感功能起源问题,更好解释日常审美现象及文学艺术现象。

[4] 中国美学

http://www.mayixing.com/w.htm

探讨美学问题,推广美学在生活、艺术和科学领域的应用等。

[5] 山东大学文艺美学研究中心

http://www.krilta.sdu.edu.cn/

中心着眼于马克思主义文艺理论、生态美学、艺术教育和审美文化学的研究,教育部人文社会科学百所重点研究基地。

[6] 当代美学网

http://www.cnmxw.net

设有网站和论坛两大版块。为美学爱好者和研究者提供一个相互交流、自由研究和自我展示的平台。

[7] 华南理工大学美学网

http://www.meixue.net

一个大型的美学专题研究、教学、传播网站,为美学爱好者提供各种与美学学科相关的新闻、文章、书籍、音频、视频、图片等资源,旨在推动我国美学研究事业的发展。

[8] 设计知识资源网

http://www.idea168.cn/

美学知识栏目包含美学理论、美学研究、视觉美学、美学心理、美学修养、美学论文、传统美学、现代美学等文章资源。

[9] 国学网

http://www.guoxue.com/xqyj/gxmx/sdss.htm

提供《感性美学》的相关章节,解释了艺术与美的内容及关系,包括审美感受、审美能力、美学与时代等内容。

[10] 艺术设计在线

http://www.artanddesignonline.com/

网站收集了各种雕塑的图片和插画,艺术家包含了很多领域,例如民间艺术、插画、玻璃工艺、古董、建筑、珠宝等。

[11] 艺术辞典网站

http://www.artlex.com/

一个为艺术家、收藏家、学者以及教育家服务的艺术辞典网站,内容集中在艺术创作、历史、评论、美学和教育等方面。网站包含涉及艺术、视觉文化等方面超过 3 600 个概念的界定。此外还有大量的图片、引语和相关文献。

[12] 与视觉文化链接数据库

http://ucf.edu/~janzb/aesthetics/

提供美学与视觉文化研究方面电子资料的网站,资料较为丰富。除美学与视觉文化等内容之外,该网站还包括其他相关研究领域的资料。

[13] 建筑美学

http://architecture.arizona.edu/COURSES/arc103/trad103/tutorials/fundamentals/aesthetics/aesthetics.html

一个建筑美学的专门网站,有较为丰富的与建筑相关的资料信息。

[14] 网络艺术史资源

http://witcombe.sbc.edu/ARTHLinks.html

提供从欧洲艺术到亚洲艺术、从原始艺术到现代艺术等各种艺术史方面的内容。资料较为丰富翔实。

[15] 哲学与艺术

http://www.nd.edu/~agutting/#TEXTS

教学网站,除了课程方面的内容外,有不少参考阅读资料。特别是古典美学方面的资料可以参阅。

[16] 景观中国

http://www.landscape.cn/Index.html

中国景观设计的门户网站,包含园林景观设计的各种优秀设计。

[17] 中国美术家网

http://www.meishujia.cn/

汇集艺术信息、艺术展示、美术教育、传媒推介的专业艺术网站。它以大量图片和文字形式向国内外及时展示中国艺术的历史和现状,通过国际互联网,为中国美术家提供一个世界范围内的信息交流平台。

[18] 世纪在线中国艺术网

http://www.cl2000.com/

网站包含传媒信息、艺术展示、美术教育、艺术论坛、电子数据库及电子商务等多种在线服务,为中国艺术家提供了一个世界范围内的中文信息交互平台。

[19] 中国工业设计在线

http://www.dolcn.com/

设计在线网现在已发展成为国内影响最大的设计专业网站群:中国工业设计在线、中国平面设计在线、中国环境设计在线、中国数码设计在线。设计在线网站现为教育部高等学校工业设计专业教学指导分委员会唯一指定网站。

[20] UCD 大社区

http://ucdchina.com/

提供最新的交互设计方面信息与资讯,主题围绕"以用户为中心的设计"。网站内容涵盖:产品市场、信息与交互、设计思想、用户研究、业界信息、招聘信息等方面。

[21] engadget 中国

http://cn.engadget.com/

提供最新的前沿数码科技资讯。

[22] 设计 smashingmagazine

http://www.smashingmagazine.com/

提供网站设计方面前沿信息与资料,内容包括:网站代码下载、相关网站设计要素下载、最新网站设计美学方面信息等。

[23] 工业设计网

http://www.billwang.net

网站已建成资料、博闻、招聘、作品四个专业频道,为设计师、设计企业及产品制造业提供专业化的信息传播、技术交流、资源分享及人才招聘等服务。

[24] 视觉中国

http://www.chinavisual.com/

服务于中国及全球视觉创意产业的领先在线媒体,产业服务提供商及创意人群互动社区,内容包括数字设计、广告创意、数码影像、视觉传媒、时尚文化等文化创意产业范畴。

[25] 中国艺术设计联盟

http://www.arting365.com/

涉及行业资料信息、平面设计、工业设计、服装设计、CG 动画、绘画艺术等众多创意领域,专注于数字、艺术、游戏动漫等相关创意产业服务,是一个中国乃至全球创意领域的行业门户网站。

[26] 中国设计之窗

　　http://www.333cn.com/

　　服务于国内及国际创意设计产业的互联网强势媒体,包含工业设计、平面设计、建筑设计、室内设计等版块。

[27] 红动中国设计网

　　http://www.redocn.com/

　　网站包含论坛、设计素材共享、教程、设计咨询、空间/博客、娱乐等,涉及领域包括平面设计、工业设计、室内设计、动漫、摄影等视觉艺术领域。

[28] 中国设计前沿网

　　http://www.foreidea.com/

　　前沿网是面向一线工业设计师的媒体式专业化网站,关注工业设计行业的发展状态、联结工业设计上下游资源、促进工业设计在整个产业价值链中贡献率的提升,促进跨领域跨产业的合作伙伴关系。

[29] 顶尖设计网

　　http://www.bobd.cn/

　　网站主要分:创意频道、IT 频道,顶尖酷页、顶尖人才、顶尖数码、顶尖素材、顶尖论坛这七大专业频道,内容涵盖:广告设计、网页设计、CG 动画、多媒体设计、工业设计、环境设计、印刷、营销策划、计算机、数码、设计素材等频道,结构面深,资源多元化。

[30] 中国包装设计网

　　http://www.chndesign.com/

　　以展示包装作品为主要功能,汇集了国内外设计精品,通过互联网,为处在不同地域的设计师搭建起互动交流学习的桥梁。

二、参阅书目

[1] 凌继尧. 美学十五讲. 北京大学出版社,2004.

[2] 范明华. 美学与艺术研究. 武汉大学出版社,2010.

[3] 张贤根. 艺术审美与设计研究. 武汉出版社,2008.

[4] 滕守尧. 知识经济时代的美学与设计. 南京出版社,2006.

[5] 吴国强. 感悟美学:设计师的美学视野. 中国轻工业出版社,2007.

[6] 芦影. 视觉传达设计的历史与美学. 中国人民大学出版社,2000.

[7] 周生力. 形象设计美学. 化学工业出版社,2009.

[8] 吴翰中. 美学 CEO:用设计思考,用美学管理. 缪思出版有限公司出版社,2010.

[9] 付黎明. 设计美学法则研究. 吉林大学出版社,2008.

[10] 李劲. 情感化品牌设计. 中国市场出版社,2007.

[11] 梁梅. 中国当代城市环境设计的美学分析与批判. 中国建筑工业出版社,2008.

[12] 李佩玲. 日本设计美学的演绎. 吉林科学技术出版社,2004.

[13] 芦原义信. 街道的美学. 百花文艺出版社,2007.

[14] [英]罗杰·斯克鲁. 建筑美学. 中国建筑工业出版社,2003.

［15］段汉明.城市美学与景观设计概论.高等教育出版社,2008.

［16］顾建华.艺术设计审美基础.高等教育出版社,2008.

［17］杨玛利.新东京美学经济探索:探索一座未来城市和七位大师的设计力.天下文化出版社,2007.

［18］管德明.服装设计美学.中国纺织出版社,2008.

［19］杨永凤.色彩密码:专业设计的色彩美学.台北市碁峰信息出版社,2007.

［20］刘法民.怪诞艺术美学.人民出版社,2005.

［21］郝振省.第七届全国书籍设计艺术展览优秀论文集.中国书籍出版社,2009.

［22］祁聿民.广告美学:原理与案例.中国人民大学出版社,2004.

［23］李珠志.玩具造型设计.化学工业出版社,2007.

［24］刘清平.时尚美学.复旦大学出版社,2008.

［25］阿馨娜尔.珠宝与包装设计经典案例.兵器工业出版社,2005.

［26］章海荣.旅游美学导论.清华大学出版社,2006.

［27］罗筠筠.审美应用学.社会科学文献出版社,2002.

［28］[法]罗兰·巴特.符号学美学.辽宁人民出版社,1987.

［29］吴志强.上海世博会可持续规划设计.中国建筑工业出版社,2009.

［30］张涵.当代传播美学.中国书籍出版社,2010.

作者简介

杨明刚,教授,博士生导师,高级国际商务策划师(注册)。

现任华东理工大学广告与品牌文化研究所所长、华东理工大学艺术设计与传媒学院传媒系主任。兼任国际品牌联盟(IBF)中国专家委员会委员、中国服务贸易协会专家委员会委员,上海市著名商标认定委员会委员,上海品牌促进中心专家委员会委员等。曾任上海海信市场研究公司副总经理,人民日报·诺贝广告有限公司业务总监,营销策划有限公司总经理,管理咨询顾问。

主要教学和研究方向:艺术与设计、品牌与策划、营销与传播等理论及实践问题的综合性研究。发表《世界级品牌发展规律探讨》、《现代服务业集聚区"软实力":城市服务经济发展新引擎》、《上海时尚之都的兴起、衰落与再崛起研究》、《艺术设计教育与时尚产业发展的思考》、《论文化营销的趋向与策略》、《品牌传播策略性整合》等论文百余篇。出版《国际顶级品牌——奢侈品跨国公司在华品牌文化战略》、《奢华极品》、《车行天下——国际名车新视界》、《香溢四海——国际名酒新视界》、《市场营销策划》(第二版,国家级规划教材)等专著、教材、工具书、文集等四十余种。多篇论文、专著以及图书获奖。

主持并完成的国家、教育部和省市级研究课题有《科技第一生产力的要素结构与社会系统工程》、《现代服务业集聚区的文化软实力研究》、《国际品牌发展规律研究与思考》、《上海著名品牌衰落原因分析与再崛起对策研究》、《上海商标发展纲要》、《上海时尚产业发展战略研究》、《广告学专业课程体系构建与人才培养模式研究》等十余项。

主持策划与设计的项目及重大活动主要有:亚运会艺术纪念册编辑及广告策划与设计,海螺、绿叶服饰市场调研与广告策划设计,宾馆清洁用品典型调查与策划设计,上海易初摩托车有限公司的企业文化策划与设计,江山制药有限公司CI策划与设计,中国双良集团与美国特灵有限公司合资庆典策划与设计,东晖花苑"良心开价"策划与设计,品牌金手指——弗朗西斯·麦奎尔的中国巡回演讲上海市场策划与设计,上海长寿路地区楼宇经济开发建设与品牌商圈规划与设计,长风生态商务区规划建设目标策划与设计,商标火花收藏馆布展脚本策划与设计,成龙电影艺术馆布展脚本策划与设计,玉佛文化城开发功能定位、项目策划与设计等三十余项。是教学、科研、策划三栖创新人士。

曾荣获"我喜爱的好教师"、"优秀教育工作者"、"中国十大策划专家"等荣誉称号。